「ま、いつものことね。
タダヒトの返信が遅いのは」
アレタ・アシュフィールドは広い部屋、
天蓋の付いているこれまた馬鹿でかい
シルクのベッドの上で仰向《あおむ》けになった。
黒い薄手のタンクトップに白いホットパンツ。
下着をつけずに過ごすのがアレタの自室でのスタイル。
白いシーツの上で絞られたしなやかな身体が転がる。
長い脚を組み替えながらアレタは呟《つぶや》く。
「何着て行こうかしら……」

アレタ・アシュフィールド
国家より特権と地位の指定を受ける指定探索者。
通称〝52番目の星〟。號級遺物〝ストーム・ルーラー〟
を有する現代最強の英雄。
「それじゃあ皆！
かんぱーい！」
味山只人
あじやま・ただひと
凡人探索者。アレタの補佐。
〝耳の怪物〟との戦闘で
生きたのびた結果、
【攻略のヒントを聞く異能】を
得ており……？

グレン・ウォーカー
上級探索者で、味山の夜遊びバカ男友達その1。
ソフィの補佐でもあり、
彼女を「センセイ」と呼び慕う。
ソフィ・M・クラーク
指定探索者。通称〝女史〟。
過去、アレタに救われたことを
きっかけに、彼女に心酔している。

「しーってです。
ごめんなさい、この街ではわたくしたちは
少し顔がばれていますのでどうか、お静かに」
雨霧《あめきり》
会員制高級お座敷ラウンジ
〝あめりや〟のナンバー1。
その正体は――。
背後を振り向き、
味山が驚愕《きょうがく》の声をあげようとした瞬間、
柔らかく、冷たいものが味山の乾燥気味の唇にそっと触れた。

凡人探索者のたのしい現代ダンジョンライフ 1

しば犬部隊

OVERLAP

A ModernDungeon Life Enjoyed by
The Ordinary Explorer

CONTENTS

イラスト／諏訪真弘

プロローグ■【■■■■■■N■6■6・■■■■VS人類残存戦力】

～20××年、合衆国某市街にて～

その男は、ついにやってしまった。

「自由の女神ってよー、生で見ると思ったより緑色なんだな」

首だけになった合衆国の自由の象徴、それの頭の上に座り込み、ぼやく。

ポケットに忍ばせておいたお気に入りのお菓子、ハチミツをたっぷり練りこんだハニーバー、それを口に放り込む、ねっとり、甘い。

「テレビで見てたのとは少しイメージが違うもんか、なあ、クラーク、グレン」

ひとりごつ。男の言葉に応えるものなどいない。もう、いない。

男は、自分が殺した自由の象徴の生首の上から、あたりを見渡す。

夕焼けの景色、血染めの真っ赤な空の下。

廃墟《はいきょ》。

そこにはただ、破壊と死と煙だけが積み上げられている。

合衆国が誇る州立公園も、港も、ホテルも。かつてビッグアップル、ゴッサムと愛称づけられた世界有数の大都市は、自由の女神と男の殺し合いにより破壊しつくされた。

『ピンポンぱんぽーん、おめでとうございます！』

耳に響く呑気《のんき》なファンファーレに、男は小さくため息をつく。

また、アレが始まるのだ。耳を塞いでも聞こえるあの放送が。

『7つの〝人類軌跡〟のうちの1つ、〝信仰〟を滅ぼしました。この功績により新たなトロフィー〝自由よ、さらば〟を獲得しました、大量の経験点を獲得しましたあああ』

誰の声かもわからないアナウンス。あの日から全人類に届くようになった声に男が少し顔をしかめた。

「……強かったなァ、まさか自由の女神があんな必殺技を持ってるたぁ、思わなかった」

あの掲げてる松明《たいまつ》みたいなの、アレをビームサーベルのように振り回す自由の女神の姿が脳裏に浮かぶ。

「あーあ、やっちまった。俺はやっちまった。はあ、何でこうなっちまったかなー」

頭を押さえて唸《うな》る。

いったいどこで何を間違えたのだろう。一体何をどこでどうすれば良かったのだろう。

「クラーク、グレン……それと……あと1人、誰だっけ」

今は亡き仲間の名前を呟《つぶや》く。

だめだ、思い出せない。もう1人、チームの仲間はもう1人いたはずなのに、やはり名前すら思い出せもしない。

その男は、全てを失った。戦うべき時を誤り、始末するべき相手を見誤った。

「あと、1人。いたはずなんだけどなあ」

戦わなければならない時に戦えず、戦う相手すら間違えて、その男は失敗した。

全部喪くして、負けて、終わった。

「……なんで、俺、こんなことしてんだろ」

だが、男はその終わりをよしとはしなかった。

世界にムカついた。その感情だけで、ここまで来てしまった。

ババババババラバババババババ！

轟音《ごうおん》。プロペラ音が空の向こうから響き出す。

「まあ、いいか」

ゆっくり立ち上がる。目から青い血を流す自由の女神の首、その頭を踏みしめて、背筋を伸ばして前を見る。

『ピンポンぱんぽーん。人類の残存兵力が集結しようとしています、人型機動兵器〝グリント〟2機、同じく人型機動兵器〝ゴリアテ〟3機、また超兵器〝アトラス〟の起動準備がリバティ島で確認されました。ありゃりゃりゃりゃりゃ、大ピンチっすねえ』

笑う謎のアナウンスを聞き流し、男が臨戦態勢に移る。

足元、自由の女神の生首、鼻から、目から、口から、突き抜けるように何かが生える。

〝樹《き》〟だ。

鋭く、鈍く、歪《ゆが》んで、まっすぐに。様々な形の樹が生えてくる。崩落した建物、塔、それらを貫き、都市の廃墟、破壊し尽くされたエンパイア・シティ。崩落した建物、塔、それらを貫き、崩すようにそこかしこに〝樹〟が生えている。

「あー、やっちまった、やっちまった。そして、今からまたやっちまう」

その男は行くところまで行った。

世界に戦いを挑んでしまった。世界を滅ぼすと決めてしまった。

「でも、仕方ないよなあ」

ヘリに吊《つ》り下げられた機動兵器。本来ならば来《きた》るべき世界大戦、もしくは惑星外より来る外敵との戦いのために造られたそれが、たった1人、只《ただ》の人間を止めるためだけに投入される。
ザ、ザザザザザ。
男が持っているスマホ型の端末、軍人から奪った通信端末が無線通信を傍受した。

《こちら、合衆国陸軍——おっと間違えた、人類生存軍所属、ラストマン中隊からHQへ。目標、機動兵器の有視界カメラで目視……〝[redacted]〟のクソ野郎だ。あの動き出した合

衆国の女神はクソ野郎に負けたらしい》
《HQからラストマン中隊へ。了解。……大陸制圧兵器〝アトラス〟の機動完了まで残り180秒、それまでもたせてくれ。ここで、人類の敵を、世界を滅ぼす怪物を討つ。人類の歴史をここで決めよう》
《単身で合衆国軍を滅ぼした化け物に対して、機動兵器5機だけで180秒かよ、報酬上乗せだな》
《待て、HQより新たな情報、朗報だ。ラストマン中隊、あと数秒で彼らが到着する。指定探索者だ。目には目を――》
《探索者には探索者を、ってか？》

無線が終わる。味山《あじやま》が舌打ちしながらため息を。

「まだ生き残りがいんのか、指定探索者」

ほとんど始末したと思ってたんだけどな。口の中で呟き終わる前に、それはやってきた。

ごおおおおおおおおおおおお。

世界を打ち砕くような炎と岩、隕石《いんせき》、夕焼けを砕き、廃墟の街にそれが落ちる。

閃光《せんこう》、爆風、衝撃。文字通り、隕石が落ちたような光景を前に、味山が目を細める。

煙と炎を掻《か》きって、現れるのは数人の人影。

ざざざざざざざざざざざざざざ。

世界が滅ぶような雨が降り始める。分厚い雲が夕焼けを隠し、夏の雨を呼ぶ。

ぶぶぶぶぶぶぶぶぶぶぶぶぶ。

世界が停止するような雪が降り始める。雨雲を凍らせ、廃墟の街が白く染まる。

さあああああああああああああ。

世界が染まるような花が咲く。雪を撥《は》ねのけ、死と終わりに満ちていた街が仮初の息を吹き返したような。

「揃《そろ》いも揃ってまあ、指定探索者のみなさま。相変わらずびっくり人間ばかりで感心するよ」

それはすべて人間の力。現代ダンジョンに選ばれた、世界を歪める大いなる力に選ばれた人間たち。

「……お前はやりすぎた」

隕石が落ちたクレーター、砂煙の向こう側から現れた大男が、重々しい口調で告げる。

巨大な鐘が厳かに鳴るような声だ。

「ギャハハハ、やりすぎ？　あー、どの部分だ？　あれかな？　宇宙に届く軌道エレベーターをぶち壊したやつか？　それともあれだ、あのビーム降らしてくる宇宙ステーションを落としたやつか？　あ、それともやっぱあれか？　ホームセンターからチェンソーを

「――」

「すべてだ！　このイカレ野郎！　お前がこの世界にしたこと！　しようとしていること！　そのすべてだ！」

大男の咆哮《ほうこう》、それに呼応し周囲の瓦礫《がれき》が浮いていく。重力がその男の意志に従う。現代ダンジョンが孕《はら》んだ宝、〝遺物〟の力。

「やる気満々かよ。まあ、俺もお前らとお話しするつもりはねえ」

「貴様、このイカレが。何がしたいんだ、なんで貴様は世界を――」

「[redacted]の探索記録、前方、生き残りの指定探索者数名、生き残りの機動兵器、全部ぶち壊す」

ず。ずずずずず。男の足元から、それが生える。

尖《とが》った樹。それが味山にかしずくように生えて。

それは世界を壊す力。腑分《ふわ》けされた部位〝腕〟によりもたらされた人間の力。

「っ、言葉は不要か。ここで必ず貴様を討つ！」

「お前らには心底イライラさせられた、だから全部壊す」

全てを世界から奪われた彼はきっと世界を殺す。世界を守ろうとする人類の希望を託された者たちを眺めて。

「約定をここに」

腑分けされた部位〝腕〟の力、〝樹〟が男の意志に従い、生えていく。
男はきっと全てを壊すだろう。その感情のままに。
人類の敵。それがこの男の人生の結末だった。

第1話■【TIPS€ それは信じられない速度で空を飛び、たまに透明になる】

～2028年、9月某日、ニホンEEZ水域内、バベル島地下、現代ダンジョン〝バベルの大穴・第1階層〟、〝尖塔《せんとう》の岩地〟にて～


ティラノサウルスの着ぐるみを着た男が2人、荒野を走っている。

赤茶色の砂煙を巻き上げて。なんやかんやと喚《わめ》きつつ。

「う、うおおおおお!!　やべえ、走れ、グレン!!　救援対象から引きはがすぞ！　仕事じゃ！　仕事！」

味山只人《ただひと》が、着ぐるみの首の部分から顔を出し、着ぐるみをシャカシャカと鳴らしながら叫んだ。

「アババババババ！　ほ、ほんとに来たんすけど!!　こ、こんなバカ作戦がなんで成功するんすか!?」

グレン・ウォーカーも同じく、着ぐるみをシャカシャカ鳴らしながら、走る。

特徴的な岩場、尖塔のごとき岩がいくつも並ぶ褐色の荒野に汗だくの男たちの声が響く。

ダンジョン探索用環境適応カモフラージュスーツ、TREX－モデル。見た目はどう見ても遊園地で風船を配ってそうな恐竜の着ぐるみにしか見えない。

しかしその実、それは２０２８年のダンジョン科学が生み出したれっきとした探索者装備の1つである。

「ピョオオオオオオオオオオオオオオオオオオオオオオオオ!!」

だが今回、カモフラージュ効果は期待出来そうになかった。

荒野に響く雄々しい鳴き声。この地域の生態系の頂点の一種。

怪物種28号〝大鷲《アルゲンタヴィス》〟が、その大型戦闘機ほどある翼を広げて、空を飛ぶ。

ダンジョンの天井部から注ぐ太陽石が発する陽光を、その巨大な翼が遮って。

「まだ！　まだ、ついてきてる!!　は、はは！　やべえ！」

「ブチ切れてるんすよ！　あの鳥には俺たちが、縄張りを侵す爬虫《はちゅう》類《るい》系の怪物種に見えてるんでしょうね！　ああもう！　なんでこんなことに」

「グレン、グレングレングレングレンくん！　これも人助けだ！　ごめんね！　うちのボスがいつもの英雄病《メサイア・コンプレックス》でね！　ほんとごめんね！　救援通信で変なスイッチ入る奴《やつ》でごめんね！」

「皆まで言うなタダ！　それを言うなら俺のボスもアンタのボスにメロメロだから仕方ないっす！」

「ありがとう、グレンくん！　気が休まったよ！」

「そらよかった！　で！　俺らはこのまま鳥さんと追いかけっこっすか？　無理があると思うんすけど！」

2人の仕事はシンプル、この化け物をぎりぎりまで引き付ける、要はオトリだ。

「ず、頭脳プレーだ！　グレン！　俺の卓越した頭脳と、お前の人間離れしたステゴロ戦法でやるしかねえ！　このままオトリしてても追いつかれる！」

「作戦があるんすか!?」

味山の言葉に、グレンが短く問いかける。

「……飛行タイプには、岩だろ！」

ぜえ、はあっ！　息を荒く、味山が汗だくの顔をニヤリと歪ませた。

「――たしかに！」

彼らは、あまり頭がよくなかった。グレンがケロッとした顔でうなずく。

ずざざ。土を蹴り、砂埃《すなぼこり》を散らしながら彼らが反転、しっかりその場に踏みとどまる。

ふざけたティラノサウルスの着ぐるみを脱ぎ、上空を見て、笑った。

「グレン、アレが襲ってくるタイミングを伝える。合わせろ」

黒髪短髪のニホン人の男、味山只人がつぶやく。

「アイアイっす。タダ……え？　お前そんなんわかんの？」

灰髪褐色肌、水色の瞳を持つラテン系の男、グレン・ウォーカーが問いかける。

「ああ、最近、俺ァ、耳が良いんだ」

味山只人は探索者で、グレン・ウォーカーも探索者。現代ダンジョンに酔ったイカれた人間たちだ。

「ピョオオオオオオオオオオ、キイイイイイイイイイイイ」

上空を旋回する巨大な大鷲《おおわし》。ソレの大きな翼の隙間から漏れる陽光が、味山の顔を照らした。

地下に広がる大空という矛盾。

味山たちは、大いなる矛盾の中にいる。

3年前、突如世界に現れた新たなる法則、常識。

現代ダンジョン〝バベルの大穴〟。それの出現は世界のルールを大きく変えた。

その土地には、未《いま》だ人類にとって未知の資源、未知の生物、未知の常識、未知の領域、未知の力が眠っている。

成熟し、膨張し、澱《よど》んでいた人類社会。どうしようもない閉塞感に満ちていた2020年代の旧世界は、現代ダンジョンにより終わりを迎えた。

2025年、世界は現代ダンジョンの出現により新たな時代に突入する。

人々は、その土地に眠る未知を求めて夢を見た。

どうしようもない閉塞感を、押し付けられた退屈を、旧時代に決めつけられた格付けを、全て取り払うがごとくその土地に殺到する。

「すげえな、怪物」

味山《あじやま》只人は、探索者だ。

現代ダンジョンに満ちる〝酔い〟への耐性を認められ、探索者組合によって、その土地においての調査、採取活動を公的に認められた職業。

それが今の彼の仕事、意味もなく生きて、勝手に死ぬ凡人の1人。

「ピョオオオオオオオオオオオオオオオオオオオ」

怪物種。

既存の生態系、生命の基準から大きく外れた理外の生命体。青い血を持つこの星の新たなる種が狙いを定める。

怪物種にとって人間は狩る獲物でしかない。

「あらよっ、と!!」

だが、探索者は違う。只《ただ》の獲物にはならない。

バギ!!

グレン・ウォーカーが手近にあった岩を殴る。一撃でその岩は砕かれ、ボウリング球サイズの破片に。人間の身体能力を超えたパフォーマンスだ。

「うわ、相変わらずお前やべーな、素手で壊せていいもんじゃねーだろ」

「そのうちタダも同じことが出来るっすよ」

現代ダンジョンには〝酔い〟が満ちている。

それは文字通り、人を酔わせる。理性のタガを緩めて、恐怖を誤魔化し、人の本性を暴く。

一握りの探索者は酔いへ順応していくうちに、人類の身体能力の上限を超えることがある。

まるで、ダンジョンが人間に怪物種と戦う力を与えているかのように。

グレン・ウォーカーはその枷《かせ》を外した側の存在だ。

「準備完了っす！　いつでも来いや！」

グレン・ウォーカーが岩の破片を鷲摑《わしづか》みにして、構える。

「ピョオオオオオオオオオオ」

怪物が、狙いを定めて翼を畳む。

探索者が、それを待ち構える。

「タダ!!　タイミングはお前に任せるっす！　アレタさんと違って、ギリギリまで近づいてこねえと流石《さすが》にあそこまでは届かない！　本当にアイツが襲ってくるタイミングわかるんすね！」

探索者。酔いによる身体能力の覚醒、現代科学によって生まれた兵装、そして選ばれた者に与えられる超常の力。

様々な方法、与えられた手札で探索者は怪物種に抗《あらが》い、それを狩る。この上なくシンプルで、それ故に美しい関係。

狩るか、狩られるか。

「ピョオオオオオオオオオオオオオオオオオオオオ!!」

「来るなら、来いっす！」

怪物種と探索者が向き合う。命をベットし、互いに殺し合う。

怪物種の手札はその生命そのものの強さ。

グレン・ウォーカーの手札は探索者として覚醒した超人的な身体能力。

では、味山只人の手札は？

「――」

何も、ない。

味山只人は凡人だから。グレン・ウォーカーのように酔いに順応していくうちに肉体が活性化することはなかった。

紅《あか》い瞳の仲間のように、酔いに負けない強い脳を得て〝銃器〟を扱うことも出来ない。

そして、蒼《あお》い瞳の彼女のようにダンジョンが孕《はら》む特別な力、この惑星最大の力〝遺物〟に選ばれることもなかった。

「タダ!!」

味山只人は、凡人だ。彼には何も、〝特別〟が与えられることはなかった。

「OK、グレン、始めるぞ」

だが、1つだけ、勝ち取ったものがある。何も与えられることなく、何に選ばれることもない凡人の彼が自分の力で得た〝牙〟があるのだ。

「聞かせろ、クソ耳」

それは報酬。

多くの人は知らない、味山只人のとある命懸けの8月の探索。恐ろしい化け物との殺し合い。

それに生き残った〝報酬〟。

「このクソゲーダンジョンを攻略する――」

それこそが、味山只人が勝ち取った手札だ。この世界で味山只人だけが所持しているワイルドカード。

「ヒントを」

TIPS€　それは少なくともお前の10倍は強い

囁《ささや》く声が、味山だけに聞こえる。

TIPS€　お前はなす術《すべ》もなくネズミのごとく遊び殺されるだろう

聞いたものを青褪《あおざ》めさせ、絶望させる真実。

それはこの世界のどこかから響き続ける真理そのもので――。

「やかましい!!　んなこと聞いてんじゃねえ!!　教えろ!　クソ耳!!」

味山只人《ただひと》が、そんな真理を怒鳴りつける。

TIPS€　それはその鋭い鉤爪《かぎづめ》でお前たちを引き裂こうとしている。5秒後、グレン・ウォーカー目掛けて爪を下にして急降下してくる

それはヒントだ。

味山只人は、〝ヒント〟を聞くことが出来る。このクソハードモードの世界を攻略するためのヒントを。

5秒前。

「ッ!　グレン!　5秒後!　お前を狙ってる!!」

4秒前。

ヒントは得た。

それは生死を決めるにはあまりに短い時間。

3秒前。

「ギョ――」

現代の異物、生態系から外れた驚異の生命、怪物種がその爪を真下に。地を這《は》うしかない人目掛けて、ふりかざそうと。

2秒前。

「ナイス、タダ。それだけありゃ十分っすよ」

めききききき。

グレン・ウォーカーが、岩を握りつぶす。

拳大の礫《つぶて》と化したそれを、じゃりりりと握りしめていた。

1秒前。

「――オ」

大質量、高速、高所落下。およそ人間を容易にひき肉に変えてしまうエネルギーをもって、大鷲の爪の一撃が空より降る。

「そこっす」

グレン・ウォーカーは、味山の根拠などないだろう言葉を信じ、それに備えた。

ジャッバ。

散弾銃のごとき範囲と勢いで、礫が放たれる。

故に最高のタイミングで、グレンの握りしめた石礫の投擲《とうてき》は大鷲の爪を迎撃した。

「ッヒョォ！？！？」

翼、腹。比較的柔らかな部分に、人外の膂力《りょりょく》をもって放たれた探索者の投擲が食い込む。

たまらず体勢を崩し、地面に落ちる大鷲。

にやり。

2人の探索者が、獲物を見つけた興奮で口角を吊《つ》り上げた。

「シャァ‼　ストライク‼　すげえ、タダ！　マジで5秒ぴったり！」

「お前のセンスさ！　グレン！　タコ殴りだ！　あいつらの救助もそろそろ終わる頃だ！

ここで仕留める！」

「了解！」

「ピョ、オオオオオ」

思わぬ反撃を喰《く》らい、パニックになっている大鷲が地面でもがく。青い血がほとばしり、
羽毛が飛び散る怪物の間合いに、味山とグレンが踏み込んだ。

巨体。もがくその翼や嘴《くちばし》に当たれば確実に大怪我《おおけが》。だが、2人の歩みに迷いはない。

ダンジョン酔い。現代ダンジョンバベルの大穴は人を酔わせる。

探索者は〝酔っている〟。故にシラフでは不可能な命懸けの行動も、今の彼らは躊躇《ちゅうちょ》しない。

「グレン!! 首と頭狙うぞ! 正面に立たねえように気をつけろ!」

「あいよっす! タダこそ、翼にぶっ飛ばされんなよ!」

味山只人が、腰に巻いた探索者ベルトから武装を取り出す。

手斧《ておの》。

よく磨かれ、油で手入れされた無骨な手斧だ。キャンプで使われる薪割《まきわ》り斧の刃をもっと太く、鋭くしたもの。

「北欧製、探索者用片手斧!! ローン2年、月30000円の重みを知れ!!」

「まーた高いの買ってから……さて、こっちも。声紋認証、パワーグローブ、セーフティアンロック」

グレン・ウォーカーが指をゴキリと動かす。

ボクシングにおけるオーソドックススタイルの構えを取るグレン。その拳には奇妙な手袋、メリケンサックと黒い革手袋が歪《いびつ》に混じったようなものが嵌《は》められていた。

「お、ラァ!!」

「ギョオオオオオ!?」

もがく大鷲《おおわし》の首、そこに容赦ない一撃。高く跳躍し、そのまま降下の勢いをつけたグレン・ウォーカーの拳が突き刺さる。

太い幹がへし折れるような音。怪物の巨大な身体《からだ》にグレンの一撃が叩《たた》き込まれる。

「行くぞ」

味山《あじやま》に同じことは出来ない。1歩、1歩、コンバットブーツで地面を踏みしめ、体勢を低く接近。

ブォン!! 頭上すれすれ、暴れる大鷲の翼が掠《かす》めた。

「うおっと!? あっぶね!!」

よろけ、慄《おのの》き。グレン・ウォーカーよりも遅く、しかし確かに味山も間合いに。

狙うのは、急所、ではなく。

「教えろ!! クソ耳!!」

問う。ヒント、味山だけに聞こえる世界の秘密。

TIPS€ アルゲンタヴィスの翼の付け根は比較的柔らかい。お前程度の力でも傷付けることが出来るだろう
「一言多いんじゃ！」

動きも常人、能力も凡人。しかし、だからといって出来ることがないわけではない。天から配られた手札ではなく、泥の底から引き摺《ず》り出して勝ち得た鬼札を駆使し、味山が斧を振るう。

「どっこいしょォオ!!」

がっき……!　もがく大鷲の翼の付け根に、はまぐり刃が食い込む。

鈍い音、重い手応え、手袋を通じて斧から伝わる衝撃が手を痺《しび》れさせる。

斧を通じて理解するこの生命のスケールの巨大さ、それに対する畏敬。

「すげえ。だが、もういっちょ!!」

溢《あふ》れる感情を酔いに任せ、闘争の興奮にあるがまま身体を委ねる。

ダンジョン酔いが回る。気を抜いたら、込み上げる笑いを抑えられなくなりそうだ。

斧を再び、振り上げ、下ろす。
ガ、き!!
「ピョ、オオオ!?」

翼の付け根に食い込んだ刃が、怪物に悲鳴を上げさせた。

青い血が、味山の頬に飛んだ。

「ここで仕留めるっすよ、タダ!!」

跳躍するグレン。

キィイイインと響く金切り音は彼の武装、グローブが出力振動波を生み出す音だ。怪物種71号〝共鳴ホタテ〟の音袋を利用したそれは、獲物の身体を内側から破壊する。

「了解だ、グレン!!　嘴ごと頭を潰せ!!　頼むぞ!」

味山もまた、再び斧を振り上げる。翼の付け根をもう一度狙う。

高周波を纏《まと》った拳が、斧の刃が、同時に怪物の命に迫って——。

「ピ——」

怪物、叫び。

「ッ!?」

「ハァ!?」

探索者、戸惑い。

味山とグレンの攻撃が、大鷲にトドメを刺すことはなかった。なぜか。

「き、えた?」

「マジかよ」

驚愕《きょうがく》の事態に目を剥《む》く2人。

拳の一撃は、大鷲の嘴ではなく地面にヒビを入れる。手斧の一撃は荒野の土に食い込むだけ。

いない。大鷲の化け物が目の前から消えて。

TIPS€　この大鷲には人知竜の手により色彩カメレオンの透明化の力が掛け合わされているぞ

「あ？　じん、ち？」

ヒントが響く。奇妙な言葉に首を傾《かし》げつつ——それに気づく。

「ッ！　グレン、気を抜くな！　近くにいんぞ!!」

「は??　どこに!?　てか、なんで大鷲が消えて——」

「ピョオオオオオオオオオ!!」

虚空から現れる巨体。鋭い嘴を既に振り上げている。

「うそおおお!?　っとお!!」

完全なる不意打ち、しかし、味山の呼びかけにより無意識に警戒していたグレンが慄きながら嘴の一撃を躱《かわ》す。

「マジか!!　聞いたことがないんすけど！　大鷲がなんで透明化なんぞしてんすか!?」

「落ち着け！　相手は大自然だ！　そういうこともあるんだろ！　ネイチャー・アニマルグラフィックでも言ってた！」

「自然ドキュメント番組の情報で納得すんの!?　うわ、また消えたっす！」

「ピョオオオオオ！」

ふっと、付近の光景に溶けるように消える巨体。嘘《うそ》のような静寂が訪れる。

翼のこすれる音も、嘴が鳴る音も聞こえない。荒野を吹き抜ける風、ダンジョンを渡る原理不明の風だけが、茶色の砂を運んでいく。

「やべえ、やべえっすよ、タダ。あ、足跡も見えねえんすけど！　何がどうなって――」

「グレン、静かに」

「え？」

喚《わめ》くグレンを、味山が制する。

透明になった瞬間、不思議なことに音も、足跡も。痕跡すら追えない。

不意打ちをまともに一撃でも喰らえば死ぬ。

形勢は不利。

「指示する。頼めるか？」

「指示って、いや――わかったす。信じるぜ、アジヤマタダヒト」

「任せろ」

だが、味山只人《ただひと》にはこれがある。たとえ痕跡すら透明になろうとも。

耳を澄まして。

ＴＩＰＳ€　２秒後、グレン・ウォーカーを嘴で右上方から狙っている

２秒前――。

「聞こえた、グレン!!　右上方！　嘴！」

１秒前――。

「信じるッすよオオオオオ!!　パワーグローブ最大出力!!」

「ピョオオオオオオオオオオ!!」

刹那。

味山の指示の瞬間、微塵《みじん》の疑いもなく地面を蹴り、アッパーカットを繰り出すグレン。

足腰から練り上げられたエネルギーと、グローブから放たれる高周波を纏う拳が――。

ばぎゃっっ。

「オオオオオ……ピョ、オオオオオ………」

カウンター。完璧に。大鷲が現れる位置にあらかじめ置いていたかのように放たれた人外の拳が、化け物の頭蓋を嘴ごと叩き折る。

ずうううん。砂煙を巻き上げ、斃《たお》れる巨体。身体を一度もたげて、絶え絶えに叫びを上げていた。

叫び声はすぐに、終わった。

ＴＩＰＳ€　怪物種28号・大鷲《アルゲンタヴィス》を討伐した。お前は１００点の〝経験点〟を得た

「……ナイス、グレン」

「お、おお。マジっすか。ほんとに、タダの言う通りの場所に……お前、マジで何したんすか?.」

「……お前のセンスがいいだけだ」

耳に届く幻聴の言う通りにしただけ、なんてことを言えば1発で精神鑑定行きだ。探索者は心を病みやすい。

味山はグレンの質問をいなして、化け物の死骸に近づく。

「アシュフィールドたちが到着するよりも、早く倒しちまったな……」

「そ、っすね。なんか策が全部上手《うま》く行った的な……」

自分たちが狩った大いなる生命を前にして、２人が茫然《ぼうぜん》と。

ひゅううう、赤茶色の荒野を乾いた風が撫《な》でて。

「「イエエエエエエエエイ!!」」

パチン!!　強く、同時に、味山とグレンのハイタッチの音が響く。

「やったな!　グレン!　これ、大金星じゃねえか?!　アシュフィールドの腰巾着呼ばわ

りもこれで終わりかも！」

「ハッハー！　そっすよ！　これでセンセも俺たちのこと少しは見直すはずっす！　〝アルファチーム〟における男女間の力量差は今！　縮まり始めたと言っても過言じゃあねえっすよおおお！」

ピシガシグッグ。

大はしゃぎする成人男性2名。日頃、強大な力を持つ女性のチームメンバーに引け目を感じていた分、今回の狩りの成果は大きかった。

沸きあがる2人にわずかな緩みが生まれる。そして、その緩みで人はいつも命を落とす。

TIPS€　それは死の間際にツガイに助けを求めていた。大鷲2匹目。直上、グレン・ウォーカーを狙っている——ああ、もう間に合わない
「っグレン!!」

パチリ。味山のスイッチが切り替わる。何を考えるよりも先に。

ドンっ。

「ぐえっ!?　タ、ダ!?」

グレン・ウォーカーを突き飛ばし、味山が彼のいた位置へ。

回避はもう、間に合わない。

TIPS€　それは信じられない速度で空を飛び、たまに透明になる

「ピョオオオオオオオオオオオオオ！！！」

光すらも透過する、その力。ぐるりと回転するカメレオンのような鳥眼が獲物を捉える。

直上、直後、突然。

虚空から現れるのは、大きな鉤爪《かぎづめ》、空からの狩り、人など簡単に鷲摑《わしづか》みにしてしまう巨大な爪が、グレンを突き飛ばした味山《あじやま》をすっぽりと覆って――。

「あ、これ、ヤバ」

「ピョオオオオオオオオオオオオオオオオオオオオオオ！！！」

ブォン!!

泣き言を言い終わるよりも先に、一気に味山が空へ。

「ん――ギャァあああああああああ！？？！」

バカみたいな速度で引き上げられるユーフォーキャッチャーのおもちゃのように、味山が大鷲《おおわし》に連れ去られた。

「ピョオオオオオオオオオ」

「ハッ、ハッ、ハッ、やべ、マジでこれ、やべ」

もう下が、地面があんなに遠い。荒野に位置する特徴的な尖塔《せんとう》のような岩たちも、まるでミニチュアのようにしか見えない。

風の中にいる、空の中にいる。大鷲の化け物に、おもちゃのように掴《つか》まれて。

「ぐ、ギャ、く、そ……」

がっちりと鉤爪に抱えられるように捕まっている。

着ている装備が、探索者用の防刃パーカーでなければ既にその爪が生地を貫き、肉を裂いていただろう。

「し、ぬ、い、だい」

だが、その身体《からだ》を掴む化け物の膂力《りょりょく》だけはどうしようもなかった。みしり。みしり。自分の身体の中から鳴ってはいけない音が響く。

怪物に捕まり、遥《はる》か上空、空の旅。味山は静かに、事態を理解し始めて。

「や。べ、マジでこれ……」

死の実感。一気に身体から体重が消えていくような不安感。

「ピョオオオオオオオ」

ばさり、ばさり。ばさり。

飛ぶ速度が、遅くなる。気づけば、足元に、地面が近い。だがそれは、大鷲が味山を降ろしてくれたわけではなかった。

ＴＩＰＳ€　ああ、家族の団欒《だんらん》というやつだ。母親は、子にお前を与えようとしているようだな

「チチチチチチチ」

「チチチチチチチ!!」

「チチチピピピピ！」

元気なひな鳥の声。

大鷲が味山を鉤爪で摘《つま》んだまま、ホバリングしてその場に停止。

「マジかよ」

巣、だ。

怪物種28号は、尖塔の岩地に聳《そび》える一際高い塔のような岩の上に巣を作る。

味山はそこまで連れてこられた。きっと、新鮮な〝餌〟として。

「チチチチチチチチ」

ヒナといえども軽自動車のサイズほどある化け物鳥だ。

真っ黒な目がいくつも、親鳥が運んできた餌、味山を見つめていた。

ヒナ鳥たちが、大きく嘴《くちばし》を開く。餌を、待っている。

「――ヒッ」

酔いから覚める強い恐怖。人類が長らく忘れていた、しかし決して消えることのなかった根源的な恐れ。

食われる、喰《く》われる。被食者の恐怖。

「「「ピチチチチチチチチチチ」」」

ヒナ鳥たちの大きく開かれた口、真っ暗なそれがいくつも味山に向けられて。

死が、こちらを向いた。

狩るか、狩られるか。弱肉強食の摂理。

ポイッ。

「あっ、おい、待っ――」

鉤爪が開かれて、ゴミのように捨てられる。

待ち受けるはヒナ鳥たちの口、丸呑《まるの》みにされることはないだろうが、このサイズ。なぶられ、突《つつ》かれ、殺される。腸《はらわた》を引き摺《ず》り出されて、味わって食べられる。血も啜《すす》られるだろう。

それが、世界の決めた残酷な摂――「そんなの、嫌じゃあアアアアアアアアア!!」

ＴＩＰＳ€　お前は〝耳〟から耳糞《みみくそ》を与えられた〝部位保持者〟だ

耳に届くのは、ヒント。このダンジョンを攻略するための囁《ささや》き。

ＴＩＰＳ€　怪物種から得た経験点を消費し、腑《ふ》分《わ》けされた部位〝耳〟の、獲物を殺すための力。〝耳《みみ》の大力《たいりき》〟を使用するか？

「は!?　耳!?　たい、なんて!?　ああもう！　クソ！」

落ちる、落ちる。喰われる。すぐ目の前に怪物の口。

「――なんでもいい！　ＹＥＳ、だ!!」

迫る口を開けたヒナたちを、鼻水と涙を垂らしながら、味山は睨《にら》みつける。

気づけば叫んでいた。

「力ァ貸せ！　クソ耳!!」

それは、あの夏。８月に体験した恐怖そのもの。味山にとっての生と死の象徴そのもの。

生命を引き裂き、ただ、嗤《わら》い続けるあの化け物の力。

ＴＩＰＳ€　〝耳《みみ》の大力《たいりき》〟、発動

喚《わめ》き、叫び、怯《おび》える。

しかし、手斧《ておの》、怪物を殺すための武器、それだけは鉤爪に摑まれながらも決して手放すことはなかった。

「ふんぬ、ぐおおお!!　オラァァァァ!!」

握りしめ、振りかぶる。無様に落下しつつ、手斧を振り上げ。

「喰われてたまるかァァァァ!!　モラトリアムクソジャリ鳥なんかによぉぉぉ」

「ピチチチチチチチチチ、ピチュ――」

ぱちゅ。

弾《はじ》けた。

内側から破裂するように弾け飛んだのは、味山をそのまま嘴でキャッチしようとしていたヒナ鳥の1匹。

味山只人《ただひと》が振り下ろした片手斧が、その化け物の首から上を、弾き潰した。同時に、その手斧もへしゃげて、砕ける。

「――っは？　ぐえ!?　どうえ！」

ぐしゃ、ごろんごろん。

頭を失って噴水のように青い血を流すヒナ鳥の化け物、それのふわふわの羽毛の身体にそのまま沈み込み、弾かれ、地面に転がる味山。潰れた手斧が、手から離れた。

「うえ、ぶえ、ぺっ、……は？　なんだ、今の……」

覚えているのは、溢《あふ》れるように湧き上がる力。斧から伝わった衝撃。

「ピョ、ぴょこここここここ」

「チチチチチチチ」

ＴＩＰＳ€　仲間を呼んでいる。奴《やつ》らは皆、怒り狂っているぞ

「……マジかよ」

「「「「ピョオオオオオオオオオ」」」」

ばさり、ばさり。

上空を埋め尽くす翼の音。景色の中から溶け出すように、大鷲たちが現れる。

空を悠然と飛ぶ奴、近くの高い尖塔のような岩に止まっている奴、ホバリングしつつこちらを見下ろしている奴。

「ピチチチチチチチチチチ」

兄弟を殺されたことに怒りを覚えたのか。味山よりも1回りも2回りも大きなヒナ鳥たちも頭をもたげて、味山を見下ろす。

化け物の群れの中、探索者、1人。

「……ほんとクソゲーだな」

震える声でつぶやく。

斧は砕け、先程湧いた力も今は何も感じない。

だが、それでも味山は諦めない。

探索者端末の録音機能をONにして、前を向く。

「……味山只人の探索記録、上空前方、怪物種28号の群れ、全部ぶっ殺す」

「ビョオオオオオオオオオオオオオオ！！！」

大鷲の翼がダンジョンの太陽の光を浴びて輝く。

神々しさ。過去、人間は生命の威容に神を見たことがある。だが、ここにその威にひれ伏すような人間はいない。

「ビョオオオオじゃねえんだよ！　お前を殺して金ェ稼ぐ！　死ぬのはてめえだ！」

本気になった化け物、酔っ払った凡人。

今から決まる、狩るのはどちらか。狩られるのはどちらか――味山が膝を震わせながら前へ。

《戦術データリンク。起動。位置情報の提供命令を受理。味山只人、コールサイン、〝ア

ルファ4〟の位置情報を、〝アルファリーダー〟へ送信完了》

「うん？」

ＴＩＰＳ€　警告。星が来たぞ。嵐に備えろ――

同時だった。携帯している探索者端末から電子音声が鳴るのと、耳元にヒントが届くのは。

星、嵐。

味山《あじやま》只人は、それを知っている。いや、この世界に生きる人間ならば、誰でも、〝彼女〟のことを知っている。

「ビョオオオオ!?　ビョオオオオオオ！！？」

化け物たちのうち、特に賢い数匹が悲鳴のように鳴き、一気に翼をはばたかせて逃げ出す。

「ビョオオオオオオオオオオ!!」

「ビョオオオオオオオオオオオオ!!」

そして多数の愚かな個体は、逃げることを選ばなかった。

「ビョオオオオオオオオオオ」

人間の赤い血の味を覚えた彼らは、その本能のままに、味山に、鉤爪《かぎづめ》を向けて。

《タダヒト、まだ生きてる？　対ショック体勢。レディ？》

「あ、ちょ、待っ、アシュ――」

端末からの、声。

味山が慌てて、その場にうつ伏せる。

化け物が迫っている、だがもう、恐怖はなかった。

勝負ありだ。

オオオ。

大風。巨人の叫び声にも似た、風の音。

「ビョオオオオオオオオオオオ！？？！」

もはや、空は大鷲《おおわし》たちのものではない。風を摑《つか》んでいた翼は、空に拒否された。

きりもみしながら、台風の日に舞う凧《たこ》のようにぐちゃぐちゃに空に搦《から》め捕られた大鷲たち。

「ビョ――」

ぷちゅ。きんっ。

空に花火。青い血が満開の花のように開く。

嵐を裂き放たれた何かが、1匹の化け物の身体《からだ》を粉々に。

「ファーストキル……じゃないわね。あなたとグレンが1匹始末してくれてたかしら」

「うわお」

英雄の一撃。悲鳴すら、音すら置き去りにして怪物の命を奪ったのはシンプルな攻撃。

「うん、調子は悪くないわね」

投擲《とうてき》。彼女の足元に墓標のようにいくつも突き立つのは〝投《な》げ槍《やり》〟。放たれたのはそれだ。

「ビョオオオオオオオオオオオオオ」

大鷲たちが、叫びを。

彼らはようやく理解した。今、自分たちが何を敵に回してしまったのかを。

尖塔《せんとう》の岩、数々の聳《そび》え立つ岩、味山のいる巣からすぐ近くのより高いもう1つの尖塔の岩の頂上に、〝彼女〟は、いた。

「あなたたちは賢い生き物ね。探索者のチーム8つと、上級探索者12名、自衛軍のパトロール隊2つに、組合の多国籍部隊4つ。たくさん殺し、たくさん食べた。あなたたちは学習していっている、人間の殺し方を、人間の味を」

金色のウルフカット。ダンジョンの陽光を浴びて、髪の毛が黄金のように輝く。

「安心して、皆殺しにはしない。バランスは大事だもの。あなたたちというこの区域の生態系の頂点に位置する捕食者を全て殺せば、調和が乱れちゃう。だから、全部は滅ぼさない」

彼女が、静かな口調でつぶやく。

「でも、滅びかけてもらう。あなたたちは危険だもの。人間の殺し方を覚えた、人間の味を覚えた、アハ、なら次に覚えることは決まってるわ」

指定探索者。

国家より特権と地位の指定を受け、国家戦力に数えられる特別な力を持つ探索者。

「人間の恐ろしさも、きちんと覚えてね」

指定探索者〝52番目の星〟。

人でありながら合衆国の星条旗、その52番目の星に列席する現代の異能。

アレタ・アシュフィールド。その蒼《あお》い目がすうっと歪《ゆが》み、笑う。

「ピョ」

「ひえ」

怪物と味山、奇《く》しくも同じ短い悲鳴。

そして狩りが始まった。

「カモ撃ちね」

殲滅《せんめつ》。

空を飛ぶはずの翼も、獲物を引き裂く鉤爪も、肉を引きちぎる嘴《くちばし》も役に立たない。

金色の髪の女が放つ投げ槍、それが1本放たれるたびに、1つ怪物の生命が消えていく。

女に近づこうとした大鷲は、その翼を風に手折られ、ゴミのように巻き上げられ、最後は投げ槍に貫かれる。

「…………無法すぎる」

味山がうつ伏せのまま、言われた通り待機。そうしてる内に全部終わった。

最初に逃げ出した賢い数匹を除き、大鷲は全て指定探索者の狩りの成果となるだろう。

「タダヒトとグレンが引き付けてくれたおかげで、襲撃されたルーキーたちの救助は完了しました。死亡者なし、アルファチームはこれより当初の依頼通り、敵性怪物種の殲滅に移ります」

トッ。小さな音は、彼女が当たり前のように岩から岩へ飛び移り、味山の近くに着地した音。

あの日と同じように。待ち合わせに集まるような気軽さで。蒼い瞳がニコリ。

「ハァイ、タダヒト。援護お願い出来るかしら？」

星が、凡人へ笑いかける。

「……了解、アシュフィールド」

凡人はその背中を追いかけ、立ち上がった。

第2話■【1日の終わりと女の戦い】

「おーい！　姉ちゃん！　生ビール5つ！　まだ来てねえぞ！」

「そんでよ、そこで食らわせてやったのよ！　あんぐり空いた口にぶち込んでやったぜ」

「あのニホン街のあめりやっつー高級店、すんごい美人がいるらしいぜ」

「アルファチームだ。ルーキーどもの救援のついでで、大鷲の群れを駆除したらしいぞ」

「知ってる、あのニホン人野郎、生き残ったんだとよ」

「アレタ・アシュフィールドが全部やったんだろ？　羨ましいもんだぜ、腰巾着め」

「それだけじゃねえよ、〝女史〟も〝グレイウルフ〟もいるんだぜ？　場違いにもほどがあるだろ」

「怪物狩りが、またやった。懸賞金付きの指定怪物種を2日で狩り終えたんだとよ」

「U《United》　E《European》　の指定探索者の話聞いたか？　2人死んだらしい。また〝耳の怪物〟だ」

「クク、この霜降りラム蛇のステーキ。よく仕込んどる……臭みがまるでない！」

ワイワイガヤガヤ。

その場には喧騒《けんそう》が満ちている。

オレンジの室内灯が、空間全体を暖かく照らしどこか楽しい白昼夢を見ているような気分にさせる室内。

部屋全体に響く陽気なＢＧＭのリズムに否応《いやおう》なくみんな酒を空にするペースを煽《あお》られる。

笑顔を振りまきながら、両手にジョッキや食器を携えたスタッフがたくさん行き来する。

探索者組合本部。エクスプローラーパブ《探索者酒場》。バベル島において限られている飲酒が認められているエリア。

部屋の壁には各国の国旗が掲げられており、その場に座り飲み食いする人間は様々な人種が交ざっている。

世界で最も国際色豊かな場所、様々な人間が集まり酒を酌み交わし、料理に舌鼓を打つ。

活気あるその酒場の中、注目を集める席があった。

「みんな、お酒は行き渡ったわね？」

「ああ、アレタ。ワタシは大丈夫だよ」

「アレタさん、俺も大丈夫す！」

「あるぞ、アシュフィールド」

味山は、真っ白に凍り付きキンキンに冷えたジョッキを掲げる。対面に座る金髪の女は満足げに頷《うなず》き声を張る。

「オーケー！　それじゃあ皆！　救援対象、ルーキーたちの全員救出成功と、怪物種28

号・大鷲《アルゲンタヴィス》の群れ討伐を祝して！　生き残ったあたしたちに！　かんぱーい！」

「カンパイ！」

「カンパイっす」

「乾杯」

同時に差し出されたジョッキとジョッキがゆっくりとぶつかる。味山《あじやま》は笑顔溢《あふ》れる仲間たちと盃《さかずき》を交わし、ジョッキの中身を呷《あお》った。

「あー、1杯目は最高なんだけどなー」

苦味と炭酸の刺激が喉に染み渡り全身に満ちる。空《す》きっ腹《ぱら》にビールが溜《た》まり、カラカラの身体が潤っていく。

「プハーッ!!　あー、この1杯目のために生きてるっす！　あ、お姉さーん！　ビールおかわり！」

隣に座るグレンが一息でジョッキの中身を空にする。同じ事を味山がすればすぐに倒れてしまうだろう。

「助手、ほどほどにしておけよ。探索の後だ、ダンジョン酔いはまだ完全に抜けていない」

味山から見て斜め前の席、グレンの正面に座る赤い髪の少女がちびちびとジョッキを舐めながら呟《つぶや》いた。

「うぃーす、心得てますよ、センセ、安心してください！」

味山は枝豆をつまみながらその少女を一瞥《いちべつ》した。

真っ白な肌はその唇すら色素が薄い。よく見ると眉毛までもが雪にまぶれたように白い。対照的にその瞳は紅《あか》く、血に染まったルビーをそのままはめこんだと言われたら納得してしまいそうな瞳だ。

髪の毛は確か染めているはず。瞳と同じように真っ赤に染められたボブカットに一房垂れるサイドテール。

「ん、どうした？　アジヤマ。ワタシの顔に何かついているかね」

味山の視線に気づいたアルビノの少女がふっと笑う。

「あ、いや悪い。造りが良すぎて見惚《みと》れてただけだ」

「む、そうか、不躾《ぶしつけ》に眺められるのは気分が悪いものだし、よくされるものだが……そこまで素直に言われると存外悪い気はしないものだな」

押し殺すように少女が喉を鳴らす。彼女もまたグレンと同じく、味山の所属するパーティメンバーの1人。

合衆国指定探索者、ソフィ・M・クラーク。

通称〝女史〟。

世界に50人といない、国家からの指定を受けた特別な探索者の1人。

一般人の中での知名度で言えばアレタ・アシュフィールドには及ばないが、探索者の中での知名度はかなり高い。現代ダンジョンに〝バベルの大穴〟という呼び名をつけたのも彼女だ。

「アレタ、アジヤマがワタシを熱い目で見つめてくるのだが……これはどういう事だと思う？」

味山の視線に気づいたらしいソフィが、紅い瞳を細めて隣に座る彼女に声をかけた。

「知らない、別にいいんじゃない？　タダヒトが誰に見惚れようがあたしには関係ないし、メッセージも既読無視するし」

あ、やべ。

味山が焦った時にはもう遅い。

対面に座る金髪の女。アレタ・アシュフィールドが一気にジョッキを呷った。彼女の蒼い目が据わっている。

「ハハハ、どうする、アジヤマ。我らが星はヘソを曲げてしまったようだ。キミに任せたよ」

「煽るなよ、クラーク。あー、どうしよ、ほらアシュフィールド、ヘソ曲げんなって。俺のだし巻き卵1つあげるから」

味山は手近にある皿を差し出す。てらてらのだし巻き卵。これに大根おろしと醬油《しょうゆ》を少し垂らせば神の食べ物になる。味山の好物の1つだ。

ここ、バベル島の飲食店はニホンの飲食店が多く進出しているため、味山の口に合うものが多い。

しかし、アレタはふいっと顔をそらす。

「美味《おい》しいぞ?」

食べないのなら仕方ない、味山が皿を戻しながら箸で1つだし巻き卵をつまんだ。

「それ」

「あ?」

「それがいい」

「いや、だからほら。あげるって。大根おろしもつけていいから」

味山は再び手元に戻した皿をアレタに向けて差し出す。

彼女の金の髪がふるふると横に振られた。

え、また拒否?　いじめ?

味山が怪訝《けげん》な顔をすると。

「……違う、タダヒトが今お箸でつまんでるのがいいの」

小さな声、アレタが指差していたのは皿に置いてあるだし巻き卵ではなく、味山が口に運ぼうとしているものだった。

「タダ、タダ！　何してんすか?!　ほら、アレタさんがあんなに勇気を出して仲直りの機会をくれてんのに！　なにボケーッと固まってるんすか！　ウエストバージニアじゃあ常識っすよ！　ね！　センセイ！」

「……ごほん、ああ、助手の言う通りだ。アジヤマ、多国籍の人種が集う探索者のパーティとはこのように異文化交流の機会が多い。キミの国にこんな言葉があるようだね、郷に入っては郷に従えと」

バベル島、およびバベルの大穴の中では言葉の壁は存在しない。原理不明の力が異なる国の言葉全てを統一し、互いに翻訳し合う。ニホン人の味山と合衆国人のメンバーの間でも言葉の壁はない。

ことわざですら変換され、素直に味山は理解することができる。

故に古い神話になぞらえてこの土地にはバベルの名前が冠された。

「え、これそういう事なのか?……なるほど、たしかに2人の言う通りだ。アシュフィールド、すまん、機嫌直してくれ。だし巻き卵あげるから」

「……ん、べ、別に怒ってるわけじゃないわ。でも、タダヒトがそこまでしたいなら別に食べてもいいけど」

金色の毛先をいじりながらアレタがブツブツと呟く。探索の時と違いその姿には覇気がない。いつもよりだいぶ小さく見えた。

「ああ、そんな文化があるとは知らんかった。頼む、アシュフィールド、俺のだし巻き卵を食べてくれ」

「そ、そこまで、言うなら仕方ないわね。いいよ」

髪の毛を耳にかけてから、アレタが目を瞑《つぶ》って口を小さく開けた。

味山は箸でだし巻き卵を摘《つま》んだまま、ゆっくりとその薄い桜色の唇に近づけて。

「タダ！　きちんとあーんって言って！」

「む、よく考えると、これはワタシのアレタと味山が目の前でいちゃつくことになるのか？　む、でも、アレタがそれを望むのなら……あれ、脳が……」

グレンとソフィがわちゃわちゃしているのを尻目に、味山がだし巻き卵を見つめて。

「じゃあ、アシュフィールド、あーん」

だし巻き卵を差し出す。

「……あーん。ん、美味しい」

もごご、とアレタが咀嚼《そしゃく》する。

猫っ毛の金髪は天井の灯《あか》りを受け控えめにきらめく。真っ白な肌はアルコールの影響か、わずかに赤い。

アーモンド形の瞳が今は、にょによと丸まっていた。

とびきりの美人が口元を押さえながら食べるその姿に味山はなんとなく満足感を覚えて。

「良かった、ここの組合本部の酒場は飯が美味《うま》いからな、少しは機嫌直ったか？」

「む、べつに拗《す》ねてなんてないわ、子ども扱いはやめてもらえるかしら」

唇を尖《とが》らせつつも、アレタの表情は柔らかい。

味山は機嫌が戻った事に安心する。そのまま箸でだし巻き卵をつまみ、ひょいと口に入れる。

嚙《か》むたびにじゅわりと何重にも巻かれた卵から旨味《うまみ》の詰まったダシが溢れる。

「うまい……ん、どうしたアシュフィールド、まだいるのか？」

味山はだし巻き卵に舌鼓を打ちつつこちらを見つめてくる視線に気づく。

「え！　いや、ううん！　別にもう大丈夫よ！　タダヒトの好物なんだから、タダヒトが食べて……えと、タダヒトはそれ、気にならないの？」

「なにが？　だし巻き卵に醬油をかけること？　大根おろし載せること？　あー、そうか外国から見れば大根おろしとかの薬味って珍しいのか」

味山は呟きながらまた、大根おろしをつまみ黄色のだし巻き卵の上に載せる。醬油をひとさし、ほろほろの卵の生地に、いい具合にしみ込んだ醬油のうまみ、大根おろしが後味をさっぱりと。うまい。

「あ、また……う、ううん、別にタダヒトが気にならないのなら良いの……はあ、あたしだけ馬鹿みたい……」

アレタが、味山を、正確には味山が口元に運んだ箸を見つめている。

しかし、怒っているわけではないようだ。味山は首を傾《かし》げながらジョッキを呷って、だし巻き卵をビールで流し込む。

炭酸の刺激と、ホップの苦味が卵を喉に流し込む。たしかな満足感、決まった。

味山が満足げに大きく息を吐く。目頭が熱い、もうアルコールの酔いが回り始めてきたみたいだ。

「ははは、いやあ良かった、良かった。無事、アレタとアジヤマが仲直りできたみたいだ。そうこれでいい。アレタが喜んでいるんならいいじゃないか、ソフィ・M・クラーク、そう、これは決していちゃついてるのを見せつけられたわけではない、ワタシとアレタの絆《きずな》にアジヤマのごときぽっと出の探索者が……アレタに選ばれた探索者……が」

ソフィが笑顔のままぶつぶつと独り言を始める。その声はどこかネバっとしたものを含んでいた。

「あ、まーたこの人アレタさんへの感情バグってんな。セーンセ、ほら大丈夫っすよ、タダは自分の身の程知ってるっすから、アレタさんと夜の街に消えたりしないっすから」

グレンがソフィの目の前で手をひらひらさせたりして正気を確認している。

「アレタ……結婚したのか？　ワタシ以外の人間と？」

「だめだこりゃ」

ややこしい人間関係がこの食卓だけで出来上がっている。

「クラーク、安心しろ。俺がアシュフィールドに粗相することは万が一もありえねえから」

「え」

きょとんとしたアレタのその様子を無視し、味山《あじやま》は続ける。

「〝52番目の星〟になんぞ手を出してみろ。小市民の俺がどんな目に遭うか。俺のＳＮＳが愉快なＤＭで沈没するぞ」

「え、ＳＮＳをやめたらいいんじゃないかしら」

「なんだそのアドバイス。仮にＳＮＳがセーフだとしても闇討ちされるわ。見てみろ、この俺に突き刺さる周囲の連中の視線を」

味山が顔を渋くさせる。先ほどからぴりぴりと全身に感じるそれは視線だ。

「「「……………」」」

視線、視線、視線。喧噪《けんそう》の中に混じりながらもそれはじっと、味山たちに注がれている。

アレタ・アシュフィールド、52番目の星。

ソフィ・Ｍ・クラーク、女史。

グレン・ウォーカー、上級探索者。

いずれもこの現代ダンジョンの時代における有名人、アレタに至っては既に教科書に名前の載っている生ける伝説。もちろんそんな存在が注目を集めるのも当然、だが今、味山が感じている視線の種類は。

「「「「「ちっ」」」」」

敵意。老若男女問わず、味山に注がれる視線にはそれしかない。なんでお前みたいなのがアレタ・アシュフィールドやソフィ・M・クラークと対等に話しているんだ、殺すぞ。というものだ。

味山は視線に気づかないフリをして、ジョッキを呷《あお》る。苦味と刺激が胃の底に溜《た》まってゆく。

「まあ、なんにせよ。今日も我々は生き残った。それが何よりだよ。それにしても2人とも。よく特異個体との初遭遇に対処できたものだ。やるじゃないか」

ソフィがテーブルの上で手遊びしながらつぶやく。くくと愉快そうに喉を鳴らす姿は猫に似ていた。

「いやー、でも割と間一髪っすよ。とどめの瞬間、透明になって離脱された時はマジで焦りましたもん」

「あー、あれは焦った。まさか透明になるとは思わないよな。そのあと捕まった時はマジで死んだと思ったわ。あ、斧《おの》、ローン……」

味山は話しながら自分が失ってしまった物を偲《しの》ぶ。2年ローンで買ったかっこいい鍛造品の斧、持ち手にA・Tという名まで入れてもらっていたのに。

「……安心しなよ、アジヤマ。チームの経費で落としてやるさ、なあ、リーダー？」

「ええ、そうよ、タダヒト。それに大鷲《おおわし》の討伐で1人頭100万円ほどの報酬もあるし、たまには……その、探索者装備以外でもお買い物とかいいんじゃない？」

　少しだけ、アレタが目線を落としてごにょごにょと口を動かす。だが味山にはもう、経費でローンをどうにかできるという部分しか頭にない。

「まじか！　超ホワイトじゃん、うちのチーム」

「いやタダ、これがフツーっすから」

「マジかよ、グレン。俺リーマンの時の営業車のガソリンとかも自腹だったんだけど」

「タダヒト、あなた、たまに辛《つら》い過去をつぶやくわよね。気になるのだけれど」

「アレタ、ジャパニーズビジネスマンにとっては普通のことだよ。あまり詳しく聞かないほうがいいと思う、ご覧、あの目、すべてを受け入れているようで、この世のすべてを恨んでいるような目だよ」

「タダヒト……あなた……なんて目を……」

「本気で憐《あわ》れむのやめてくんない？」

「あっはっは、まあ今日もうちのチームは仲が良いということで。あ、お姉さーん、生ビール3杯追加お願いしまーす」

　グレンがホールスタッフに追加のおかわりを求める。酒場の喧騒《けんそう》の中、スタッフが笑顔で注文を聞いていた。

「そーいえばよー、今回の報酬、いつもよりかなり高いよな。1人頭100万円って。今から振込が楽しみで仕方ないんだけど」

　味山がふと、大根のサラダをつまみながら口を開く。

「ああ、今回討伐した怪物種28号は組合により特異個体と認定されたからね。透明化が可能な個体だ。妥当な金額さ」

　味山のウキウキした言葉にソフィが答えた。味山とは違い金額そのものにはあまり関心がないように見える。

「強かったっすもんね、もう最後のとこ、群れが出てきた時はマジで終わったと思ったたっすけど」

　グレンの言葉を聞き、味山はあの狩りの結末を思い出す。

「まあ、特異個体があの群れだけなことを祈るとしよう。アレタの投《な》げ槍《やり》がメタを取れたね。大鷲はサイズこそ巨大だが、空を飛ぶための軽量化により肉体は割と脆《もろ》い。我らが星の力の前にはカモにすぎないさ」

　ソフィが頬を緩めてアレタを見つめる。

「ソフィもよくサポートしてくれたわ。ありがと」

2人の美人が笑い合う。

味山は自分にはない有名人特有のオーラを肴《さかな》に、ぬるくなって苦みの増したビールの残りを飲み干した。

「おまたせしましたー！　生ビール3つです！」

「はーい、はいはい、こちらのレディ2人と、俺っす、お姉さん」

PIPIPIPI。

グレンがスタッフからビールを受け取るのと同時に端末の着信音が鳴り響く。

「おっと、失礼、ワタシの端末だね。……ふん。アレタ、少しいいかい？　お手洗いに付き合ってくれ」

「え？　ええ、問題ないわ。ごめんね、タダヒト、グレン。少し外すわ」

「おう、ごゆっくり」

「行ってらっしゃいっすー」

アレタとソフィが連れ立って席を立つ。男2人はビールをちびりちびりと飲みつつその後ろ姿を見送った。

インナーにジャケット、割と薄着の2人の背中を味山は、ぼーっと見つめる。

「アレタさん、後ろ姿から何から美人っすねー。見てくださいよ、あの長い脚、周りの探索者の連中、みんな横目で盗み見してるか、見惚《みと》れてるかっすよ」

味山はグレンに促され、手洗いへ向かうアレタを見送る。

喧騒が満ちる酒場、しかしアレタとソフィの進路に近いテーブルは皆静かだ。

男が、女が、酒場のスタッフまでもが。

ちらりと一瞥《いちべつ》するもの、じっと見つめるもの、こそこそと盗み見するもの。様子は様々だが、皆一様にその2人に目を奪われている。

「すげえ……ホンモノのアレタ・アシュフィールドだ」

「テレビで見るより美人だ……てか顔小さくね？」

「髪の毛、光ってるんだけど……オーラやばい」

「どうしよう？　これ、ソフィ先生サインくれるかな？」

「あの2人、ほんとに綺麗《きれい》……」

「おい、声かけてこいよ」

「バカ、相手にされるわけないだろ！」

「ああいうのが偉人になるんだろうなあ」

ざわ、ざわ。

沈黙と喧騒が綺麗に分かれる。2人の指定探索者が離れたテーブルから順番に会話が溢《あふ》れ出ている。

「ほら、酒場の連中みんなアレタさん見てるっすよ」

「……たしかに絵に描いたような美人だけどな。でもよ、ツラの良さならお前のセンセイ、クラークだって負けてねえだろ」

飲み物のメニューを眺めつつ、隣のグレンへ言葉を返す。

「いやー確かにセンセイは、なんも知らなければ現実離れした綺麗な人なんすけどー、ホラ、日常を見てるとどうもそんな感じしなくて。山のように積もった吸い殻とか、脱ぎ捨てられたパンツとか洗濯機に放り込む身としたらねー」

「見る分には綺麗だが、登る分には、か。フジ山みたいだな」

気づけば、自分のジョッキを空にしていた。妙に口寂しい。

アレタの席のなみなみと注がれた黄金色のビールジョッキに水滴が伝う。味山はそれを手元に引き寄せ、ちびちびと口に含んだ。

「あ、それ、アレタさんのビールっすよ。ははは。アレタ・アシュフィールドのビールを横取りするなんざ、タダ、お前、ファンの連中に刺されても文句言えねーっすよ」

「へいへい。どいつもこいつも、アシュフィールド、ね」

酒場に満ちる湿度を伴う熱狂は、アレタやソフィに憧れる人々がもたらしたものだ。彼女たちの持つ輝きは、存在するだけで人々を魅了する。闇を照らす星の光のように人々を惹《ひ》きつけてやまないその光。

「気色わりィ」

無意識につぶやく。そのつぶやきは酒場の喧噪にまぎれ誰にも届くことはない。

味山が苦い酒を喉に押し込む。

TIPS€　耳を澄ませ

グレンの声ではない。

それとは別のナニカが味山の耳に囁《ささや》く。

「UEの〝耳の怪物〟討伐作戦の失敗により、遺物2つの喪失か。大陸国家がまた勢いづくな。〝魔弾〟と〝開拓者〟の死亡は痛い」

「〝耳の怪物〟はその後消息不明、完全に作戦は失敗。やはり。〝52番目の星〟でなければ……」

「おい、見ろよ、凡人野郎だ。また生き残ったんだとよ」

「アレタ・アシュフィールドの寄生虫が。なんでまたあの星はあんな凡人を飼ってるんだ？」

「ねえ、あの人、この前ニホン人の探索者から聞いたんだけど、前のパーティでも問題を起こして追放されたらしいよ？」

「聞いた、聞いた！　女を取り合って、逆ギレしたんでしょ？　マジありえなくね？」

「グレン・ウォーカーが一緒じゃなけりゃ、少しわからせてやるんだけどな」

「まったくだぜ。目障りな男め。ダンジョン発祥の国の人間だからって、てめーまでがえらいわけじゃねえのに」

「この前のウィンスタ見たか？　アレタ・アシュフィールドと一緒にクレープ食べてたぞ。調子に乗ってやがる」

「ククク、しつこ過ぎず、それでいて濃厚な味。相当良いハチミツを使っとる……このパンケーキのシロップ……！　ワシの目はごまかせん、生地にもわずかに練りこんどる……！　バベルミツバチのミツを……！」

「仰《おつしや》る通りです。立神《たてがみ》様。お口に合ったようで何よりです」

耳にまとわりつくように聞こえる声、声、声。

味山《あじやま》は耳が良い。正確には、とある探索の報酬としてその日から〝耳〟を手に入れた。

聞こえないはずのものが聞こえる、その耳。

TIPS€　探索者にとって評判は大切だ。横の繫《つな》がりは新たなる探索の呼び水となるだろう

うるせえ、知ったような口を叩《たた》くな。

陰口とは別にどこからか聞こえる囁きに内心で返事をする。

ＴＩＰＳ€　この奇妙な響きと共に、味山にはダンジョン攻略のヒントが聞こえる

具体的な攻略だけにとどまらず、コツや豆知識などがどこからともなく聞こえてくるのだ。

顔を振り、聞こえなくても良い雑音を振り払う。

「どーしたんすか？　タダ」

「いや、なんでもねえよ」

「そっすか？……なら、今あの２人がいないんで。タダ、明日の夜、時間空けとけよ」

「どした？　飲みにでも行くのか？」

味山が急に声を潜めたグレンに対して首を傾《かし》げる。グレンの犬系イケメンヅラがすっと真顔に変わる。

「タツキからさっき連絡があったっす。明日、例のお店、〝あめりや〟に連れてってくれるって」

「まじか」

声を潜めた男２人。恐ろしい女性陣がいなくなった瞬間に、男の話が始まる。

「そう、会員紹介制、超高級和服美人お座敷ラウンジクラブ。〝あめりや〟。限られたＶＩＰしか行けない伝説のやばい美人しかいないバベル島の夜の頂点にたつ店。あのジゴロがついに俺たちの熱い思いに根負けしたんすよ」

「オーケー、グレン。このことはアシュフィールドやクラークには？」

「言えるわけないっすよ。センセイはともかく、アレタさんにタダがそんなとこ行くなんてばれたら……最悪、この島に嵐がやってくるっすよ」

「あいつ、潔癖なところあるからな」

「いや、そういうわけじゃないんすけど。まあいいや、めんどいからもうそれで。とにかく、夜の計画の詳細は明日の昼にメールで送るっす。くれぐれもばれんなよ、タダ」

「もちろんだ。よし、よし！　テンションが上がってきた！　景気づけに肉系がいきたい、なんか頼んでいいか？」

　味山が机の上にあるメニュー表をひらりと眺めて。

「それなら、三戦鳥の唐揚げはいかがですか？　唐揚げ、好きでしたよね、味山さん」

「あ！　それいい！　それに決め――え？」

　突如、かけられた明るい声に味山は言葉を止める。

　先程までアレタが座っていた席に、気づけば誰かが座っている。

　味山どころか、グレンですら声をかけられるまで気づかなかった。２人の男が目を大きく見開いて、ポカンと口を開けて。

「お久しぶりです！　味山さん。お元気そうで何よりです」

「貴崎《きさき》……？」

「はい、味山さんの元パーティメンバーで、現在！　味山さんを補佐探索者にスカウト中の貴崎凛《りん》です」

無邪気な笑顔で、黒髪ポニーテールの美少女が味山に笑いかける。楽しくて仕方ない、そんな笑顔だった。

◇◇◇◇

「これが何かわかるかい？　アレタ」

広い酒場のトイレ。磨き上げられた大きな鏡と大理石で出来た手洗い場で2人の指定探索者は化粧を直していた。

アレタは薄めのリップを塗り直しながら、ソフィが差し出した端末を受け取る。

画面に映し出された写真。

ブルーシートの上に置かれた捻《ねじ》れた棒。柄の部分は凹《へこ》み、緩やかにねじれている。

「ナニコレ？　使用済みの歯間ブラシみたいね」

棒の先端には砕けた黒い塊が。よく見ればそれは刃のようにも見えて。

「……斧《おの》だ。今日の探索でアジヤマが使用し、そして破損させた手斧だよ」

「……知らなかったわ。彼がキングコングの末裔《まつえい》だったなんて。なんで自分から教えてくれなかったのかしら」

アレタが肩をすくめ、端末をソフィに返す。

「真面目に聞いてくれ、アレタ。見た目のインパクトが強いのはこの砕けて広がった歯ブラシのようになった刃だが、特筆すべきはこの歪《ゆが》んだ柄だ。アジヤマは己の握力で自分の斧を握り潰している」

「……それはすごいわ。彼とハグする恋人は大変。苦労しそうなものね、まったく」

ソフィの、じとりとした目つきをアレタが横目で確認する。大きくため息をついてうなずく。

「ええ、わかったわよ、ソフィ。真面目に聞く。続けてちょうだい」

「聞き分けの良い友人を持てて幸せだよ。アレタ……アジヤマの身体《からだ》にはワタシたち、指定探索者と同じ生体追跡チップが埋め込まれているのは知っているね？」

ソフィが自分の右腕を指差し、呟《つぶや》く。アレタもまた自分の右肩を見つめて頷《うなず》いた。

「もちろん、8月の外科手術の時に入れた奴《やつ》でしょ？　あの夏の、〝耳〟との戦いのあとの奴」

「そう、その通り。1か月前、あの夏さ。アレタ・アシュフィールド以外で、唯一、接触禁止指定怪物種参號〝耳の怪物〟との戦闘を生き延びた探索者、〝アジヤマタダヒト〟……彼の監視と調査のために身体に埋め込んでいたチップだけどね、反応が消えているらしいんだ」

アレタは蛇口に手を差し出し、流水に手をさらす。

「……ねえ、ソフィ。その話ってパブのトイレでしていい話？　盗聴とか大丈夫なの？」

「安心しなよ、アレタ。どうせワタシたち、指定探索者への監視網はこの島はおろか世界中に延びている。場所がどこだろうと、誰かには聞かれるさ」

「……プライバシーという言葉が意味をなくして久しいわね。有名になり過ぎるのも問題だわ」

「くく、そうだね。お陰でキミの補佐探索者はSNS上で常に炎上し続けているみたいだが？　曰《いわ》く、星にまとわりつく屑《くず》。キミの愛称に合わせて、星屑野郎、もしくは、凡人探索者、そう呼ばれてるとか」

愉快げにソフィが形の良い唇を歪ませる。色素の無い白い唇が艶《なま》めかしく動いた。

「あら、いいじゃない。あたしは好きよ？　それにあたしは、その辺にある宝石とかよりも、道端に転がっている奇妙な形の石ころの方が面白いもの。それが星屑ならなおさらレアじゃない、それに痛快でしょ？」

「痛快？」

ソフィがはっと、息を呑《の》んだ。アレタの表情、歪んだ蒼《あお》い瞳、静かに傾けられた唇。その表情に名前はないだろう、だがそれに込められた感情にはとても、あふれそうな、なにかが。

「――これは、予感よ、ソフィ。彼はそのうちすごい探索者になる。誰もが凡人ってさげすむ彼はそのうちきっと、星すらも超える探索者に。痛快でしょ？」

アレタが切れ長の碧眼《へきがん》をソフィに傾ける。

「……くく、そうか。星を、ね。アジヤマは苦労するな。キミに期待されるなんて。あれ、なんか妬《や》けてきたな。アレタ、キミ、奴への好感度高くないかい？」

「ふふ、どうかしら」

くく、ふふ。

爽やかな笑い声、付き合いの長い2人の探索者が笑い合う。綺麗《きれい》ということは恐《こわ》いということにも似ている。

しばらく笑い声が大理石に響く。ソフィが小さく息を吐いて。

「ふー、さて、本題に戻ろうか。その凡人探索者についてなんだがね。身体のチップ、そう、たとえ怪物種に飲み込まれようとも破損しないはずの生体追跡チップがね、壊れているんだよ、アレタ」

「……不良品だったんじゃないの？」

「156℃もしくは、429．15K。チップから最後に送信されたアジヤマの体内温度、この記録を送信したのちにチップの反応は消失したらしい」

「……確かなの？　その情報」

　アレタが静かにソフィを見つめる。肩をすくめたソフィが頷く。

「探索者組合、そして合衆国の研究室からの確かな情報だよ。状況から推測するに、アジヤマの身体に起きた異常現象の影響を受けてチップは破損、もしくは消失したのだろうね」

「ふうん……」

　アレタが眉をひそめる。

「チップが最後の反応を示したのはつい数時間前、つまり先ほどの探索の最中に起きたことだ。そしてこの写真、アジヤマが握りつぶした手斧。――明らかにアジヤマの肉体には何らかの秘密がある」

「それで？　ソフィ」

　アレタの声がわずかに低くなる。同時に周囲の空気に肌を刺す重みが加わった。ソフィが声を潜めて。

「……アジヤマタダヒトの査問会、及び人体解剖調査の提議が合衆国と探索者組合、そしてさらに上のセクター、〝委員会〟で為《な》されている。現在、アジヤマには人類初の、〝探索者深度《レベル》Ⅲ〟の疑いがあるわけだが、先程の異常から一部の委員が早急な結論を求め始めていてね……」

「つまり、何が言いたいの？　ソフィ」

美しい海を閉じ込めた蒼い瞳が、緋色《ひいろ》の瞳と混じる。

緋色の瞳がわずかに迷いの色を見せ、そしてソフィが口を開いた。

「……探索者資格を剥奪したのち、彼が以前起こした暴力事件にかこつけて拘留。その後、秘密裏にアジヤマタダヒトを研究機関へと移送する実験計画が持ち上がっている。……人類の進化、そしてダンジョンの謎の解明のためにはやむなし、と連中は議論しているらしい。あくまでまだ議論の途中だがね」

ソフィが言葉を紡いだ瞬間、肌に細い針がびっしりと突き刺さる感覚。ソフィ・M・クラークが息を吐く。

長い沈黙。

アレタ・アシュフィールドの表情は見えない。

パブのBGMだけが薄くトイレに届く。防音セイモンタカアシガニの甲殻を混ぜて作られた建材の性能は素晴らしい。

そして、沈黙が終わる。

「あは」

アレタが肩を震わせて笑い始める。おかしくて仕方ないと言わんばかりのその笑いは次第に大きくなっていく。

「アハハ、アハハハハ……面白いわね、ソフィ。その話。まったく連中はいつもあたしを笑わせてくれるわ。コメディアンでも目指した方が世界にとっても有益だと思うのだけれど」

アレタは笑っている。最高のジョークを聴いたかのように。だが、ソフィはまったく笑えない。

ここから先は言葉を選ばなくてはならない。ソフィ・M・クラークをしてそう思わせる雰囲気をアレタは醸し出していた。

「……委員会の保守派と革新派は今のところ五分五分だ。しかしこれからはどうなるかわからない。特にアジヤマ。彼は〝耳〟というダンジョンの神秘にわかりやすく触れている存在だ。時期も悪い、1か月前の〝全世界同時刻に起きた記憶障害〟ともタイミングが同じだ。あれの解明も委員会は焦っている。そもそも、ワタシだって、正直、なぜ彼をキミが選んだかのはっきりとした理由を覚えて――」

ソフィはその先の言葉を続けることが出来ない。

アレタの笑みがそれを許さなかった。

「ソフィ」

アレタが短く、友人の名前を呼ぶ。

「……なんだい、アレタ」

それでも恐れずに言葉を返すのはソフィもまた、アレタと同じ特別な存在だった故。

「あなたは得難い友人だわ。多少気難しい部分はあるけど、あなたはあたしという存在を尊重してくれてるし、あなたの探求心をあたしは尊敬している。あたしはあなたのことが好きよ、ソフィ」

「……光栄だよ、アレタ」

「あなたの立場や仕事も理解しているわ。あなたが人類の進化に興味があるのもわかる。そのために〝委員会〟の連中の橋渡し役をしているのも理解してるつもり」

穏やかな口調、しかし。

「でもね、ソフィ。勘違いしちゃダメ。あたしたちが友達のままでいるためにもラインは必要だわ」

アレタが言い放つ。不気味ほどに穏やかな口調で。

「その先の言葉は聞くわけにはいかない。そしてあなたもそれを口に出してはいけない。そうでしょ、ソフィ」

「アレタ……しかし」

ソフィが苦虫を噛《か》みつぶしたように表情を曇らせる。

「UE？　それとも、大陸国家？　あー、合衆国も加担しているのかしら？」

「……え？」

「アハ。その表情。他にも加担してる国がありそうね。彼の国、ニホンはそうではないと期待したいけど、へえ」

おもちゃを見つけた猫のような目つき。アレタはソフィに向けて無邪気に笑いかけた。

「……誰も彼もが身の程知らずなものね。誰のモノに手を出そうとしてるのか、まるでわかっていないんだから」

吐き捨てるようなセリフ。

アレタはソフィへ向き直り、はっきりとした口調で告げた。

「ソフィ、〝委員会〟の連中に伝えてもらえる？　もしも、アジヤマタダヒトに、あ、た、し、の補佐探索者に許可なく指1本触れでもしてみなさい」

ゆらゆらと揺れる指先、ソフィに向けられたそれは、ソフィを通じてその背後の存在を指す。

「お前たちは嵐を敵に回すことになる、と。心しなさい、選択次第では、世界に再び嵐が生まれるってね」

「……ストーム・ルーラーを使用する気かい？」

「そういう選択もあるだけよ、ソフィ。あたしだって、世界であたしにしか出来ない脅しとかしたくないわ。ええ、〝地中海危機〟の時みたいに叩《たた》きのめされたいの？　みたいな脅しはね」

女は笑う。

ダンジョンから嵐を勝ち取り、その嵐の支配権を有する英雄、アレタ・アシュフィールド。

彼女はその気になれば、世界中、どこにでも嵐を顕現させ意のままに操る事ができる。

個人にして唯一、国家を脅かし得る存在を前にソフィは額から汗を流した。

「ソフィ、顔色、悪いわよ？」

ニヤリ、アレタが笑う。

ソフィがため息をついて返事をした。

「……誰のせいだと思う？　バカアレタめ。……わかったよ、キミの言葉をそのまま委員会に伝える。まったく、損な役回りなものだね」

「ふふ、ソフィ以外だとあたしに意見することすら無理だものね。ごめんなさい、イジワル言って」

「自覚があるならもう少し……いや、無理か。だが、アレタ、これは友人としての忠告だがね」

「なあに、ソフィ」

柔らかく笑うアレタ。愉快げに揺れるその瞳は造り物と見まごうばかりに美しく。

「アジヤマに入れ込むなよ。接しているとその凡庸さや毒気のなさに忘れそうになるが、彼は、何かがおかしい」

「ふふ、ソフィ・M・クラークにそこまで言わせるなんて、タダヒトも捨てたものじゃないわね」

「からかうなよ、アレタ。忘れてはいけない。あくまでワタシたちは彼の監視と保護のためにパーティを組んでいることを。アジヤマはアレタ・アシュフィールドでさえ到達していない、〝探索者深度《レベル》Ⅲ〟の可能性がある人間であることをね」

鋭い視線のソフィ、切れ長の瞳をクリクリと丸くさせ愉快そうに話を聞くアレタ。

アレタが頷《うなず》く。

「ええ、わかったわ、ソフィ。心配してくれてありがと」

「偉大な友人を持つと苦労するよ、本来ならワタシは苦労をかける側の人間のはずなのだがね」

「あら、いいじゃない。たまにはそういう立場を経験するのも大事なことよ」

「うるさい、君が言うんじゃあないよ、まったく。なあ……アレタ、1つ聞きたいんだが」

「なあに、ソフィ」

「……探索中、アジヤマの顔に〝痣《あざ》〟が浮かび上がってるのを見たことがあるかい？」

「痣？　なあに、それ？」

ソフィの問いに、アレタがきょとんと首を傾《かし》げる。

「――いや、いい。きっとワタシの気のせいだろう、気にしないでくれ」

「変なソフィ……あら？」

アレタが急に怪訝《けげん》な顔をする。

「どうした、アレタ？」

「ごめんなさい、ソフィ。そろそろ戻りましょ。タダヒトとグレンだけだとあの席むさ苦しいし、それに――」

「それに？」

鏡を離れたアレタの背中に向けてソフィが問いかける。

長い脚で出口に向かうアレタが振り向き、忌々しそうに呟《つぶや》いた。

「お酒の匂いに混じって、嫌なニオイがするの。発情したメス猫のニオイね。ちょっと追い払ってくるわ」

それだけ告げて、アレタが足早に女子トイレを去る。

ポカンと口を開けたソフィは一拍おいて、堰《せき》を切ったように笑う。

「く、くくく、なんだそれ。……退屈しないね。キミたちは」

ソフィは笑う。誰に聞かれるともわからぬその場所で笑い続ける。

退屈しない。心地よい。

願わくば――。

「待ちなよ、アレタ」

ソフィはまだ笑いを止める事が出来ないまま友人の背中を追い始めた。

願わくば、この穏やかで血腥《ちなまぐさ》く、心地よい時間が少しでも長く続けばいいのに。

そんな思いを胸に、脚の長い友人を追いかけた。

◇◇◇◇

「グレンさん、凄《すご》いです！　いい飲みっぷりです。憧れるなぁ」

いつのまにか、味山《あじやま》たちの席には空いたジョッキやグラスが広がっている。

「え!?　マジすか!?　おっねえさーん！　ビールまた1杯おかわりー！」

「はーい、ありがとうございます!!」

「私、強い男の人が強いお酒を飲むところ見るの好きなんです」

「う、うおおお!!　お姉さん！　この席にこの店で一番強いお酒ちょうだい！　酩酊《めいてい》桜の清酒あったっすよね?!」

原因はこの2人。唐突に現れた味山の元パーティメンバー、〝貴崎凛《きさきりん》〟とそれにおだてられながら酒を呷《あお》り続けるグレン・ウォーカーだ。

「お、おい、グレン。やめとけって。クラークから強い酒は控えろって言われてたろ?」

「あははは！　タダ、舐《な》めちゃだめっすよ！　このグレン・ウォーカー、いつまでもあのタチの悪いバケモノ指定探索者アレタ・アシュフィールド厄介オタク娘の言いなりになったままの男じゃねえっす！」

目の据わったグレンが席に置かれたジョッキを一気に飲み干す。

見る見る間に消えていく酒、嚥下《えんげ》する喉仏からごっ、ごっ、ごっと音が鳴る。

「っあー！　美味《うま》い、テレッテー！」

一際大きく叫んだ瞬間に、グレンが、ガクリと首を垂らし机に突っ伏した。

がちゃん、大きな音が鳴ったが幸い皿やジョッキは割れていない。

「あーあ、言わんこっちゃない。おい、グレン起きろ、寝るなって」

「ぐー、かー。むにゃ、リンちゃーん、どうすか、むにゃ」

「ふふ、カワイイですね、グレンさん」

「お前もあんま煽んなよ、貴崎」

セーラー服姿の少女に味山が目を細めながら呟く。

奇妙な光景だ。御行《おぎょうぎ》儀の良い場所とは言えない探索者酒場に、普通の女子高生のような姿をしている少女がいるのは。

「ごめんなさい、あまりにも楽しそうにしてたから、交ぜてほしくて」

「……お前、酒飲めたっけ？」

２０２２年からニホンでも成人年齢が引き下げられ、それに伴い飲酒が可能となっている。貴崎は確か、18歳。飲酒が可能な年齢だが、チームを組んでいた時、彼女が酒を飲んでいるところを見たことはなかった。

「猫を被《かぶ》る相手が居なくなったんで、最近は飲んでます」

「あ？　なんだ、それ」

「……高校の友達が言ってたんです。男の人は自分よりもお酒が飲める女の人があまり好きじゃないって。だから今まではあまり飲みませんでした」

「へえ、そんなの気にする奴《やつ》もいるのか。そりゃ大変だな。いちいち人の事まで気にしてたらキリがねえ」

味山がなんでもないことのようにつぶやいて。

「そう、ですよね。あなたはそういう人ですもんね」

貴崎のポニーテールがわずかに揺れる。

「……てか貴崎、今更だけどなんか用か？　お前、ツレは？」

「……みんなには組合本部へ報告に行ってもらってます。……私、用がなかったら、味山さんに会いに来たらダメですか？」

貴崎が下から上目遣いで味山を見上げる。

豊満な胸が押しつぶされ制服の上から形が変わるのがわかる。

やべ。

味山はなんとか目をそらしながら。

「あ？　いや、別にそんなことはない――」

「ええ、その通りよ。恋人でもない男に向かって、用もなく、会いたいなんて言う女にロクなヤツはいないわ」

声が降りかかる。

人々の注目が否応《いやおう》なしに高まるのを味山は感じた。

やましいことはしていない、なのにこの居心地の悪さはなんだろうか。思わず深呼吸してしまう。

「チッ……もう来ましたか」

貴崎の小動物のように潤んでいた瞳が一瞬で乾き、その瞳から光が消えていた。

「あら、カワイイ舌打ちが聞こえたわ。どうしたの？　リン・キサキ。何かプランにない事でも起きたのかしら？」

アレタが挑発的な笑みを浮かべながら机にその細い腰をもたせかける。行儀が悪い、なんて味山が注意できるはずもなく。

「うふふ、いいえ。くしゃみしちゃっただけですよ。アレタ・アシュフィールド。少し耳が遠い……いや、他人の会話だけはよく聞こえるらしいからお耳は良いのですね」

「ええ、そうなの。耳だけじゃないわ。どこかで嗅いだ、そうね、発情した猫みたいな匂いがしたものだから戻ってきたのだけれど、予想通りね。鼻もいいみたいよ、あたし」

「うふふ、汚い言葉。ご自身の匂いと勘違いされたのでは？　香水だけじゃ誤魔化せないものですよ？　体臭って」

なにこれ。

味山は急に店内の温度が数度下がったように感じる。

ざわざわした喧騒《けんそう》は消え、あるのは張り詰める空気。酒場中の人間が皆一様にこのテーブルを眺めていた。

「おい、あれって、あのニホンの学生推薦組だよな」

「リン・キサキだ……半年で上級探索者に上り詰めた推薦組だ」

「おいおい、凡人野郎、アイツどれだけ見境ないんだ？」

「見ろよ、アレタ・アシュフィールドにガンつけてやがる、上級探索者に過去最速で昇進した女はやっぱいかれてやがるな」

「おっぱいでかいな……あとあのうなじも」

「ああ……良い。だがアレタ・アシュフィールドは脚と尻だ。２人はそれぞれ頂点の違う山なのでは？」

「くくく、やはりワシの勘は間違えていなかった……お姉さん、追加……バベルスイーツバイキング……大人１人！」

酒場中がこの席に注目している。有名人同士の小競り合いは野次馬としてはエンタメになるが当事者ともなれば普通に怖い。

アレタと貴崎は互いに微笑《ほほえ》みながら、言葉を交わす。微笑んでいるはずなのに朗らかな雰囲気は全くない。

「ふ、まあなんでもいいわ。それよりリン・キサキ、今あたしたち、見ての通りチームでの打ち上げの最中なのだけれど？　部外者の参加は断ってるの」

「うふふ、あら、そうだったんですか？　ごめんなさい。味山さんとグレンさんしかいらっしゃらなかったものだから……味山さん、私、お邪魔でしたか？」

ここで俺に振るな！

喉の奥から叫びたい衝動を味山は抑える。

潤んだ瞳でこちらを見つめる少女に味山はわずかにたじろいだ。

「いや、えっとだな」

アレタの顔は見ない。どんな表情をしているか大体予想がついていたから。

ヒントは聞こえない。味山は筋を通すことにする。

「……悪い、貴崎。今日は遠慮してくれ。アシュフィールドが言ったように今はチームで飲んでんだ」

「……そう、ですか。……ごめんなさい、久しぶりに味山さんをお見かけしたものですから、少しはしゃぎ過ぎちゃいました。……うん、今日はこの辺で！　グレンさんには悪いことしちゃいましたね！」

たっと、貴崎が跳ねるように席から立つ。アレタへ視線を送った後、ふわりと身体を動かした。

「うおっ」

果物、梨のような甘い匂いがふわり、貴崎が味山に顔を寄せて、桜色の唇を開いた。

「今日は邪魔されちゃいましたけど、また誘いに来ますから。味山さんからも遊びに誘ってくれたら嬉《うれ》しいです。……話せて良かった」

「あ」

味山が何やら返事をしようと思った瞬間、梨の匂いは離れる。

「じゃあ、また！　味山《あじやま》さん、おやすみなさい、良い夜を」

流れるような動作でウインクして貴崎は酒場の出口へ消えていく。軽やかな動作には一切のぎこちなさもない。

ポニーテールを揺らしながらそよ風のように去った貴崎に向かい、味山は小さく手を振った。

「……リン・キサキがいたままの方が良かったかしら？」

「……意地悪言わないでくれよ、アシュフィールド。正直、助かった。いまいち貴崎のしたいことが俺にはわからん、昔、チームを組んでた時と最近は雰囲気が違う」

「……手放してからその価値に気づくことってあるのよ。まあ、もう遅いけど」

アレタが小さく息を吐く。味山はアレタの言っていることがよくわからなかったが、とりあえず頷《うなず》いておいた。

「まあ、どちらにせよお帰り。そこ座れよ。貴崎が座ってたけど、お前の席だろ？」

「……ええ、そうね。この場所はあたしのモノだもの。昔はどうか知らないけど、今と、これからはずっと、あたしのモノ……」

アレタが、じとりとした目つきで貴崎が座っていた椅子を撫《な》でる。それから同じ目つきで味山を見下ろした。

微妙に剣呑《けんのん》な雰囲気。味山は刹那の間、思考を巡らせる。

何か気の利いたことを言っておかなければと頑張って考え、出した結論は。

「よ、よくわかんねえけど。やっぱ俺たちのテーブルにはアシュフィールドが似合うな!」

味山の言葉選びのセンスは地獄的だった。恐る恐る返事のないアレタをチラリと眺めて。

「——ふっ。なあに、それ。タダヒト、たまに意味わからない事言うよね。ニホンの言い回しなのかしら?」

朗らかに力を抜いて微笑むアレタ。ふにゃりと弛緩《しかん》する表情。

ゆっくりと椅子を引いてアレタが対面に座る。柔らかな所作でスタッフを呼びつけ、新しい酒を注文していた。

よくわからないが正解を引き当てたらしい。

味山は、ははは と乾いた笑い方で愛想笑いを作る。貴崎がいた時の肌に突き刺さるような殺気はもうない。

「……リン・キサキと何を話してたの?」

「話ってほどじゃない。ほとんどグレンが呑《の》んで騒いでただけだ。貴崎もあまり人を煽るタイプじゃないはずだったんだが」

「ふうん……なるほどね。邪魔者を酔い潰そうとしてたわけか……カワイイ顔して女ね、あの子も」

「邪魔者?」

味山が首を傾《かし》げた。どういう意味かと問いかけようと――。

「くく、たのしい修羅場は終わったみたいだね。見ているこっちが慄《おのの》いてしまったよ」

離席していたクラークがふらりと現れる。遠巻きに様子を眺めていたらしい。

「クラーク、悪い、グレンが潰れた。止めたんだけど」

「ああ、見てたさ。そこの男が、胸部の豊満なティーンエイジャーに唆されて鼻の下伸ばしてるところはね。グレン、起きたまえ」

僅かに声色の低いソフィが突っ伏して眠るグレンの肩を揺さぶる。

「う、うーん。でへへ。リンちゃーん、もう一杯……へへ」

グレン、お前。お前は、グレン……。

味山はなんとも残念な気分になりながら静かにその様子から目をそらす。

ふとソフィが赤い髪を垂らしながら、突っ伏すグレンに顔を寄せた。

「………い……か？」

「……？！！　はい!!　起きました!!　起きたっス！　センセイ!!」

なにやら呟《つぶや》いた瞬間、グレンが息を吹き返す。

目を見開き、椅子を倒しながら直立不動のグレン。何か弱みを握られてるに違いない。

「ああ、起きたようで何よりだよ。助手。……ふむ、アレタ、済まない。今日はこの辺りで我々はお暇《いとま》させてもらっても構わないかな？」

「ふふ、ええ、もちろん。グレンをよろしくね、ソフィお姉さん」

「まったくだ、図体《ずうたい》だけ大きな弟を持つと苦労するよ。済まない、せっかくの祝勝会だったのだが。……助手、しっかりしたまえ、帰るぞ」

「え、うええ、まだ俺は飲めるっすよ、センセイ、あとあんた、俺より年下だろうがよお……インテリ博識52番目の星強火オタク生意気アルビノ美少女がよお……」

「キミがワタシのことを普段どう思ってるかよくわかったとも。ワタシの属性をつらつらと並べやがって。酔いが醒《さ》めた後のお話が愉《たの》しみだよ……ああ、アレタ、アジヤマ、我々に気は遣わなくていい。２人で続けておいてくれ、ほら、歩け、バカ助手め」

身長の低いソフィが美丈夫のグレンの長軀《ちょうく》を押しやる。軽々とグレンを引きずっていく小柄な身体、彼女もまたダンジョンに選ばれ人の限界を超えた力を持つ選ばれた側の人間だ。

「うう、頭いてえ……アレタさん、タダ、すみませんっす。この埋め合わせは早いうちに、うえ」

「情け無い……ああ、アレタ、御代《おだい》は置いていく。余ったら2軒目に使ってくれ」

ふらつくグレンを支えながら器用にソフィがパンツのポケットからクリップに挟まれた紙幣を取り出す。

それをそのまま放り投げた。

「あら、いいのよ、ソフィ。気を遣わなくても」

アレタが宙に投げられたクリップマネーを頬杖《ほおづえ》をついたまま人差し指と中指でキャッチする。

「そう言うなよ。助手の責任は管理者のワタシの責任でもある。では、今日は良い仕事をさせてもらった。報酬の分配や後始末はまた後日集まろう」

「ええ、わかったわ。タダヒトもそれでいい？」

「おう、問題ない。気をつけてな、クラーク」

味山がひらひらと手を振る。ソフィは片手を振り上げてグレンを半ば引きずりながら店の外へ出ていった。

味山は手元にあるジョッキを呷《あお》る、炭酸の抜けた苦くてぬるい液体が舌を痺《しび》れさせた。

「……苦い」

「タダヒト、甘党だものね。……えっとそのねえ、ソフィたちが帰っちゃったけど、……どうする？」

長い指をいじいじと、くねらせながらアレタが語りかける。

どこかハイライトのぼやけた目、ニホン人には無い蒼《あお》い瞳はアルコールの熱のせいか、とろんと丸くなっていた。

「あのニホン人、アレタ・アシュフィールドとサシ飲みするつもりか……？」

「おい、やっちまうか？　別れた後をつけてよ」

「やめとけよ、さっきのやりとり見たろ？　アルファチームを敵に回すことになったら廃業だぞ」

　味山は届いてくる陰口にため息をつき、アレタに向けて話しかけた。

「続けようぜ。アレタ・アシュフィールドと飲めるなんて探索者にとっては夢みたいなもんだからな、場所は変えなくていいだろ？」

　味山はレモンサワーをスタッフに頼み、新しいつまみを注文する。

「あは、なあにそれ。大げさよ、タダヒト」

　言葉とは裏腹に、にへらと笑った。その笑みは盗み見していた者の心臓に、男女問わずときめきを届けるもので。

　アレタが相好を崩しつつ、同じく酒を頼む。

　味山が未《いま》だに届く陰口に向けてニヤリと微笑んだ。

　誰もが知る偉大な人物と酒を酌み交わす。その事について優越感を抱く程度には味山は小物で、凡人だ。ちっぽけな優越感に少し浸りつつ。味山がふっと、目を開く。

現れたのは試験管の形をしたショットグラス、それと金色の意匠が施された高そうな酒瓶。

「……アシュフィールド？」

味山が怪訝《けげん》な声をあげる。

「なんでショットグラス2つあんの？」

「2人で飲むからよ？」

「いや、俺レモンサワー……」

「チェイサーでしょ？」

キョトンとした顔、ホワット・アーユー・セイイング？　そんな顔のアレタが慣れた手つきで酒を注ぐ。

トクトクトクトクトクトクトクトクトク。

小気味好《よ》い音を鳴らしつつ、試験管ショットグラスに琥珀色《こはくいろ》の液が満ちて。

「はい！　タダヒトのぶん」

「あ、どうも」

思わず会釈しながら味山は酒を受け取る。悲しきブラック企業従事者としての過去に染み付いた習性はもう消えない。

「ふふ、どういたしまして」

アレタが笑いながら同じようにに自分のグラスにも酒を注ぐ。

「あの、アシュフィールドさん。これは、ナニ？」

「ふふ、ストレグスっていう名前の最近出た新しいお酒よ。美食倶楽部《クラブ》っていう探索者向けのレストランとお酒メーカーが協力して作ったみたい。許可が出た怪物種の材料も利用してるらしいの。あたしも初めて飲むわ」

柔らかく微笑《ほほえ》むアレタがショットグラスを味山に向けて傾ける。

楽しくて仕方がない。そんな感情をたたえた笑み。

味山は覚悟を決めて、グラスを差し出しカチリと乾杯した。

「「「「「「…………」」」」」」

周りのテーブルからの視線を感じる。

凡人と星が杯を交わすその様子を、ある者は怨嗟《えんさ》の目で、ある者は、嫉妬の目で、そしてまたある者は好奇の目で監視する。

「あたしたちの勝利に」

アレタが頬を緩ませる。蒼い瞳、太平洋の人の手が入っていない珊瑚礁《さんごしょう》の海をそのまま流しこんだようなブルーが味山だけに向けられて。

「俺たちの生還に」

アレタの言葉に必死に合わせて、味山もまたグラスを傾けて。

「「乾杯」」

琥珀色の液体は、想像通りの味で、味山の喉を焼きながら胃に溜《た》まった。

夜が進み、味山の1日は終わった。

◇◇◇◇

「ああ、ワタシだ。委員会に伝えたほうがいい。アジヤマタダヒトの拉致計画だが、リスクとベネフィットが見合わない。ストーム・ルーラーを完全に敵に回すことになる」

暗い部屋、紅《あか》い瞳が灯《とも》る。

ソフィ・M・クラークの数ある家の1つ。バベル島の観光資源にもなっている超高級住宅街、ハイウエスト地区に構える豪邸の一室。静かに夜がふけていく。

「ああ、それと追加の調査だ。最近の血液のサンプルを送る。前回のものと、彼が社会人時代に献血したものとを比較しておいてくれ、何らかの変異が確認された場合はすぐに教えろ」

闇の中ですらその神秘的に白い肌はうっすらと輝く。電話口の向こうの言葉に、ため息をつき彼女が答える。

口にくわえたたばこの紫煙が部屋の天井に溜まる。

「仕方ないだろ、この件に関しては合衆国も組合も信用ならない。その穴埋めをするのがキミたちの仕事のはずだ。少なくとも彼は有益な検証対象でアレタの仲間だ。彼女を悲しませたくない。それに、アレタ・アシュフィールドのメンタルの安定はひいては世界の安寧にも繋《つな》がる、そうだろう？」

ぐおおお、んぐおおおお。上の階、グレンの寝室から聞こえる大きないびきに、ソフィは少し笑いつつ電話を続ける。

「ああ、今のところ、水面下の代理戦争、〝遺物収集戦争〟は合衆国が頭一つ抜けている。ほかでもないアレタの存在でね。しばらくは膠着《こうちゃく》状態が続くさ。大陸国家の皆様方も下手なことはしないだろう。まあこの島に入り込んでいる犬は多いようだがね」

少し誇らしげな口調でソフィが友人を語る。

「それと、先月の記憶障害の件だが、原因の解明は進んでいるのかい？……世間へのカバーストーリーは……太陽フレアによる世界規模の記憶障害？　さすがに無理がある気はするが。委員会の切り札、例の〝健忘症〟の大遺物を起動した時もこんな無理な言い訳で世界をごまかせるとでも思ってるのかね？　ああ、まあ何よりの懸念点、アレは委員会の仕業でもないことだ、気をつけたまえよ。ジャーナリズムもいいが、それはきっと君や君の仲間の命を縮めるぞ」

ソフィが手のひらで鈍色《にびいろ》のジッポライターを転がす。

1か月前に起きたとある事件。味山只人《あじやまただひと》とアレタ・アシュフィールドが共に完遂したとある探索と時期を同じくする奇妙な出来事。それはいまだ世界の誰も全貌をつかんでいない。

「ああ、委員会は〝レベルプラン〟を現代ダンジョン関連のものに絞って進めている。アジヤマは今後狙われる可能性が高い」

端末に響くその声は怪しく、儚《はかな》い。ソフィは少し息を吐く。

「ああ、わかっている。それじゃワタシは眠るよ。こう見えても探索者、身体《からだ》が資本なんでね、これから君たちは仕事かい？　くく、ニホン人は勤勉なものだね。ああ、おやすみ」

ぷつり。端末の光が消えた。

部屋に響く声が止《や》む。

紫煙が燻《くすぶ》り、ぱたりと軽い身体がベッドのシーツに沈み込む。

「……ふん、ラドンめ。面倒な事だけ置いて死ぬとはね。〝天災〟が聞いてあきれるよ、クソ親父《おやじ》が……」

その悪態だけはきっと彼女の心からの言葉。

しばらくして、規則正しい寝息が響く。

時折、上から響くグレンのいびきや寝言に邪魔される事なく、紅い瞳はゆっくりと閉じていった。

第3話■【奇妙な夢と世界の話】

「うおえ、頭いてえ」

味山は闇の中にいた。

気づけば、酒場の喧騒《けんそう》はもはや無く、頭には柔らかな枕の感触を感じる。

目を開く。闇の中にぼんやりとした光。豆電球のぼやけたオレンジ色が揺れていた。

「ねむ……」

味山は自分がベッドで寝そべっている事に気づく。記憶が定かではないが、アレタの酒に付き合った後、帰巣本能や習慣で無意識に帰宅したのだろう。

青白い光が部屋に。テレビもつけっぱなしのまま寝ていたらしい。

《それでは次のコーナーです。先月8月に起きた〝太陽フレアが原因とされる全世界規模の記憶障害〟通称〝オーガスト・ショック現象〟について今夜は2人の専門家をお呼びしております。トーキョー大学医学部附属病院最年少にして、各国の著名人の治療にも携わる名医、樫本《かしもと》ミキ教授と、大人気ミステリー雑誌の仕掛け人〝月刊ルー〟編集長の石神《いしがみ》レキシントン氏をゲストにこの事件の詳細に視聴者のみなさまと一緒に迫っていきたいと思います。先生、編集長、よろしくお願いします》

ベッドに寝転がりながら、聞き流すテレビの音声。8月は味山の人生を大きく変えた月だ。そして同時に世間を大きく騒がせたニュースも8月に。

《改めて、視聴者の皆様と認識を一致させるために説明させていただきます。先月、2028年8月に世界中で発生した奇妙な現象、いわゆる〝オーガスト・ショック〟についてです。一言で言うのなら、今現在、世界中で多くの人々が〝8月の記憶〟を覚えていない、または非常に記憶があいまいであるという不可解な現象が発生しました。先生、この現象についてWHO世界保健機関は太陽フレアの及ぼす影響が原因と発表、この見解について世界中で様々な議論が交わされていますが、医学的な観点から見てこのようなことが実際に起きるものなのでしょうか？》

司会の女性アナウンサーの淡々とした声が、酔った頭に心地いい。

《はい、医学的、とりわけ私の専門である精神分野の観点から申し上げると可能性は十分

あるかと》

白衣と眼鏡の似合う女性がきぜんとした声で応答する。

《というのも、これまでこれほどの大規模なものではありませんが、太陽フレア、近年では宇宙天気の変動が人間の精神に影響を与えるという研究結果が多く報告されています。発生から1か月と時間がたっていない点や、現在の宇宙研究は、その、〝ダンジョン〟研究に押されがちであり、進行の優先度が低くなっているなどの要因から完全な原因解明には至っていませんが、いずれは科学的、医学的にもWHOの発表が正しいとのエビデンス解明がなされるか――》

《んっふっふっふっふっふー。樫本氏ー、えー本気でそんなことをおっしゃっているでござるかー？　かーっ、かのソフィ・M・クラーク女史とMITで類し評された才媛も、権力と権威の味を知ってしまってからは変わってしまうものですなー》

樫本と紹介された女性大学教授の理路整然とした説明を、唐突に遮るザ・オタクボイス。早口なのに、妙に聞き取りやすいのが癪《しゃく》だ。

《……石神さん、まだ私がしゃべっている途中なのですが》
《ややや、これは失敬。でも、ぷぷぷ、樫本氏がいつもの感じで的外れの推理をしているのが面白くてー、この春、基徳高校の〝天使の階段〟の調査の時も、そんな感じで得意げに、どや顔医学知識をばらまいていたと思い出してしまって、んふふふ、それが最後はギャン泣き失禁ごめん寝現実逃避をかました教授のことを思い出しっ――フォヌカプウっ！》
《ああ！　教授、いけません！　石神編集長の腕はその方向には曲がりません！》

小太りのオタクをクールビューティー女医が羽交い絞めにして、関節技を決めた瞬間に、テレビ画面は暗転。お花畑の映像とともに、〝しばらくお待ちください〟というテロップが流れる。数分後、またスタジオの画面に戻る。

《大変お待たせいたしました、さきほどは一部音声と映像の乱れが発生し、申し訳ございません。なお、樫本教授は体調を悪くされたため、退室しております。引き続き、ゲストの石神レキシントン氏に〝オーガスト・ショック〟について見解を述べていただきたく存じます、石神編集長、お願いします》

このアナウンサー、プロ――やな――。

味山は顔色一つ変えず先ほどの放送事故をなかったことにした司会の剛腕に舌を巻きつつ、テレビ画面に視線を向けて。

《世界5分前仮説》

「……」

テレビの向こう、深夜の報道番組にありがちな簡素なスタジオの空気が変わったことが画面越しにもわかった。

瓶底メガネに小太りの身体、色の濃いチェックのシャツに場にそぐわぬ明るい色のジーンズ。極めつけが指だし手袋。古《いにしえ》のザ・オタクといった様相の男の声が静寂にしみいる。

《かの著名なるラドン先生はこうおっしゃいました。〝世界が5分前にそっくりそのままの形で、すべての非実在の過去を住民すべてが「覚えていた」状態で突如出現した、という仮説に論理的不可能性はまったくない〟と》

画面越しの良い声のオタクの言葉に、司会のアナウンサーが目をぱちくりと、瞬かせる。

《ンフフフフ、んもう、これね、今日、拙者、ンピャンドゥラの箱ゥオウン開いちゃうからね。これね、ン、もうそういうことなの、今回のオーガスト・ショックはね、これぶっちゃけちゃうと、世界のバグなんだよね。バグ、わかる？　プログラムの誤りや欠陥が本来ならありえない挙動を起こしたりするんだけど、これ、今回のこれ、んむゥアさにこれなのよ。どこかの誰かがこの世界のプログラムをめちゃくちゃにぶっ壊しちゃったわけ。その影響は拙者たちの記憶障害を引き起こした……いやというよりも、これは、たぶん、うん、一度世界をどこかの誰かがぶっ壊して、巻き戻したか作り直したな？　わかった！　そうなんだよ、世界5分前仮説！　拙者たちの世界は8月を起点に作り直されてるわけ！　んで、そのむちゃくちゃのバグで拙者たちの記憶は8月のことはあいまいなわけなんですよお、これが！》

「……大丈夫か？　この番組」

味山はいつしかベッドに腰かけてまじまじと画面に集中していた。与太話のはずなのに、なぜか、そう、耳を傾けて。

《……はい、ありがとうございました。石神編集長も体調が悪いようなのでこのコーナーはこのあたりで——》

《んっふふふふ、ちょちょちょい、待って待ってでござる、まだ終わっていないから！　これ、8月の事件が何を意味するかわかってるでござるか！　これは始まりなんだよね、現代ダンジョンが出現して3年、とうとう世界の均衡が本格的に壊れた証拠なんだよね、んもう、これくゎんぜんにンピャンドラの箱を――あ、ちょ、待って待ってんふふふふ、強制退場させせんといて！　まだたくさん話したいことあるから！　ほんとお願い！》

たくさんの温かい笑みを浮かべたスタッフに囲まれて、運ばれていく小太りのオタク。司会のアナウンサーが無表情なのが怖い。

《ほんとほんと、これからだから！　テレビの前のみなさん！　いいですかあ!?　ンこれは、始まり！　この世界はあなたが想像しているよりも謎とロマンにあふれている！　すべての空想と幻想の枷《かせ》は完全に外れちゃったんだよね！　おとぎ話が事実となる、オカルトがリアルを侵す時代が来ちゃったわけ！　超能力も、妖怪も、伝説も、幽霊も、怪異も、人知の及ばない領域が、あなたの現実を侵す時が来たわけ！　そんなのいるわけないって？　拙者がイカレてるって？　いや、それはない、だってそうでしょ――》

生放送中の放送事故真っ只中《ただなか》の喧噪《けんそう》の中、なぜか味山《あじやま》はその言葉だけは聞き逃さなかった。

《現代ダンジョンなんてものが、あるんだからさ！　この世にもうタブーなんてないわけ！　怪物がいて、それより強い人間、探索者なんて化け物もいるんだよ、んもうこれ完全にンピャンドラの箱は開かれちゃってるわけ、ンフフフフ、――パンドラの箱を開けたのは誰なんだろうね》

《はい、ありがとうございました。石神編集長でした、石神編集長は体調を崩されましたのでこのコーナーはここまでです》

無表情の司会がものすごい平坦《へいたん》な声で無慈悲な終わりを告げる。そのままなんと、華奢《きゃしゃ》な身体《からだ》で小太りの男をがっしりつかんで出口に向かって引きずり出した。

《体調は万全ですけども!?　あ!?　金崎《かねさき》氏！　力強い！　まだ、まだまだいろいろ話したいことありゅのおおお！　とある地方の山間部に潜む古い土地神の話とか、ニホンの忍者を滅ぼした大陸のスパイとか、荒魂として各地に封印されてるニホン神話の盟主とか！　宇宙から降りてきた寄生生物の話とか！　チヨダとかサクラとかのニホンの怪異を取り締まる公安専門機関とか、あと創世期の時代より肉体を入れ替えて各国政府を裏から操る

〝委員――〟

ピー。

安っぽいビープ音が響き、テレビ画面が真っ青に染まる。お花畑にちょうちょが飛び交うほのぼのな映像に切り替わり、〝放送機器のトラブルにつき少々お待ちください〟とのテロップが流れた。

「あーあ」

味山は、さもありなんとうなずきテレビを消し、枕に顔をうずめる。

そのまま脳みそに絡みつく眠気に身を任せ、味山は静かに寝息を立て始めた。

◇◇◇◇

せせらぎ。

林の奥から高く響く小鳥の鳴き声。

山、悠久の時より湧き出る水が絶えず岩を叩《たた》き、流れ続ける。砕け、集いてまた流れ。

「ん……あ？」

味山は気づくと、山、渓流のたもとに座り込んでいた。目の前を渡る渓流、ピチリと小魚が跳ね飛ぶ。

「ええ……」

砂利の上にあぐらをかいたまま、味山は自分の頭を叩く。

「……寝たよな、俺自分の部屋で。あのめちゃくちゃなテレビ見て、それで——ああ、これ、夢か」

味山只人《ただひと》は最近、よく夢を見る。先月から、あの8月からずっと。

ともすれば現実と全く差がわからぬ妙な夢を。それはいつも決まって悪夢だったが、今日の夢は毛色が違う。自分がどこか外国の知らない街を滅ぼす夢でもないし、あの耳の化け物に追いかけられる夢でもなかった。

「やあ、こんばんは」

ふとかかる声、いつのまにかその渓流に味山以外の人影が現れる。

「……うお、マジかよ」

「おっと、失礼、驚かしてしまったかな、人間」

味山は声の響いた方を見つめる。

その姿は普通ではない。

黒いモヤだ。ガス状の黒いモヤが奇妙なことに人の姿を形作る。顔も服装も、なにもわからない。黒い人影、そのもの。影法師が立ち上がったような。

「……なんだ、お前」

「ふむ、なんだかんだと聞かれれば、いや、これ以上はよそう。はじめまして、キミの夢に先月から住ませてもらっているものだよ。おっと、これは大物かな」

黒い人影が気づけば、釣竿《つりざお》を手に取り魚と格闘している。

気づかなかった。佇《たたず》んでいたと思えば次の瞬間には別の場所に移動している。

「……釣れそうか？」

ほんの少しの会話でわかった。人の話を聞かないタイプだ。味山はため息をついてしなる釣竿を見つめる。

「ああ！　これはかなりのものだ。人間、そこのたも網で掬《すく》ってくれ」

ふと気づけば味山の足元にたも網が現れる。

「へいへい、ちょっとまってろよ」

味山は素直にたも網を持ち上げ、黒い人影の下へ足を運ぶ。

「フィッーシュ！！　この手応え！　これは間違いないぞ！　人間、たも網を岸辺に！」

「あいよ」

揺らぐ水面にたも網を差し出す。濃い魚影を掬うとしっかりとした重みが腕に伝わる。

「素晴らしい!!」

奇妙な声、それが響いた瞬間に味山が握っていたたも網と、魚の重みが消える。

ぱちり、ぱちり。

背後で響くのは火の弾《はじ》ける音、場面が切り替わるように黒い人影がいつのまにか焚き火《たび》を熾《おこ》し、魚を焼いている。

「かけたまえ、人間」

焚き火の脇にある切り株を黒い人影が指差す。味山は促されるままにそこに座った。

「……これ、夢だよな」

「ああ、まごう事ないキミの夢だとも。正体不明の黒い人影と釣りあげた魚を焚き火であぶる、これが夢でなくて、なんなのかな。おっと、そろそろ焼けたかな」

呆然《ぼうぜん》と呟《つぶや》く味山の向かい、焚き火の向こう側で黒い人影が串に刺した魚を火にかざす。

ぱち、皮の弾ける音、魚の脂が火に溶けていく。

「……まあ、そりゃ夢だよな。で、俺の夢の中で釣りしてるお前は誰よ」

「ふむ、誰か。なるほどそれはキミにとっても私にとっても重要な疑問だね」

黒い人影が焼き魚をおもむろに口元に運ぶ。そしてピタリと動きを止めた。

「ああ、クソ。口がないから食べられない。鼻もないから匂いもわからない……人間、これはキミが食べるべきだ。どうせなら味わって食べられる者の方が良いだろう」

黒い人影が串刺し焼き魚を味山に差し出す。夢の割にはその焚き火の匂いが染み付いた魚の香りは現実と変わらない。

「どうも……」

差し出された串刺し焼き魚。いつの間に仕上げたのかきちんと尾びれに化粧塩までかかっている。かぶりつく。

「美味《うま》いな……」

気をつけないと火傷《やけど》しそうなほど熱いのに焦げていない。ほくほくの白い身が口の中でほぐれていく。噛《か》み締めればほろほろ甘い。

「む、羨ましいな。美味そうに食べるものだ。〝耳〟も獲物の悲鳴を聞き貪る時は美味そうにしていたな」

「……あ?」

焼き魚から口を離す。今、コイツ何を言った?

「ああ、すまない。キミの中にある〝耳〟の力のことを思い出してね。私が何を言っているかわかるだろう?　8月、キミとアレタ・アシュフィールドが共に戦った〝耳の怪物〟の話さ」

黒い人影が味山を見つめる。

「キミは8月の恐ろしい化け物との殺し合いを経て、〝力〟を得た。それはダンジョンのヒントのみならず、キミのライフ《人生》を攻略するためのヒントすら聞き分ける力だ。有効に使いたまえ」

気づけば、手元にある焼き魚が消えている。焚き火も何時間も経《た》ったあとのように灰になっていて。

「何言ってんだ、お前、何を、知っている？」

「ふむ、そうだな。これはおせっかいな忠告でもあり、心からの警告でもある。これから君の人生はしんどくなる。大切なものを容易に奪われる、誰も君の存在や権利など気にしちゃくれない、今の君は弱者で、凡人で、奪われる側の存在だからね」

「き、気分わるっ」

黒い人影の言葉に味山がうろたえる。一番きついのはその言葉が割と事実だった点だ。

「ははは、事実とはいつも耳が痛くなるものさ、耳の部位保持者だけに」

「おい、待て、これ夢だよな？　でもなんだ、その部位保持者って。あのクソ耳の化け物のこと言ってんのか？　アイツ、俺になにしたんだ。たまに聞こえる声とか、あの耳の力とか、これ、なんなんだよ。遺物か？　アシュフィールドやほかの指定探索者のチートみたいなもんか？」

8月の探索の末、味山只人に発生した現象、耳の怪物の力のことを問いかける。夢であるはずなのに、味山は本気でこの人影に答えを求めて――。

黒い人影が、ふう、と大きく息を吐いた。

「それは君が探し索《もと》めたまえ。探索者」

「てめ、俺の夢のくせに生意気な……あ、り？」

黒い人影に詰め寄った味山《あじやま》が、がくりと膝をつく。耐えがたい眠気が一気に全身に広がっていた。

「今日の狩りは良かった。耳の力に呑《の》まれぬように、その調子で存分に狩り、殺し、食い、集め、溜《た》めて、強くなれ」

もう、川のせせらぎが聞こえない。

身体が動かせない、黒い人影がポツポツと喋《しゃべ》るのだけがわかる。

「なあ、君、〝神秘の残り滓《かす》〟に見《まみ》えるといい。かつてこの星に存在した本物の神秘たち。彼らの力ならば、君の中に巣くう〝耳〟の力に対しての防波堤にもなるはずだ、――大陸街を探せ。まずは冷たい水を友にするべきだろう」

モヤに象《かたど》られた指先が味山を指す。その言葉だけが味山に刻まれていく。

「あ……？　残り、滓だと？　なんだそりゃ」

「力さ。君に必要なものだ。奪われないために、奪い返すために。立ち向かうために力が絶対に必要なのだよ」

黒い人影の目も鼻も口も耳もない顔がまっすぐに味山を見ている。

「力を集めるんだ。化け物に学び、化け物を喰《く》らい、化け物を超える。それがキミの人生だ。キミはライフを全うしなければならない。君は今、最前に立っているのだから」

金縛りにあったように味山は動けない。

「夢を見つめるんだ。アジヤマタダヒト。失敗から学ぶのは、凡人の特権だろう？」

ブツッ。

テレビの電源が切れたように、味山の意識は真っ暗に消えて。

TIPS€「そして、終わりの慟哭《どうこく》を懐かしめ」

音だけ、闇の中に響く。

「いやだ、こんなところで死にたくない」「なんで、俺だけこんな目に」「うそだうそだうそだ、死ぬ？　俺、死ぬのか？」「ああああああ、いやだ、いやだ、食べないでえええ！　誰か、助けてええええ」「銃、銃は無理……」「は？　なんで、え？　くび」「みぎゃあああああああああああ、いやだあああああああ、あついいいいいいいいいいい」「ごぼぼぼぼぼぼぼぼぼぼ」

声、声。いや、断末魔の叫び。人間が死ぬ時に漏らす叫び声で世界が埋め尽くされて、それで――。

「GYHAHAHAHHAHAHA　Oh Hello《こんにちは》　How are you?《元気ですか》」

大きな耳。そいつが闇の中にいる。

腹の膨れたガキのような身体《からだ》に、赤ん坊のような短い手足を血に染めて。

それがこちらに近づいてくる。逃げろ、逃げろ、だめだ。いくら走っても、走っても、走っても。小便小僧の身体の上に一対の大きな耳を備えた化け物がどこまでも、どこまでも。

いやだ、来るな、死にたくない。来るな。来るな――。

「Let's meet again《会おう》」

TIPS€　お前の身体の中には〝耳〟の〝耳糞《みみくそ》〟が埋め込まれている。それはお前を蝕《むしば》む宿痾《しゅくあ》であると同時に、才なきお前の牙であり、力である。――有効に使うといい

夢はそれで、終わり。

◇◇◇◇

「――来、るな！っは」

目を開く。自分の叫びで目が覚めた。

「はっ、はっ、はっ」

息を荒く、心臓がばくばくと鼓動している。

黒いカーテンの隙間から光がわずかに差し込む。部屋の隅や至るところに雑誌や、斧《おの》の砥《と》石《いし》、畳まれていない洗濯物が積まれている。

味山はさほど汚くも、それでいて綺麗《きれい》でもない自分の部屋で目を覚ました。

最悪の目覚めだ。

「……なんかまた、ひどい夢見てたな、これ」

ベッドからむくりと起き上がり、顔を覆う。ピチチと窓の向こうから鳥の鳴き声が聞こえた。

頭の中に残るのは夢の残り香、どこかで誰かと会話していたような気がする。1秒1秒経つごとにその記憶は薄れていく。

「強くなって生き残れ……要はそういう事だろ」

無意識の呟き。夢の残り香は消えていた。

「くそ……」

いや、もう忘れよう。今日は休みだ。積んでいたゲームでも消化して、昼になったら冷蔵庫のあまりでさっと昼食、そのあとは探索者アイデアグッズの買い出し。そして夜は
――何か忘れているような。

思考がまとまらない。

ピコン。枕元から電子音が鳴る。手に取り画面を起動するとそこには。

【タダヒト、おはよウ！　今日の約束覚えてるカナ!?　街のワシントン噴水広場に12時半に集合だヨ！　遅れたらおいしいランチは、ナシなのだ！　ウソウソ！　ナンチャッテ！】

探索者端末により英語からニホン語へ自動翻訳されたメッセージが躍る。送り主はアレタ・アシュフィールド。

「……なんであいつのメッセージ、いつもオジサン構文？」

いや、それよりも味山には頭をひねることがある。すぐに昨夜、酒にぼやかされた記憶が浮いてきた。

——あー美味《おい》しい。お酒は命の血液ね。飲んでる？　タダヒト。

——あー、はい、飲んで、まあす。

——あら、べろべろね。……ねえ、タダヒト、その、あ、明日ランチとか、行かない？　良いお店見つけちゃったの！　指定探索者と、その補佐探索者として、いろいろ打ち合わせもかねてさ。

——あ、あ？　うーん、もうなんでもおっけー？

昨日たしかに酒を飲みながらそんな話をしている。

「……してるわ、約束」

多分なんも考えずにオーケーを出した気がする。味山は大きくため息をつく。

「よし、動くか」

自分に言い聞かせるように大きく声を張り上げて寝汗をどうにかするためにシャワールームに向かった。

◇◇◇◇

片付けられ、清潔な白で統一された部屋に鼻歌が響く。

「フンフー♪、フフフフー♪　ンーンー、ンーンンー♪」

自分の出身地の名前が歌詞として出る歌が自然とまろび出る。昨日あれだけお酒を飲んだのに、目覚めは爽やかだ。

送信したメッセージへの既読はまだつかない。

「ま、いつものことね。タダヒトの返信が遅いのは」

アレタ・アシュフィールドは広い部屋、天蓋の付いているこれまた馬鹿でかいシルクのベッドの上で仰向《あおむ》けになった。

黒い薄手のタンクトップに白いホットパンツ。下着をつけずに過ごすのがアレタの自室でのスタイル。

白いシーツの上で絞られたしなやかな身体が転がる。長い脚を組み替えながらアレタは呟《つぶや》く。

「何着て行こうかしら……」

手元に置いてある探索者端末を触る。電子音が鳴ったあと、部屋に備えられているクローゼットが自動で開いた。

タダヒトはどんな服が好みなんだろ。パンツスタイルだとよく脚に目線を感じるからそれにしようかな。でもあんまり気合い入れてるとか思われても悔しいし、どうせタダヒトはいつものパーカーにジャージだろうし。

アレタが口を尖《とが》らせる。

「むー……なんか無性にムカついてきたわ。なんであたしがこんなことで悩まないといけないんだろ」

アジヤマタダヒト。

口の中でその名前を呟く。タダヒト、タダヒト、タダヒト。

1か月前、救援要請をいつものように拾い上げ、いつものように救った探索者。

死にかけの探索者を救うのはアレタにとって特段珍しいことでもない。それが自分の役割だと知っている。しかし前回の味山只人《ただひと》の救出任務はアレタ・アシュフィールドにとって転換点となる出来事になった。

――手を貸せ、これは俺の探索だ。


「ふふっ、なーまーいーきー」

あの日の味山の言葉を思い出す。指定探索者である自分に対して傲慢とも言える態度で言い放った言葉。

初めてだった。自分と真っ向から張り合おうとする探索者なんて。何故《なぜ》だかその時のことを思い出すと、アレタは笑ってしまう。

「タダヒト、あなたは何者なのかしら」

ゴロンとうつ伏せになり枕元に置いてある写真立てに手を伸ばす。チームを組むようになった記念に噴水広場で撮った写真が飾られてある。

笑みを浮かべる唇、細い人差し指が写真の笑顔の下手くそな男をなぞる。

「ふふ、楽しみ……さてと、シャワー浴びてお化粧しなくちゃ！」

おもむろに立ち上がりアレタが伸びをする。鍛えられ、それでいて女性的な長軀《ちょうく》が朝日にさらされた。

「……一応、下着も新しいのにしとこ。うん、一応ね、マナーってやつよね、うん」

誰への言い訳かもわからないことをつぶやきながらアレタが部屋着を脱ぎ捨て、広いジャグジールームへ足を運ぶ。ふと、浴室の鏡の前に立っている自分の表情に気づく。

「……あは、あたし、こんな風に笑うことあるのね」

によによと頬が緩んだだらしない笑顔。おそらく52番目の星にはふさわしくない顔だろう。だけど。

「うん、悪くない」

何故彼と会う約束をしているだけでこんなにも楽しみになるのだろうか。アレタは自分の感情を不思議に思う。この高揚感の理由がよくわからない。

味山《あじやま》より優秀な男や容姿が優れている男などいくらでもいる。そして自分はその優れている男などいくらでも好き放題に選ぶことの出来る立場にいる、と思う。

それなのになぜ、味山を食事に誘う、そして彼がそれに来てくれる。ただそれだけのことがこんなにも、ウキウキするのだろうか。

湧き上がる疑問はしかし、朝一番に浴びたシャワーの熱に溶かされすぐにどうでもよくなる。白い蒸気で鏡が曇った。

――たのしみだね。

「え？」

アレタは首をひねった後、再びシャワーヘッドを自分に向けた。

きっと、何かの空耳だろうから。

第4話■【アレタ・イン・デート】

「さてと、集合は12時半か。今から街に行っても早すぎるなあ。よし、寄り道したろ」

味山が管理アパートの階段を降り、端末で時刻を確認する。まだ待ち合わせまで2時間以上時間がある。

薄手のパーカーにジャージパンツ、動きやすいスポーツシューズ。ファッションに興味のない大学生のような格好で味山は歩き出す。

アレタ・アシュフィールドと食事に行くというのにあまりに気合いの入っていない格好、しかし味山はなんら気にすることはない。きっと自然体でいたほうがいいはずだ。

「いー天気だな」

歩みを進めながら空を見上げる。澄み渡る青は、どこまでもどこまでも続いている。

味山の住む探索者街から目的地の合衆国街は歩いてだいたい5分、寄り道してもおつりがくるほどに気軽な距離だった。

「何度見ても頭混乱するわ、この街並み」

探索者街の街並みは奇妙だ。

それぞれの国独自の特色や文化がごった煮にされ、西洋風の建築が建ち並ぶ中にニホン家屋風味の喫茶店があったりと混沌《こんとん》としている。

バベル島は大きく2つの区画に分けられている。

探索者街とリージョンタウン。探索者が多く住むベッドタウンが探索者街、それ以外のダンジョンに携わる者や国から派遣された軍部が駐屯するのが各国の特色が反映されたリージョンタウン。

味山は中心にある探索者街からその周りにあるリージョンタウンの1つ、大陸街を目指して歩いていた。

「はい、そこの探索者さん！　探索前にウチの三戦鳥の焼き鳥食べていってよ！」

「公営カジノ11時よりオープンでーす！　遊んで行ってくださーい！」

「知ってるか？　ニホン街にある〝あめりや〟っていう座敷遊びができる店。なんかその店のシステム変わっててよ。大はまりした指定探索者の中に一夜で300万円溶かしたやつとかもいるらしいぞ」

「おい、アレタ・アシュフィールドのウィンスタ見たか？　今日は街にいるらしいぜ！」

「まじか、見に行くか！」

「あやかるとするか、〝52番目の星〟によ」

活気溢《あふ》れる道、人の波の隙間を味山が歩く。

「いつ来ても祭りだな、ここは」

探索者街のメイン通り。

昨日打ち上げを行なった探索者酒場と同じく、ありとあらゆる人種がその広い道路を行き来していた。

現代ダンジョン、バベルの大穴は富を生む。

それはダンジョンに隠された未知の資源であったり、怪物種の素材であったり、はたまた特別な力を持つ物品、〝遺物〟であったり。

とにかく未知は金を生む。ならば世界中から人が集まるのは当然だった。

味山は屋台の呼び込みや喧騒《けんそう》を耳に収めながら歩く。

歩行者天国と化している大通りを進むと、看板が道脇に置いてある。

まっすぐ進めば目的地である合衆国街、しかし味山はその道を右に曲がる。

「ちょっと寄り道するか」

大陸街と書かれた看板の示す先に味山は足を伸ばした。

歩き続けると目の前に、真っ赤の大きな門がそびえ立つ。大きく開かれたそれは大陸街への入り口、「歓迎光臨」と銘打たれ、いたるところに龍の意匠が施された朱《あか》い大門へ近づく。

「やあ、こんにちは。探索者さんかな?」

「どーも、守衛さん。お疲れ様です、大陸街へ行きたいんですが」

大門のたもと、黒い警護服に身を包み、ヘルメットを被《かぶ》った待機している警邏《けいら》部隊へ声をかける。

「はいはい、じゃあ探索者端末の提出をお願いします。はい、ありがとう。味山さん、だね。ようこそ、大陸街へ。滞在時間はどれくらいの予定ですか？」

　差し出した端末を受け取りながら味山が答える。

「1時間以内で。王龍《ワンロン》での買い物が目的です」

「王龍《ワンロン》、はは！　珍しいな、他国の探索者さんがあの店に寄るのは滅多にない。いやうちの探索者もあまり寄らないか。おっと、無駄口が過ぎた、はい、手続きと確認は完了しました、良い1日を《祝你度过愉快的一天》！」

「ええ、警邏さんも良い1日を」

　味山は頭を下げて大門をくぐる。

　奇妙なものだ。門を1つ越えただけなのに一気に街並みが変わった。

　ところどころに置かれた龍の彫像、赤い屋根が並ぶ異国の風景。

　バベル島、大陸街。探索者組合・大陸人民共和国支部を構えるバベル島における大陸系勢力の本拠地。

「王龍《ワンロン》、潰れてねーといいーけど」

味山の寄り道はここにある。

しばらく歩く、大通りの脇、飲茶《ヤムチャ》の屋台の誘惑を突き抜け、チャイナドレスの美人のスリットをチラ見しながら目的地へと進む。

大通りをしばらく進み、小道に入る。そこを抜けるとまた広いスペースが現れた。

王龍《ワンロン》。

店の門構えにはそう書いてある。屋根には大きな龍が空を飛んでいるような意匠がなぜかピカピカと電飾で輝く。妙に安っぽく、インチキ臭い。

「ごめんくださーい、王《ワン》さん、今日営業してる？」

扉を開き、店内へと入る。

子供の頃よく通っていた駄菓子屋のようなチープな内装、むき出しコンクリートの壁と床。しかしそれがどこか懐かしく存外に心地よい。

薄暗い店内は演出ではなく、恐らく素だ。今時珍しいハロゲンランプのオレンジ色の光がぼんやりとあたりを照らす。

「おや、おやおや、いらしゃいアルヨー、アジヤマさん、久しぶりネー　まだ生きてたアルか！」

照明の暗い店内から間延びした声が伸びる。

「まだは余計だっつの、王さん」

味山はその声の主へ親しげに声をかけた。

弁髪、ちょび髭《ひげ》、眼球が入ってるのか怪しくなるほどの糸目。

作務衣《さむえ》に身を包んだその姿はなんとなく、インチキくさい。

「ははは—、たしかニネ。アナタ、しぶとそうだし、そう簡単にはくたばりそうにないアルねー」

「いや、それが割と普通に昨日の探索は死にかけた。あやうく馬鹿でかいひな鳥の餌にされるところだったよ」

「アイヤー、そりゃ連中、餌にする人間を間違えてるネー。アナタなんか食べたらおなか壊しそうヨー。それでアジヤマさん、今日は何しに来たアルカー？　まさか、ウチの店継ぐ気にナタアルカ?!」

コテコテの大陸人、探索者組合公営雑貨店、〝王龍《ワンロン》〟の店主、王さんが興奮したように叫ぶ。

「ねーよ、何があっても店継ぐことはねーよ、つーか店に来たんだから買い物しに来たしかないでしょ」

味山は目を細めながら、王に向けて呟《つぶや》く。わざとらしく肩を落とす王から視線を外し、店の中を見回した。

「なんか新しいモンは入荷した？」

「そうアルねー、これなんかどうか？」

「なんだ、そりゃ？　鰹節《かつおぶし》？」

王が手近な棚から何かを取り出す。おくるみに包まれた茶色の物体。店のレジが置いてある机に、ごとりとそれをまるごと放り出した。

「いや、これはネー、河童のミイラあるヨー。超ご利益ありまくり。なんとこれ、古くは大陸より海を渡りニホンに渡った大妖怪、〝西国大将・九千――」

「じゃ、王さん。俺はこれで。商売頑張ってね」

味山《あじやま》は静かに、それはもう静かに笑って店の出口へと踵《きびす》を返した。

「ウエイウエイウエイ!?　ちょ、なんでアルか?!　なんで帰ろうとシテルカ？」

腕を摑《つか》まれる、想像以上に力が強い。味山は心底面倒くさそうに振り返る。

「いや、こう、隠すつもりすらないインチキ商品に驚く体力がもったいないと思って……」

「ジョークよ、ジョーク！　大陸ジョークね！　頼むよ、アジヤマさん！　こんなボロ店ね、お客いないアル！　アジヤマさんのような物好き逃したらワタシ、餓死するネ！」

「自分で言うなよ。わかった。王さん。適当に店の中見せてもらうから、気になるもんがあれば聞くよ」

「アイヤー、アジヤマさんフトパラね!!　ビタイチまけるつもりはないけどなんか買ってイテネ！」

　商売する気あんのか、このおっさん。

　味山はため息をついた後、店の戸棚を見回す。

　古今東西のガラクタ、木彫りのクマ人形や、鰹節っぽいミイラ、それに錆《さ》びてよくわからないもの。

　ジャンクが転がりまわっている。

「にしても集めに集めたもんだよな。どこから集めるんだよ、こんなもん」

「クーロンの蚤《のみ》の市《いち》やらなんやらよ、蛇の道はヘビね。目利き出来れば良いものもあるかもヨー」

「祭りの出店みたいなノリで公営の店を経営すんなよ。探索者組合もいい加減なもんだよな」

　王がピューピューと下手くそな口笛を吹きながら店のレジ横に置いてある椅子に座り込んだ。返事をする気はないらしい。

　味山は諦めてゆっくりと店内の戸棚を物色する。

　まず手を伸ばしたのは、錆びた棒状の塊。手書きの張り紙には￥５０００－と殴り書きされてある。

「どう見ても、ガラクタだけど」

良いモノはある。しかしそれは自分で見つけなければならない。この店に味山が来るのも、普通の店には出回らない探索に役立つ道具がぽんっと格安であったりするからだ。軍が使用している探索ツールがガラクタにまぎれていることもある。

「……使えるモンは全て使わせてもらうか」

自分にできうることは全てする。使えるものは全て使う。〝アルファチーム〟に、あの特別な連中と肩を並べ続けるために。

味山は目を瞑《つぶ》り、耳を澄ます。

「聞かせろ、クソ耳」

小声で、つぶやく。この力の使い方を思いついたのはダンジョンのヒントが聞こえるようになってすぐあとのことだった。

ＴＩＰＳ€　怪物種32号・影猫の棒髭。用途不明

囁《ささや》きが聞こえた。それは味山が今、手にとったがらくたの詳細。まるでＲＰＧゲームのアイテム説明文のような内容が聞こえる。

「これ、怪物種の素材？　マジかよ、こんながらくたみたいに置いてんのか」

小さく舌打ちしながら、味山は棚の物色を続ける。ＴＩＰＳのささやくヒント。由来す

らわからないが、それがささやく情報はすべて真実であると味山は経験から知っている。

「ガラクタ、ガラクタ、違う、ゴミ」

次々に有象無象のガラクタへ手を伸ばしてはそれを戻していく。ささやきに従い、玉石混交のガラクタを探り続ける。

「なんか、なんかねえか？　役に立ちそうなもんが」

探索者としての才能はおそらく自分にはない。だがそれでも、自分で選んだ生き方を全うするために装備を整えるのは重要なことだ。

「ん、これは？　落書き帳まで仕入れてんのかこの店」

ガラクタだらけの訳のわからないものが多い店でもそれはさらに珍しい。薄汚れてヨレヨレになったノートがガラクタに交じっていた。

味山はそれを手に取り、ぺらりとめくる。

「……マジで落書き帳じゃん。何語だよ、これ」

ノートを開くとそこにはミミズがのたくったような文字がびっしりと書き連ねられている。

ニホン語でもなければアルファベット、さらに大陸語でもない。落書き帳を味山が戸棚に戻そうとして。

ＴＩＰＳ€――

求めていないのに、ささやきがふと。

どうせガラクタだろう。まさかそれとも誰が書いたかでも教えてくれるのか？　味山がそれに耳を傾けて。

ＴＩＰＳ€　所持ノート、詳細。〝大陸人民解放軍総参謀部第二部暗号通信記録〟記載内容、大陸人民共和国管理下における號級《ごうきゅう》遺物〝龍昇〟の使役による降水量操作の詳細と、仮想敵国最大の脅威・號級遺物〝ストーム・ルーラー〟との戦力比較の考察

「…………」

厄《やく》い。これは間違いなく厄い。

味山は静かにノートをガラクタの棚に戻し、レジで爪垢《つめあか》をほじっている王に向けて静かに合掌する。

「王さん、アンタある意味商売の才能あるよ。強く生きてくれ」

あんなものに触れたが最後、どんな厄介ごとになるかわかったものじゃない。

味山は見なかったことにして次の商品を探す、そこでふと手を止めた。

レジの上に置かれたおくるみ。インチキ店主が〝河童《かっぱ》のミイラ〟と呼んだそれに視線が引き寄せられる。

――〝神秘の残り滓《かす》〟に見《まみ》えるといい。――大陸街を探せ。

どこかで、誰かにそう言われたような。消えていく泡のような記憶はしかし、味山の興味を引く。

「王さん、ごめん。そこにあるニセモノの河童のミイラもう1回見ていい？」

「ニセモノ?! 断定するのは良くないヨ!! シュレーディンガーの猫だって生きてるか死んでるかわかんないアルヨ！ つまりこのニセモノのミイラだって……あ、ヤベ」

王を無視して、味山がレジ脇の机に置いてあるミイラを手に取る。少ししっとりした奇妙な感覚が手のひらに伝わる、たしかに、よく見れば、頭に皿のようなナニカもあるような。

TIPS€ 〝九千坊のミイラ〟忘れられし怪物、お伽話《とぎばなし》のカケラ。神秘種の乾いた亡骸《なきがら》。この世界に未練を残しこびりついた〝神秘の残り滓〟の1つ。それを身体《からだ》に取り込みしものは大妖怪〝西国大将・九千坊〟の力を得るだろう

「……王《ワン》さん、これ、いくらだっけ？」

味山は額から汗を流しつつ欲深で商売下手の店主へ愛想笑いを向けた。

「ビタイチ、まけないヨ？」

指で耳穴をほじりながら、糸目の好々爺《こうこうや》がにいっと笑い、指を3本立てる。

味山が舌打ちしつつ、財布からなけなしの3万円を出してレジに置いた。

「毎度ありヨー、アリガト、アリガトねー！」

王が外見にそぐわない機敏さで〝河童のミイラ〟を紙袋に放り込む。

「どうも、また来るよ、王さん。次もまた面白いモン仕入れといてくれ」

「わかたヨー、アジヤマさん！　またガラクタ仕入れとくから遊びに来てネー」

「ガラクタって言っちまったよ、この大陸人」

緩い空気を感じつつ、味山は紙袋を受け取り、会釈してから暗い店内を出る。

端末を確認するともう11時半、思ったより時間を食ったが十分に待ち合わせには間に合う時間だ。

「にしてもへんな店だよな……」

味山はあの味のある店主や、おおらかな品揃《しなぞろ》えを思い浮かべ少し笑った。

探索者街を味山が進む。

◇◇◇◇

「うわ」

思わず声が出る。

目の前に広がる光景は味山の顔を一瞬で曇らせた。

人、人、人。

目的地の街、現代的な建築の中に、西部劇に出てくるウエスタンな建物が交ざり合う不思議な地区、合衆国街。

待ち合わせによく使われるワシントン噴水広場についた途端に一気に人が溢《あふ》れた。

「おい、どけよ！　見えねえだろうが！」

「あっ！　こっち向いた！　俺を見たぞ！」

「アンタなんか見るわけないじゃない！　こっちを見たのよ！」

「マ、マジでほんものだ」

「52番目の星だ、探索者になってよかった……」

やけに盛り上がった人々、興奮している。

ピコン。端末にメッセージが届く。

【ハロー、タダヒト！　噴水広場にいるヨ！　ゆっくりでいいからすっぽかさないでネ！】

ああ、なるほど。この人だかりの理由がわかった。

「もうついてるっと……」

味山《あじやま》がメッセージを返す。

嫌な予感が当たっていればこの人だかりの原因、それは。

「あ!!　タダヒト！　こっちよ、こっち」

聞き慣れたその声はアレタ・アシュフィールドのものだ。

「あ、すみません。通ります、すみません、通りまーす」

ぺこぺこと頭を下げながら味山は人だかりを割いていく。怪訝《けげん》な顔を向ける様々な人種の間をすり抜けると、そこに彼女がいた。

「ハァイ、タダヒト。いい天気ね、絶好の外出日和だわ」

「そうだな、もうすっかり秋の空だ」

猫っ毛気味のウェーブした金色のウルフカットが太陽に映える。変装のつもりか、ファッションなのかわからないがカーキ色のスポーツキャップに、縁の無い眼鏡をかけた美人がそこにいた。

シンプルなシャツにジャケット、ホットパンツで剝《む》き出しの白くて長い脚、ラフな格好ではあるが、アレタによく似合っている。

「タダヒト、いつも同じ服よね。きちんと洗濯してるの？」

「お気に入りなんだ。同じの数着持ってる。アシュフィールドはいつも通りオシャレだな」

覗《のぞ》き込むようにこちらに歩み寄るアレタに味山が軽口を返す。

ギリィ、たくさんの人間が何かを噛《か》みしめる音が聞こえた。人だかりの中心、アレタは何も気にしていないように笑う。

「アハっ、そう？　タダヒトもなかなかあたしの扱い方がわかってきたわね」

「クラークからコツを学んだ」

味山の軽口にアレタがクスクスと笑う。

「にしてもアシュフィールド、これ凄《すご》い人だけど……何があった？」

「ああ、これ？　んー、あたしの完璧な変装がバレたみたいなの。ウィンスタに拡散されちゃってからすぐにみんなが集まっちゃった」

おどけたアレタがパチリとウインクをする。嫌味なほどに似合っている。

ざわざわ。

アレタと会話を続けていると周りの聴衆がわかりやすくざわめき始めた。

「おい、アイツ……アレタ・アシュフィールドと話してるぞ」

「まさか、あんな奴《やつ》と待ち合わせしてたのか？」

「待って、あの人見たことあるかも。アレタ・アシュフィールドのヒモって噂《うわさ》の」

「ニホン人の補佐探索者だ。この前、ネットで見たぞ。8月から52番目の星と組んでるっていう」

「なんか、前のチームは暴力沙汰を起こして追い出されたって聞いたぞ」

「8月って、あの例の〝耳の怪物〟が現れたっていう？　今月に入って2人も指定探索者を殺した化け物」

「分不相応すぎる。見ろよ、あの恰好《かっこう》、ぜんぜん花がないね」

「耳の怪物からたまたま英雄に救われたんだろ？　運だけのやつだ」

「凡人野郎だ」

　ざわり、ざわり。

　聴衆の言葉が耳障りだ。アレタが味山と親しげに話していることに気づいたらしい。

　味山は鼻から息を吐き。

「アシュフィールド、とりあえず場所変えようぜ。人が多過ぎる」

「あら、そう？……好き勝手言ってるのが何人かいるけど、いいの？」

「いい。別に命に係《かか》わるわけじゃない。こっちに直接絡んでくるんなら別だけど」

「あは、ええ、わかった。あなたがそう言うならあたしからはもう何も言わない。――ごめんね、みんな、あたしツレが来たからそろそろ行かなくちゃ。道、開けてもらえるかしら」

　アレタが手をひらりと振る。それだけで人々が一斉に道を開ける。

　周りの目線が痛い。なんであいつが、あんな奴が。嫉妬と恨みのこもった視線が味山を射貫《いぬ》く。気にしないことにして、アレタについていく。

「……すごいな」

「何が？　ああ、この人たちのこと？　ふふ」

　アレタが微笑《ほほえ》む、その度に周囲からの目線がさらにきつくなる。

「いや、そうじゃなくてアシュフィールドが凄い。人気ありすぎでしょ」

「あら？　でもハリウッドスターやセレブたちも同じようなものよ？　それにこの人たちが見ているのはあたしじゃなくて、52番目の星だもの」

　アレタと味山が並んで歩き出す。人だかりを抜けて、街の広い道を進む。

「あたしは周りから色々なものを貰《もら》ってるもの。だから周りの人たちがあたしを見たり、写真を撮ったりして喜んでくれるのならそれに応える義務があるわ」

「……その辺がすげえよ。ほんと」

　味山がため息をつく。凡人の自分にはないスターのサービス精神を目の当たりにして。

「ふふ、そのうちタダヒトにもわかるといいな。あ、ついたわ、ここよ。ここ」

　アレタが立ち止まる。

「何屋さんだ、ここ」

「それは入ってみてのお楽しみよ」

　味山は店を見上げる。現代建築風の建物は特別目立った様子はしていない。

　店内に入るアレタの長い脚に目を奪われつつ味山は後ろをついていった。

◇◇◇◇

「くく……アレタ・アシュフィールド。本日はご来店、誠にありがとうございます。52番目の星を当店にお迎え出来て光栄の至りです」

「あら、タテガミ。あなたがわざわざ出勤してくれたの？　ごめんなさい、探索者稼業が忙しいんじゃないかしら？」

　空《す》いた店内に入り着席した途端、どこからともなく大柄のシェフ姿の男が現れる。

「くく……ご心配なく。相応《ふさわ》しい者には相応しい者が対応するのが筋っ……！　あなたがわざわざ特別なルートではなく真っ当な方法で当店のご予約を入れてくれたとあっては……この私が出るのがこちらの筋！」

「ふふ、そのプロ意識に敬意を。タテガミ料理長、紹介するわ。あたしの補佐探索者のアジヤマタダヒトよ、もう知ってるかしら？」

「ええ……じつは先日私も探索の帰りに酒場で食事をしていたところ、皆さまをお見かけしておりました」

大柄なニホン人が味山に向けて深く頭を下げる。大きなコック帽を脱ぎ、胸に手を当てるその姿はサマになっている。

「あ、これはご丁寧に。どうも、はじめまして。味山只人《ただひと》です。えっと……」

「タテガミ、立神悠太郎です。当店、会員制リストランテ、〝美食倶楽部《クラブ》〟の料理長を務めております」

立神と名乗るその男が手を差し伸べる。味山も素直に握手に応じて、内心舌を巻いた。ぎりと握り締められたその手から伝わる力は間違いなく普段から鍛えている人間のそれだ。

「これは……味山様、鍛えておりますね。くく、素晴らしいバランスだ」

「……いえ、立神さんほどでは」

男2人が奇妙な笑みを浮かべながら握手したまま向かい合う。ふふふ、ふふふと笑い続ける男たちの握手を止めたのは、アレタのブーイングだった。

「ちょっと、筋トレマニア同士惹《ひ》かれるのはわかったけど、あまり見ていて楽しいものじゃないわ」

「おお、悪い、アシュフィールド、つい」

「くく、大変失礼致しました、アレタ・アシュフィールド、味山様。それでは早速、調理に取り掛からせて頂きます。味山様、恐らくあなたにも気に入って頂けるかと」

「へえ、楽しみ。……あれ、結局ここって何料理の店なんだ？」

味山の呟《つぶや》きに立神は分厚い唇を歪《ゆが》ませてにこりと笑う。そのまま優雅に一礼すると奥の厨房《ちゅうぼう》へと消えていった。

「アシュフィールド？」

「ふふ、それは食べてみてのお楽しみよ。座れば？　タダヒト」

味山は素直に座り直す。

対面に座るアレタは満足げににこりと笑った。

「……この店はよく来るのか？」

味山が店内を見渡しながら呟く。間接照明に照らされる店内は昼なのにうす暗い。時間の感覚が曖昧になりそうだ。

広い店内には上品な丸テーブルがいくつか並べられているがどれも空席で。

「ええ、たまにソフィやアリーシャと来るかしら。会員制のレストランで、予約すればこんなふうに貸切にも出来るの」

「はー、すごい。……待って、アシュフィールド、貸切にしたのか？」

いきなりのセレブムーブに味山が固まる。

「あっあー、タダヒト。必要ないわよ。お代は昨日、ソフィが置いていったお金がまだ残ってるもの」

「いいのか？」

「いーの、ほんとなら昨日使い切りたかったけど、あの子予想以上にたくさん置いていってるから……お礼は今度ソフィに言いましょ？」

「あー、なるほど。今度礼を言うわ」

指定探索者の金銭感覚は、金余りしたRPGゲーム終盤のそれに近い。味山はそれ以上金のことを考えるのをやめた。

「ん？　どうした、アシュフィールド、ニヤニヤして」

「ふふ、なんでもないわ。昨日はよく眠れた？」

「あー……まあまあかな。なんか最近夢見が悪くてよ。寝たような寝てないような感じなんだ」

「夢？　どんなの」

アレタが机に頬杖《ほおづえ》をつきながら瞳を開きこちらを見てくる。

「それがよく覚えてないんだ、目が覚めたらいっつも忘れてんだよなあ」

「ふーん、あまり続くようだったらメディカルチェックに行った方がいいかもね。探索者にとって睡眠は何より大事なものだし」

「わかった、そうする」

「ん、そうして」

アレタがにこりと笑う。何がそんなに面白いのだろうか。探索で見せる不敵な表情とはまるで違う。

「ふふ」

アレタから笑みが溢《こぼ》れた。

「どした？」

「んーん、なんでも。タダヒトの顔って面白いなあって思ってた。探索ではいつも死にそうなほど必死なのに、今はとてもぬぼーってしてるのだもの」

「それまさか褒めてるつもりか？」

「もちろん」

満足げにアレタが笑う。

「ねえ、タダヒト。噴水広場の人たちのこと覚えてる？」

「ああ、アシュフィールドのファンのこと？」

「ええ、あの人たち。ねえ、どうしてタダヒトはあの人たちとは違うの？」

「……言ってる意味がよくわかんねえ、人種とかの話じゃないのはわかるけど、違うって何が違うんだ？」

味山《あじやま》が首を傾《かし》げる。アレタが人懐っこい猫のように目を何度か瞬きさせて。

「その目よ。みんなあたしを何か眩《まぶ》しいものを見るような目で眺めるの。別にそれが嫌ってわけじゃないんだけれど」

「俺の目は眩しそうじゃないってことか？」

「うん、タダヒトの目は違う。ソフィやグレン、ほかの指定探索者があたしを見る目とも違う。なんか、こう……フツーな感じがするの」

味山はなんと答えればいいかと少し考える。

ふと、アレタの目を見る。ゾッとするほどの美しさ、だが同時にどこか遠い場所を見ているような目。疲れているようにも、何かを諦めているようにも見えて。

――味山はその目が嫌いだった。

「えー、知らんけど。アシュフィールドが少し自意識過剰なだけじゃね？」

「へ？」

アレタが目をまん丸に開く。ガシャン、厨房の奥から何かを落としたような音。

「あ、やべ」

思わず口から漏れた味山の言葉。きっとほんの少し、苛立《いらだ》ちを含んで。

ポカンとした顔でアレタがこちらを見つめる。

「ふん、ふん。そうか、なるほどね。自意識過剰……たしかに、それはあるかもしれないわ」

もにょもにょとアレタが呟く。

「フッ、フフ。自意識、過剰かあー。タダヒト、やっぱり、あなたもそう思う？　あたしもなんか最近、感覚が麻痺《まひ》してたのかも！　大統領とか偉い人とかがみんなあたしを褒めてくれるんだもん」

「あ、はは、へえー、え、大統領？　なに？　そういうニックネームの友達？」

「ううん、合衆国の大統領。月2回は電話してくれるの。何か必要なものはないかーって。あまりに大げさなものばかりくれそうになるし、食事のお誘いも多いから、いつも断ってるけどね」

アレタが満足げに笑う。

規模が大きすぎる話に現実感を失った味山がぼそり。

「やべえな、アシュフィールド、規模のヤバいパパ活みたい」

「ぱぱかつ？　ごめんなさい、共通語現象《バベル語》がうまく翻訳できないみたい。ニホンの言い回しかしら？」

「あ！　なんでもない！　そう！　ニホンだけの昔の言葉なんだ。悪い、もう使わない！」

味山只人は凡人だ。

アレタのように運命に選ばれた特別な存在ではない。他人よりも少しだけでいいから幸せに生きたいだけの一般人。

味山の生来の小物さは、彼に周りの人間の顔色を読み、欲しい言葉を探す慎重さをもたらしていた。

アレタ・アシュフィールドが自分に何を求めているのか、それすらもぼんやりと理解して、無意識に彼女の欲しい言葉や態度を探す。

ひとしきり笑った後、ふいにアレタが黙った。

「ア、アシュフィールド？」

味山が言葉に詰まる。

瞳はアーモンド形、ハイライトのぼやけた切れ長の瞳。長いまつ毛。誰も足を踏み入れたことがない蒼《あお》い海をそのまま閉じ込めた色の瞳が、味山を見ていた。

顔が良すぎて、飲まれる。

味山は瞬時に、アレタにわからないように口の内側の肉を犬歯でほんの少し噛《か》み潰す。

鋭い痛みが、きつけになる。星と評される英雄が持つ魔性のごときカリスマに凡人はこんなやり方でしか対抗できない。

「……えーと、何か俺の顔についてる？」

口から出る血を唾でごまかす。

「ええ、目と鼻と口と、それから、耳がついてるわ」

顔に触れてしまうのではないかというほどアレタがそのしなやかな身体《からだ》をぐいと乗り出して、味山の顔を覗《のぞ》く。

長い時間が経《た》つ。不意にアレタがひょいと顔を離した。

「ふふ」

「……満足してもらえたか？」

「ええ、くるしくないわ。楽にしていいわよ」

「了解、将軍」

「誰が将軍よ」

2人が笑い合う。

もしこの店に他の客がいれば驚いた事だろう。

星の笑顔を一身に向けられてなお、まるで普通の友人に接するごとく振る舞うその男の有様を。

「くく……御歓談中、大変失礼致します。お待たせいたしました……完成…！　当店が誇る珠玉の品々をご賞味ください」

「あら、早かったわね、タテガミ」

立神が音もなく、机に皿を構えてやってきた。

「くく……アレタ・アシュフィールドの笑顔とは……良いものを拝見させて頂きました」

「あら、あたし普段からみんなに向けて笑ってるつもりだけれど」

「ええ、そうでしょうとも。あなた様の笑顔は、そう、喩《たと》えるならば、夜闇の道を照らす星明かりのようなもの。我々、凡人の先の見えない道を輝かせる一筋の光、けれど、先ほどあなた様が、味山様に向けていたものは……おっと、失礼。口が過ぎました」

立神が皿をゆっくりと机に置いていく。その腕のゴツさとは裏腹にとても繊細で静かな動き。

「おお」

「へえ、綺麗《きれい》ね」

スープだ。

「くく、コース料理というわけではないのですが、まずは胃を温めて頂ければ……当店自慢、〝星空のスープ〟です」

「すげ……これどうなってんだ？」

スープを見て驚く日が来るとは思わなかった。

浅い器に入ったスープの色。真っ黒だ。その黒の中にきらきらと輝く光。まるで星空を流し込んだようなスープ。

「くく……まずはご賞味あれ。色が黒いのはイカ墨を利用しているからです。安心安全……っ！　自然食品１００％……！」

「まじか」

「ん、美味《おい》しい、タテガミ、腕はまったく落ちてないわね」

「恐悦至極……」

味山がためらっているうちにアレタが銀色のスプーンを静かに口に運ぶ。

味山もそれに倣って、おそるおそるスープを飲んだ。

「うっま」

え、うっま。

「うっま」

「プフッ、なんで2回言ったの？」

「いやこれ、美味《うま》い。なにこれ、美味い」

深い潮の味、しかしなんの臭みもない。驚くことに先程噛み切った口の中の傷が少しも痛みはしなかった。

「ふふ、タダヒト、美味しい？」

「あ、ああ、美味い。これ、こんなもん初めて食べた。一体なんのスープ――」

アレタと立神に味山が料理の由来を、聴いた。

TIPS€　怪物種34号・フタクチミミズウミガメのスープ。濃厚な潮の香りとあっさりと

した後味が特徴。摂取すれば10点の経験点を得る。しばらくの間、免疫が活性化する

「あ？　フタクチミズウミガメ？」

呟《つぶや》きがもれる。〝耳〟が突然拾ったヒントをつぶやく。

アレタが少し目を丸くし、フッと笑う。

立神が大きな身体をわずかに揺らした。

「あら」

「……ほう！」

ささやきが、スープの正体を告げる。

「くく、アレタ・アシュフィールド。彼にこの店のことを……事前に？」

「ふふ、いいえ。そんな面白くない事しないわ。全部食べ終わった後にネタバレしようと思ったのだけれど」

アレタが瞳を細くする。あれはこちらを値踏みしている時の顔だ。味山はスプーンを置く。

「ほう……ほう！　素晴らしい……味山様、良い舌をお待ちで。あなたの言った通り、こちらはダンジョンの第1階層〝大湖畔〟に生息する怪物種34号・フタクチミズウミガメのスープ……かの怪物種の甲羅のダシはこのように澄んだ星空のごとく輝くのです」

「おお……まじか」

「それにしても驚きました。怪物種由来の料理と見抜くばかりか、まさか名前までぴったりと当てられるとは……怪物種の料理は初めてではないのですか？」

立神の目は柔らかい、しかし、しっかりと味山を見つめる。

「えーと、はい。組合の酒場に置いてあるメニューとか、以前摘《つま》んだことが」

「なるほど……まだまだ怪物種の料理というのは万人に受け入れられるものではありません……あなたは実に探索者らしい方だ……くく、次の料理をご用意して参ります」

「あ、どうも」

綺麗に一礼をして厨房《ちゅうぼう》へと去っていく立神へ味山が頭を下げる。

それにしても美味い。音を立てないように気をつけながら味山がスープを啜《すす》る。

「美味しい？」

「うん、美味い」

「そ、なら良かったわ」

にししとアレタが笑う。

食べるところをじっと見つめられるのは気恥ずかしいが、スープの美味さに比べればどうってことはなかった。

「ねえ、タダヒト。食べながらでいいから1つ聞いてもいい？」

「ああ、大丈夫。それにしたって美味い」

フタクチミズウミガメの潮の香りをイカ墨がまろやかに包む。これでスープパスタなんて作られたら神の食べ物になってしまうだろう。

「12回」

「うん？　なに？　なんの数字だ？」

「先月からあたしたちがパーティチームを組むようになって一緒にごはんとか、飲みに行った回数よ」

「お、覚えてんの？」

「ええ、しっかりとね。知らなかったわ、タダヒトが怪物種の料理を組合の酒場で食べた事あるなんてね」

ぶるり。空調の温度が下がったのだろうか。寒気が味山《あじやま》の背筋を撫《な》でた。

「あたし、タダヒトと怪物種の料理なんて食べたことないわ。誰と行ったの？」

味山はスープのあまりの美味しさに自分が地雷を踏んだ事に今、ようやく気づいた。

スープを何度か飲み、ナプキンで口を拭いてからアレタを見つめて。

「前のパーティチームの打ち上げで食べました」

「しっかりスープ飲んでから返事するのがタダヒトらしいわね。……ふーん、前の、ね。

――リン・キサキと？」

リン・キサキと名前をつぶやくアレタの声がとても冷たい。味山はなるべく堂々とかつ、淡々と答える。

「はい。貴崎《きさき》もいました」

「ふーん……どっちが美味しかった？」

「こっちです。これはマジで」

すす。

無意識に味山はまたスープをすする。飲んでる場合じゃないと気づいてすぐにスプーンを机に置いた。

「ふ、ふふふ、だからしっかりスープは飲むのね。まあ、いいわ。ごめんなさい、変な事でムッとしちゃった」

アレタが表情を和らげる。背筋に感じていた寒気が消えた。

「いや、別に。こっちの方がマジで美味いし、それに2人で食べるのは初めてだ」

「……ああ、そうなんだ。フーン。リン・キサキとは2人でごはん食べに行ったりしなかったの？」

「あー、絶対ほかのメンバー、坂田《さかた》っていう奴《やつ》も一緒に居たしな。ああ、坂田っていうのは貴崎の幼なじみの奴な」

「……ええ、知ってるわ。……期待の学生探索者の1人。あなたを集団で囲んで、それでも返り討ちにされた子でしょ？　報告書で見たもの」

「あ？　報告書？」

妙な言葉を味山が聞き返す。アレタが小さく首を振り、スープを飲んだ。

「ううん、なんでもないわ。そうだ、タダヒト、明日はどうするの？　チームとしては1週間オフにするけども」

「明日か？　うーん。次の探索に備えて下見と、トレーニングも兼ねて、ダンジョンの自由探索でも行くつもりだ。つっても第1階層の自衛軍やら国連軍やらの前線基地の設立が終わってる安全地区の周りだけどな」

「あら、ソロで行くの？　うーん……まあタダヒトなら死ぬことはないだろうけど。あまり危険なことはしちゃだめよ？」

「大丈夫、ソロの時はなるべく怪物種とはかち合わないようにする。心配ありがとう、母さん」

「誰が母さんよ、バカ」

そう言いながらもアレタは笑っていた。心なしか声も高い。機嫌がいい気がする。

味山はそのままスープに舌鼓を打つ。

「アシュフィールドはどうすんだ？　なんか予定あるのか？」

「ええ、明日から1週間はソフィと一緒に少し、本国のほうへ戻るつもり。野暮用ってやつね」

「へえ、アシュフィールドも気をつけてな」

「ええ、ありがとう、タダヒト」

味山を見て微笑《ほほえ》みながらアレタが洗練された所作で食事を進める。

「くく、お待たせ致しました、本日のメイン！　ハイイロヘビのステーキです……！　冷めないうちにどうぞ」

「おお、すげえ」

熱せられた鉄板の上、ジュウジュウと音を鳴らしながら現れた肉。匂いでわかる、これは美味いやつだ。

「当店自慢のメニュー、ご賞味……実食！」

「いただきましょう、タダヒト」

探索者の食事が進む。

星の光に焼かれることも、奪われることも、見上げることもない凡人は食べる。

食べて、喰《た》べて、強くなる。いつか来るその日のために。

熱々の肉にナイフを入れると、透明な肉汁が溢《あふ》れた。

ＴＩＰＳ€　ハイイロヘビの腹の肉、良く仕込まれており臭みはない。摂取すれば、筋力

の向上、20点の経験点を得る

　ささやき、そして、気づき。

　経験点ってなんだ？

　湧いた疑問、しかし肉を頬張るとそんなものは一瞬で消える。

「え、うま……」

　肉厚なのに、口に入れて噛《か》み締めた瞬間、肉がホロホロに溶ける。脂の多い肉のような舌ざわり、なのに全く重たくない。むしろ味自体は鶏肉《とりにく》に似た淡泊なものでするするいける。

　あまじょっぱいソースとも相性抜群、これは米だ。絶対にコメに合う。

「これ、アシュフィールド、やばいな」

「あら、お口に合って何より。ウン、美味しー」

　味山はしばらくアレタとともに怪物種の料理に舌鼓を打つ。アレタに対する気遣いやらも忘れてただ美味しいごはんにはしゃぎ通す。

「あは」

　アレタが小さく味山を見つめて笑う。

「あ、悪い、なんか言ったか？」

「ううん、別に。……ねえ、その、タダヒト」

アレタが少し、もじもじし始める。癖っ毛をひと差し指でくるくる弄《いじ》りながら、ちらちらと味山に視線を投げる。

「ほんとにうまいなこの肉。お、悪い、なんだ、アシュフィールド」

そんなアレタの態度に、美味《おい》しいお肉に夢中な味山は全く気づかない。

「きょ、今日さ、お昼だけ、ランチだけって言ってたんだけど。その、少しここから距離があるんだけど、あたしの家の近く、ハイウエスト地区に新しいBARが出来て……えっと、そう、クリームソーダ、ノンアルコールもすごくたくさんあるの。だから、タダヒトも楽しめるかなって。今日、よ、夜って空いてる?」

「夜？　おお、別に――」

特に断る理由もないので、味山がいつもの感じで安請け合いしようとした時。

ピロン。ポッケに入れてあった端末に着信が入る。

「あ」

「え」

昨日の夜、グレンがつぶれる前に話していたことを思い出した。

――夜の計画の詳細は明日の昼にメールで送るっす。くれぐれもばれんなよ。

そうだ、夜。今日の夜は超絶お楽しみタイムだ。どうすれば、波を立たせずかつ、ばれずに断れるだろうか。

「タ、タダヒト？　どうしたの？　なんか、すごくマジメな顔……」

およそこの世界でアレタ・アシュフィールドの誘いをどうやって断るかなんて、味山くらいしか考えることのないバカ考察だろう。そして。ＩＱ３００（※自己申告）の脳みそが導いた答えは――。

「すまん、アシュフィールド。夜は予定入れてんだ」

「あ、そ、う。ごめんなさい、ふふ、そうよね、急に何言ってんだよって感じよね」

導いた答えはシンプル。余計なことは何も言わない。

罪悪感を覚えつつ、だが、味山は気を抜かない。なぜなら――。

「女の子との用事？」

この女は、アレタ・アシュフィールド。個人にして国家と張り合える規格外の存在。アレタが口を開いた瞬間、身体中《からだじゅう》の毛穴が開き、肺が圧迫され息が浅くなる。怪物種を前にした時の人体の反応と全く同じ。

「あは、どうしたの？　別にそうならそうで、構わないのだけれど」

どう見ても構わないようには見えない。だが、女上司が怖くて夜遊びが出来るものかと味山が気合いを入れる。

「違う。男友達と遊びに行く、行きます」

「……そ。なら、よかった」

ほ、と息を吐くアレタ。アレタの蒼《あお》い瞳と、眼《め》が合う。ぱっとアレタが勢いよく顔をそらした。やばい、なにか気に障ってしまったのかも。

「アシュフィールド」

「え、な、なに？」

味山から目をそらしたまま、アレタが髪の毛をいじりながら答える。

「誘ってくれてありがとう、次は俺から誘う」

特に何かを考えることもなく味山が言葉を紡いだ。

アレタが、少し固まって。

「ん、わかった」

こくりとうなずく。

そのあとはやけに口数の少なくなったアレタにビビりつつも、運ばれた料理を楽しみ、そのまま今日は解散となった。

味山只人《ただひと》のオフは続く。次は、英雄のお誘いを断って、夜遊びの時間だ。

「たのしかったな……」

自宅のふかふかのベッドに腰かけ、あたしはつぶやく。

彼の顔を見るのがどうしても面白い。

普段は、ぬぼーとしている顔、それが探索の時には恐ろしいくらい鋭くなったり、かと思えば打ち上げの時には、ふにょふにょになってたり、おもしろい。

1人の人間の雰囲気がこんなにも変わるんだから、見ていて飽きない。

彼から感じる視線も面白い。

たまに脚を出した服装をすると露骨に彼の視線が増えるのに気づく。普通ならほかの人にそういう部分を見られるのは嫌なのに、なぜだろう、それもタダヒトにならあまり嫌じゃない。

むしろさっきみたいに、彼と出かける時、あたしは必ずと言っていいほど太ももや脚が露出するパンツルックを選んでる。

「なんでだろ」

口に出しても、理由がわからない。

彼に見てほしいとか？　まさか、あたしに露出癖はない、はずだ。

今日、彼とごはんを食べた時、彼が怪物の料理を食べるのが初めてじゃない事がわかった時、なんであんなにイラついたんだろ。

わけもなく彼に、不機嫌を向けてしまった。まあ、彼はあまり気にしていなかったようだけど。

「へんなの」

1人になった広い部屋、あたしのつぶやきが綺麗《きれい》な白い壁紙に溶ける。

さっきまでつぶやきにいちいち反応して、こちらを眺めてくれてた彼はもういない。呆《あっ》気《け》なく、彼との時間はあっという間に過ぎていった。

「アジヤマ、タダヒト」

彼のあたしを見つめる瞳が気になる。

他の人があたしを見るあの目、眩《まぶ》しいものを眺めるようなものとは違う。

ソフィやグレンがあたしに向ける友好的な優しさや、ほかの探索者たちの羨望や嫉妬、それに指定探索者たちから感じる対抗心みたいなのとも違う。

そして勿論《もちろん》、あたしに集まるあの目、英雄を見つめるあの盲信的なものとも違う。

昔、ある人に言われたことがある。

――お前は誰も届かない塔のてっぺんで、たった1人で踊り続けているようだ、と。

それでいいと思っていた。人にはそれぞれ役割がある。あたしの役割はたまたまそれだったただけだ。

あたしは、目印になりたい。

この不完全な世界の中で、絶対的なものとして。悲しいこととか辛《つら》いこと、そんなものばっかりあふれて、本当のものなんかない世界を変えたい。

だからあの日、嵐に挑んで、それを制した。そしてその嵐を用いて、この世界から戦争を殺した。

この世界にはそれが必要だと思った。正解のわからない中、せめて何か目印がいるんじゃないかって。

それが正しく、あたしのやるべきことだと思ったから。あたしは、他の誰にも出来ないことをするために生まれてきた。

人より多くのものを与えられたあたしは人よりも多くの事を為《な》さなければならない。多くの人のために〝52番目の星〟は存在するのだから。

そのことに不満を抱いたことはない。だってそれがあたしのやるべき事だから。それがあたしの役割だから。

「ほんと、最近あたし、へん」

でもどうして、なんで彼の目が、こんなに気になるのだろう。

彼の目にあたしはどのように映っているのだろう。

あたしは彼にどんなふうに見られたいのだろう。

わからない。

でも。


――アシュフィールドが少し自意識過剰なだけじゃね？


「ふふっ、自意識、過剰かあ……」

彼に言われて、少し笑ってしまう言葉がまた増えた。

なんでだろうか、ＳＮＳや情報媒体、たくさんの人々はあたしを称《たた》える様々な言葉を贈ってくれる。

それは幾千、幾万、幾億の強く大きな言葉たち。

でも、その言葉のどれを思っても、こんなふうに独りでに気色悪い笑顔は出てこない。

なのに、彼から貰《もら》ったほんの少しの小さな言葉を思い出すと、面白い。笑っちゃう。

「ふふ、アジヤマタダヒト。名前まで面白く感じてきちゃった」

服を脱ぎ捨て、大きなベッドに身体を投げる。

「タダヒト、身長はそうでもないけど体格はいいからなー。少し狭いかしら」

そんな独り言を漏らす。それから少し頬が熱くなった。

あたしは結局新調した意味のなかった下着を外していく。

アジヤマタダヒト、アジヤマタダヒト。

数回彼の名前を呟《つぶや》いて、それから目を瞑《つぶ》る。

起きたら、シャワーを浴びよう。

それでそのあとは明日の準備。本国でのメディカルチェックだ。タダヒトじゃないけど、最近あたしもよく悪夢を見る。睡眠の効率が少しずつ落ちているのを感じる。

「やるべき事を、やってしまわないとね」

ピピッ。

《監視対象が移動を開始しました》

「ん？」

テーブルに置いていた探索者端末のコール。あたしの端末は、合衆国の監視対象となっている彼の場所を常に把握することができるのだけど。

「……そういえば、男友達と、どこに遊びに行くんだろ」

あまりよくないことだと知りつつも、あたしは端末を手に取って彼の今の居場所を確認して。

「……歓楽街、会員制高級お座敷ラウンジ、〝あめりや〟……」

な、る、ほ、ど。

このお店がどういうお店かはよく知っている。そう、うん、別にどうってことない。タダヒトだって男の人だし、それに彼はあたしの補佐探索者であり、こ、こ、恋人とかではない。

だから、別に関係ない。あたしに口出しする権利もない、ない、な……い、はず。

「…………いや、でもそうか、あなた、あたしの補佐探索者だよね」

あったかもしれない。権利。あたしは気づけば端末の連絡先リストを開く。

「ハァイ、ソフィ、ごめんなさい、オフの日に。ああ、そんなのじゃないの。ねえ、これから時間あるかしら」

ワンコールもしないうちに電話に出てくれた優秀な友人に電話越しに笑いかける。

「歓楽街地区、これから遊びに行かない？」

今日は長い夜になりそうだ。

第5話■【夜の街に繰り出そう！】

【第1回アルファチームと鮫島竜樹《さめじまたつき》のたのしい夜遊び計画について。集合時間20時、集合場所、歓楽街大門前。なるべく現金を多めに！　くれぐれも女性陣には内緒で！】

「あっぶねー、ばれなくてよかった」

味山《あじやま》がグレンからのメッセージを眺めてつぶやく。

アレタとのランチを終えたのち2人であたりを少しぶらついたりしたのちに解散、現時刻は17時。約束の時間まであと3時間もある。

《さあて！　ドロリ！　今日はテレビの前のみんなと、〝現代ダンジョン・バベルの大穴〟について勉強しようね》

《わあい、ドキドキさん、今日は何について教えてくれるのお!?》

ＴＶを流しつつ、自宅のキッチンに立つ味山。ランチから時間が経《た》ち、小腹が空《す》いたので早めの夕飯の準備だ。

「うお……これ、ほんとに食えんのか？」

ＴＩＰＳ€　〝九千坊のミイラ〟忘れられし怪物、お伽話《とぎばなし》のカケラ。神秘種の乾いた亡骸《なきがら》。この世界に未練を残しこびりついた〝神秘の残り滓《かす》〟の１つ。それを身体《からだ》に取り込みしものは大妖怪〝西国大将・九千坊〟の神秘に見《まみ》えるだろう

「見えるだろうってなんだよ、ダースソールのＯＰみたいな語りしやがって」

まな板に置いたのはパッと見、傷んだ鰹節《かつおぶし》。よく見ると確かに嘴《くちばし》やら、昔話に出てくる河童《かっぱ》に見えないこともないが。

ＴＩＰＳ€　お前には〝遺物〟を扱う才能はない。お前は何も持っていない。ゆえに彼らにとって居心地の良い住処《すみか》となれるだろう

「質問にシンプルに答えろよ、てめー。えー、でもさすがにこれ、生はなあ……」

その傷んだ鰹節にはよく見ると顔が付いている。いや、顔だけじゃない。

足、腕、それらが身体に沿って折り畳まれ備わっている。お包みに包まれた赤子にも見える。

「なんか、マジで河童に見えてきたな。いかん、ワクワクしてきた」
味山は、もう一度、目を凝らしてその河童のミイラらしいものを見る。
「うそ、皿か、これ」
つんと、指先で頭の上を突《つつ》く。妙にツルツルしているそれは確かに皿に見えなくもない。
《……えー！　ドキドキさん、ダンジョンってそんな歴史があったんだねえ！　怪物種とかぼく全然知らなかったよお。酔いのせいで銃器が簡単に使えないなんて大変だなあ》
《ドロリはものを知らないからね！　仕方ないさ、でもね、ドロリ。今日の大人気教育番組〝知れ、ドキドキ〟はこれで終わりじゃないんだ！》
《え、どぉいうことお？　まだ何かあるのお？　自分で大人気とか言える心根の厚かましさはどうにかならないのかなあ？》
《黙れ。ゴホン、そうさ、今日はね、そのダンジョンが生まれたことで現れたすごい人について知ってもらいたいんだ！　ドロリは〝52番目の星〟って知ってるカナ!?》
《そんなの知ってるよ！　アレタ・アシュフィールドでしょ！　毎日テレビやネットで見るもん！　CMや雑誌もチェックしてるもんね！》
ふと耳についたテレビの音に味山が意識をテレビのほうへ。今とても身近な存在の名前が聞こえたような。

《そう！　アレタ・アシュフィールド！　ものを知らない無知なる獣のドロリでも知ってるほどの有名人だね。でも、ドロリ、ニュースやＣＭに出ているアレタさんのことについて君は詳しいことを知ってるかな？　指定探索者や、〝遺物〟とかもきちんと理解しているかな？》

《う、うーん、すっごい綺麗《きれい》な人ってことは知ってるけど、していたんさくしゃとか、いぶつとかまでは知らないかな！　ぼく、難しいことは知りたくもないんだ！》

《うん、愚かな獣らしい正直さで何よりだね、ドロリ！　今日はそんな無知蒙昧《むちもうまい》な君にもわかりやすいように、合衆国指定探索者〝52番目の星〟がなんですごいのかを啓蒙《けいもう》してあげるね！》

《わあい！　知識を我が物顔でひけらかすことで悦に入る愚かな人間としてふさわしいふるまいだよ、ドキドキさん！　たのしみだなあ、その他人の功績を我が物顔で語ってさも自分が偉大であると錯覚している君の顔がさあ！》

《あ？》

《あ？》

「……アシュフィールドの特集か。あいつ、やっぱ有名人なんだよな」

デフォルメされたファンシーな二足歩行のカバと40代くらいの眼鏡をかけた男性が至近距離でメンチを切り合っている。これで高視聴率の教育番組なのだから世も末だろう。

「……食ってみるか」

テレビで語られるアレタ・アシュフィールドの偉業の説明を聞き流しながら味山が包丁を取り出す。

《アレタ・アシュフィールドの探索者としての偉業は、たあくさんあるんだ、例えば、世界に現代ダンジョンという存在がまだ公表される前に行われた、〝第2階層の開拓戦〟、彼女は数多くの怪物種を通常兵器だけで斃《たお》し、第2階層への安全な進入路である〝タロス坂道〟を確保したんだよ》
《通常兵器？　あれえ、ドキドキさん、さっき、ダンジョンの中では〝酔い〟のせいで同士討ちの可能性が高くなるから銃とかは使えないって言ってなかった？》
《おお！　いいところに気づいたね！　ドロリ！　そうなんだ、探索者のみんなは基本的に殺意と行動が非常に結びつきやすい銃の使用は禁止されてるんだけど、一部の〝酔い〟に非常に強い人たちについては、ダンジョンの中でも銃や爆発物を扱うことができるんだよ。特殊な試験を合格して免許を持った人たちのことを〝銃所持許可者《ガンスリンガー》〟って呼ぶのさ。

ほんとは探索者のみんなが銃を持つことが出来れば〝怪物種〟ともっと安全に戦うこともできるんだけどね》

《そっかー、そうだよね、そもそも銃が簡単に使えるなら、ダンジョンの探索も〝探索者〟じゃなくて〝軍隊〟がすればいいもんね》

《そうなんだよ！　ドロリ！　よくわかってるじゃないか！　でも実際〝ダンジョン酔い〟に適応できる〝探索者適性〟がある人全員を軍人にするわけにはいかないからね、だから〝探索者〟って職業が生まれたのさ。おっと、話がそれたね。ほかにもアレタ・アシュフィールドの功績はたくさんあるんだ。〝数多くのダンジョン内での救援活動〟をはじめに、〝第2階層、大森林の発見〟、〝大森林の開拓とバニヤンロードの開発〟、指定怪物種伍號《ごごう》〝麒麟《きりん》〟の討伐、〝第1階層湖畔地帯の完全攻略〟〝第2階層傭兵蟻《ようへいあり》の巣〟の破壊、および女王蟻の駆除。そして、〝人類最深到達階層バベルの大穴第3階層〟への到達、ほかにもたくさんあるんだけど、ドロリ、僕がまだ教えていないアレタ・アシュフィールドの功績、なにかわかるかい？》

テレビの内容を聞き流しつつ、とりあえずまな板のミイラに味山が包丁をそっと入れて。

《ええ？　そうだなあ、あ！　わかったぞ！　〝ストーム・ルーラー〟だ！》

包丁を握る手が止まる。

《そう、〝ストーム・ルーラー〟！　アレタ・アシュフィールドは人類最深到達階層の第3階層で出会った指定怪物種弐号《にごう》〝嵐《テユポーン》〟の単身での討伐を果たした！　詳しいことは隠されてるけど、壊滅した軍隊を逃がすため、アレタ・アシュフィールドはこの怪物と戦い、そして勝利したんだ。その結果、その怪物種の身体から現れて、彼女のものになったのが號級遺物〝ストーム・ルーラー〟だったわけ！　ドロリ、君はストーム・ルーラーって何かわかるかな？》

《知ってるよ！　嵐を操作するんだ！　アレタ・アシュフィールドのおかげで、台風や嵐がなくなったんでしょ？》

《よく知ってたね！　すごいじゃないか！　そう、ストーム・ルーラーにより僕たち人類はついに天候の操作という神の御業《みわざ》に手をかけたのさ。でも、アレタ・アシュフィールドを英雄、〝52番目の星〟として押し上げたのはその後に起きた事件なんだ》

《そのあと、あ！　もしかして！　あの核兵――》

ぶつっ。味山がテレビを切る。自分の上司の功績をコミカルに語る番組は面白かったが、なぜか最後のあたりは——。

「気分がわりい」

そう呟《つぶや》いたあと、気を取り直して包丁を構える。どいつもこいつもアレタ・アシュフィールドだ、英雄だ、52番目の星だと来た。

——力を集めるんだ——「そして、終わりの慟哭《どうこく》を」——いやだ、死にたく——。


ダンッ！

力強く包丁を押し込む。頭の中に浮かんできた聞いた記憶もない不快な響きを打ち消すように。

驚くほど簡単に、刃が入る。みるみる間にミイラはざく切りにされていく。

「ふう、とりあえず火を入れとくか。生はさすがにな」

ミイラに生があるかはさておき、味山がガスコンロに火を入れ、慣れた手つきでフライパンに油を引く。

ざく切りにしたミイラをばらりと入れると、小気味の良い油の跳ねる音が耳を打った。

「あれ、うそ、思いがけない、いい匂いがする」

鰹節の上品な匂いが油に混じり、ふわりと味山に届く。

「あの大陸人、マジでこれただの鰹節なんじゃねえだろうな」

味山《あじやま》は脳裏に王《ワン》のインチキ臭い笑顔を浮かべ、それを振り払った。

耳の届けるヒントはこのミイラが本物だと告げた。遺物も銃器も扱えない味山にとっては胡乱《うろん》なものであれ、力が必要だ。

「やっぱカレーが最強だ。カレーにさえ混ぜちまえばなんでも食える」

レトルトカレーにざく切りの炒《いた》めたミイラを混ぜ合わせる。香辛料の匂いと鰹節の匂いが香ばしい。

味山は冷蔵庫からスパイス入りのコーラを取り出し、皿に盛り付けた河童カレーをリビングの丸テーブルに運んだ。

「普通に食えそうじゃん」

味山は恐る恐るスプーンでカレーを掬《すく》い、口に運んだ。

香辛料の豊かな香り、そして漂う海鮮を炒めたような香ばしさ。

「頂きます」

手を合わせて、もぐり。

「え、ヤダ。美味《うま》い、シーフード」

河童のミイラは美味い。探索者にならなければ知らなかった。

カップ麺に入っている小海老《こえび》に似た味、あれをさらに濃厚にしたような味。辛口のカレーが舌をひりつかせる。そこにすかさずスパイスコーラを流し込む。

脳みそにパチリと届く閃《ひらめ》き、コーラの風味が口の中をキパリと締める。

「むぐ、むぐ、あっちい」

もぐもぐと舌を火傷《やけど》しつつも、カレーを掻《か》っ込み、コーラで流し込む。

結局、味山は10分もかからずにカレーを食べ終えた。

「あー、美味かった……なんか魚介とも肉ともつかない確かな滋味。侮ってたぜ、河童《かっぱ》」

満足げに味山がゴロリと寝転がる。

TIPS€ YOU ATE MYSTERY《お前は神秘を食べた》

TIPS€ 神秘種、〝西国大将・九千坊〟を摂取。肺は広く、水が妙に心地よい。お前は息長の性質を得た。河童と仲良くするといい

「ほんとかよ……」

別段身体《からだ》に変わったことはない。味山は自分の身体を叩《たた》いたり、頭のてっぺんを撫でたりしてみる。特にひれや皿が生えたりはしてなさそうだ。

「……おなか壊したらどうしよう」

急に怖くなった味山は胃薬をとりあえず飲んでおく。時計を見るとだいたい1時間が経過していた。

「……今日の夜は長くなりそうだな」

気を取り直し、味山はネットでお座敷遊びの情報をながめ始める。たのしい夜遊びの時間はこれからだ。テレビをつけ直すと、もうあの教育番組は終わっていた。

◇◇◇◇

「来たか、タダ」

「来たなぁ、味山ぁ」

味山が歓楽街の入り口に到着する。夜風が火照った身体を冷やす。

煌《きら》びやかなネオンが眩《まぶ》しい。デコレーションされた大門の前での待ち合わせ、全員集合だ。

「よお、鮫島《さめじま》。久しぶりだな」

「おお、そういや味山と会うのは1か月ぶりくらいかぁ？　お前がアレタ・アシュフィールドと組むって聞いた時以来だよなあ」

三白眼の男が顎に手を当ててぼやいた。ジェルで整えられた髪に、八重歯が光る。

鮫島竜樹《たつき》。

味山と同じタイミングで探索者になった元銀行員だ。探索者となった時期も同じ、そして民間人上がりの探索者同士ということで2人は友人となっていた。

「もうそんな前になんのか？　まあいいや、元気そうで何よりだ」

「おお、お前もなあ。同期の探索者は死んだり辞めたり病んだりで、だいぶ減ったからよお。たまにはつるんで遊ぼうぜえ」

鮫島がカラカラと笑う。味山も釣られて相好を崩す。

「へへ。なんだよ、俺らと遊びたくなったからお座敷遊び紹介してくれるようになったってか？　鮫島くんよー、んだよ、かわいいとこあんじゃゃん」

「あー？　おー、まあ、そんなとこだよぉ、味山くん」

味山の弄《いじ》りを鮫島が軽くいなす。悪態で返してくるだろうと思っていた味山はほんの少しの違和感を抱いた。

「ふっふっふ。なんすかー、タツキ。あんたそんないじらしい性根してたんすねえ。水臭いっすよ、もう、そんなんなら最初からお座敷誘ってくれたらよかったのにー」

「おー、まあそう言うなよぉ、なんせ格式っつーのかあ？　会員制、一見《いちげん》お断りの店だからよお、いろいろあんだよ、タイミングとかなぁ」

「へー、噂《うわさ》は聞いてたけど、マジでそうなんだな。……一体どんな美人が待ってるんだって言うんだ」

「きっと、会員制にしないとやばい女の子ばっかりなんすよ。しかも、事前調べによると、全員、着物に浴衣！　ニホン、好きっす」

「まじかよ、しかも今回は女性陣なしで羽目を外せる」

味山の言葉には非常に重みがある。アルファチームの男女間の力関係は女性上位だ。こういう店には基本打ち上げで行くことは出来ない。

しかし、1回、たった1回だけグレンの男泣きによりアルファチーム全員でラウンジに行ったことがある。だが、結果は――。

「俺は今でも悪夢を見るっす、タダ。女性陣の監視、いや、引率付きでいったあのラウンジ……あの屈辱を俺は、忘れたことはないっす」

グレンの褐色のイケメン顔、水色の瞳が歪《ゆが》む。それは男のプライドが傷ついた時の表情。

「ああ、俺も、覚えてる……店の女の子全員、アシュフィールドとクラークに持ち帰られた事件な」

「アルファの屈辱、俺はそう呼んでるっす、ああああああ、柊《ひいらぎ》ちゃあああん、あんな清楚《せいそ》黒髪妹系美少女が、センセイや、アレタさんのようなイケメン女にメスの顔向けてるのを見た時の気持ちたるや！」

「なんか、生き物として完全に負けた感じあったよな……」

今でも忘れられない。その日、味山たちは思い出した。指定探索者の圧倒的な知名度と人気を。そのモテ力の違いを。

「だが、今日は違うっす。この夜の主役は俺たち。アルファチーム補佐探索者っす」

にやりとグレンが笑う。互いに辛《つら》い思い出がある。だがいつかはそれを乗り越えなければならない。今日がその時だ。

「グレン!!」

「タダ!!」

ひしり。灰色の髪の美丈夫と肩幅の広い黒髪の男が抱きしめ合う。あまり見られたものではなかったが、それでも当人たちは本気だった。

「なんかよお……お前ら、苦労してんなあ」

鮫島が電子タバコをふかして呟く。

鼻息を荒くしたグレンが、赤々と輝くネオンに彩られた大門の前で思い切り両手を広げた。

「さあ!!　今日はあっそぶぞ!!　探索の始まりっす！」

「男には引けない時がある。味山只人《ただひと》、歓楽区における自由探索を始める」

「はしゃぎすぎだろお……頼むから店に着くまでにはテンション戻せよお」

ガッハッハー、ぎゃっははは一。

味山とグレンは上機嫌で肩を組みながら、歓楽街の大門をくぐった。鮫島はその様子を見て、ギザ歯をわずかに覗《のぞ》かせながら小さく笑った。

「っておい！　俺を置いてくんじゃねぇ！」

慌てて、思ったよりも動きの速い味山とグレンを追いかけた。

さながら小うるさい教師がいない自習時間に騒ぐ子どものように、男たちがはしゃぐ。

バベル島の夜が始まった。

「あ、そこのお兄さん、今日のお店は決まってますか？」

「はい、お兄さん、おっぱいどう？　すごいいっぱいあるよ、おっぱいどう？」

「あー、探索者のかたですかー？　今うちのお店え、水着イベントやっててー、けっこうサービスできるんですけどお」

1歩進むたびに現れる客引きたち。その賑《にぎ》わいは昼のバベル島の活気とはまた別のもの。からっとしたものではなく、熱っぽい湿度を伴うものだ。

「え、みずぎ……？」

「グレン、ふらつくな、まっすぐ歩け」

「はっ、悪いっす、つい」

横道にそれそうになるのを気合いで持ちこたえ、味山たちは進む。

「ここだあ、ついたぜえ」

「「おお……」」

歓楽街の大門をくぐって、5分。バニーやら、水着やらの誘惑をかいくぐり、味山たちは目的地に到着した。

屋敷だ。ニホン庭園がありそうな、広い屋敷。朝ドラに出てきそうな。

「いらっしゃいませ、おや、これは鮫島の旦那。今日はご友人と一緒ですか?」

「ああ、同じ探索者だぁ、まあ素人だからよお、優しく案内してやってくれよ」

着流し姿の狐目《きつねめ》の男がじろりと味山とグレンを見つめ、相好を崩した。

「へえへえ！　さすが鮫島の旦那のご友人だけあって、ご両人ともに男前な御仁ですね」

「え、まじっすか」

「鮫島、なんか俺もう気分が良くなってきた」

「お前らの普段の周りからの扱われ方が気になるなあ……まあいいか、今日は3人だぁ、座敷は空いてるか?」

「ええ、もちろんです。お得意様、それもうちの5本の指に入る花の1本を落としたお方です。空いておりますとも」

「ああ、そりゃ光栄だあ」

「まあ。こんな門前で話すのもなんです。どうぞ、中のほうへ」

狐目の男に促されるまま、味山《あじやま》たちは門をくぐる。やはり敷地内は予想通りのニホン庭園の風景、白い砂利にいくつかの岩が点在する。枯山水という奴《やつ》だろうか。

「どうぞ、御履《おは》き物《もの》はここでお脱ぎください。また、もし武装の類があれば屋敷内には持ち込めません。〝遺物保有者〟様の場合は申し訳ございませんが、申告を」

玄関に通され、屋敷内に入る。屋敷内は暗めの照明で照らされていた。

「いや、持ってねえなあ。遺物もいずれはお目にかかりたいが今のところはねえよ」

鮫島が慣れたやりとりを着流しの男と続ける。味山とグレンはといえば、おとなしく靴を脱ぎながら、ぽけーっと、口を開けてそのやりとりを見守っていた。

「お連れ様も、武装や、遺物の類はお持ちではないですね？」

「「あ、はい」」

味山とグレンがこくこくとうなずく。その姿に、狐目の男がふと首を傾《かし》げる。

「おや……お連れ様がた……いえ、失礼いたしました。私の勘違いです。ああそうだ、鮫島の旦那」

一瞬、味山とグレンに怪訝《けげん》な表情を向けた狐目の男がひょっと笑みを浮かべ、頭を下げる。男2人もつられて頭を下げる。この2人、なんだかんだ少し、緊張していた。

「あいよお、なんですかぁ」

「いえ、鮫島の旦那に会いたいと朝霧が申しておりました。いつも通り朝霧《あさぎり》から鮫島の旦那への指名が出ておりますが、お受けになっていただけますか？」

なんだか、鮫島がいつもよりかっこよく見える。

そんな中、味山がふと違和感に気づいた。

「鮫島、今、聞き間違いか？ まるで女の子のほうから指名があったように聞こえたぜ？」

普通こういう店は、客が気に入った女の子を指名するものだ。だが、今のやりとりはその逆に聞こえる。

「ああ、その辺は主人から説明を受けろや。まあ最初はお前らも俺と一緒の座敷へ行こうぜぇ」

鮫島が男に近づき、探索者端末を渡す。狐目の男は恭しくそれを受け取り、玄関に備えられている和風の木製レジカウンターに通した。

「はい、確かに。それでは鮫島の旦那は月の間へご案内させていただきます。これ、こちらの旦那を月の間へ」

「はい！」

奥の廊下から現れた若者が鮫島を案内していく。

「主人、こいつらも説明が終わったら月の間に案内してやってくれや。じゃあな、味山、グレン。説明受けたら早く来いよ」

「お、おお」

「了解っす」

鮫島《さめじま》が着物の若者に連れられて長い廊下の向こうに消えていく。途端に少し、心細くなった味山とグレン。2人の声は少し硬い。

「では改めまして、この度は当座敷〝あめりや〟においでいただきありがとうございます。当店は探索者組合により営業許可を得ている探索者様御用達《ごようたし》の酒場でございます。美しい花とのひと時で探索者の皆様のお疲れを癒せれば光栄です」

「えーと、店長」

「どうか私のことは主人とお呼びいただければ」

「あ、はい。主人。よくこの店のシステムがわかんねーんだけど。要は和服の綺麗《きれい》な子がお酌してくれるキャバクラってこと?」

「おい、タダ、貧乏くさい表現やめてくんないっすか。素人だと思われるでしょうが」

「ばか、今からかっこつけてどうすんだよ。こういうのはきちんと始まる前に勇気出して確認しとくのが、プロだろ」

「た、たしかに」

味山とグレンのやりとりに、口元を押さえつつ、店の主人がうなずく。

「ふふ、ええ、大方はそちらのお連れ様のご認識で間違いありません。ただ、普通のお店と違うのは、当店は女性側から男性客を指名する逆指名システムを採用しております。基本的に、女性側から選ばれない限りは意中の女性と任意で遊ぶことは出来ない仕組みとなっております」

「ほ？　じゃあもしかして女の子に好かれないと指名が来ないって事っすか？」

「おっしゃる通りです。しかし、ご安心を。私の見たところ旦那たちでしたら、うちの女の子はすぐに夢中になってしまうでしょう。うちの女性は節度ある紳士や、ユーモアのある男性がタイプなので」

「まじか、節度とユーモア、両方あるわ」

「まじっすか、節度とユーモア、両方あるっすわ」

狐目の主人が笑う。どこか胡散臭《うさんくさ》い笑いだが、不思議と嫌悪感はなかった。

「お代は座敷代が1時間で3万円。あとは中でのご飲食代が別途です。まずはご両人の探索者端末をお借りしても？」

身分の証明や、電子決済において端末の登録を要求する店は多い。味山とグレンは特に抵抗なくそれを渡した。

「ありがとうございます。味山只人様と、グレン・ウォーカー様ですね。それでは味山の旦那に、ウォーカーの旦那……どうか、探索の疲れをごゆるりと、美しい花との一夜の語らいでお癒しくださいませ、今案内の者をよこしますので。これ、〝夕顔《ゆうがお》〟。お2人を月の間に案内してください」

「はーい、です」

狐目の主人の声に、透明な女の子の声が廊下の奥から響く。かと思えばすっと音もなくふすまの1つが開き、その声の持ち主が現れた。

「うお」

「きっ」

味山とグレンが息を呑《の》む。その女の子の容姿に。

透明な容姿とはこの女の子のためにあるようなものだ。

小さな卵形の顔に、向こう側が透けてしまいそうな白い肌。夜に輝く白い月のように見える。おかっぱ頭に、小さな髪飾り、そして黒い浴衣が似合いすぎる。

「お初にお目にかかります。旦那様がた。あめりやにようこそ。お姉さまたちがお待ちの座敷にこの〝夕顔〟がご案内させていただきますです」

ぴょこんと頭を下げる浴衣の美少女。

「「あ、よろしくお願いします!」」

ぽかんとしていた味山とグレンが思い出したように反応し、見事に90度腰を曲げて最敬礼をかます。

「わわ、びっくり。そんなお頭をお下げにならないでくださいー、どうぞ、こちらへ」

「「はい!」」

浴衣の美少女に従い、すごく元気な味山たちが廊下を渡る。

ある程度進むと、渡り廊下になっている。外のニホン庭園を渡り、離れのほうにどんどん移動していく。

ぴよ、ぱよ。うぐいす張りだ。味山が歩く度に、廊下からうぐいすのような鳴き声が響く。

「……あれ」

味山がふと、あることに気づく。

ぴよ、ぴよ。うぐいす張りの音がどこか変だ。音が少ない。自分とグレンの足元からしか音がしていないことに気づ――「良い〝耳〟をお持ちのようです」

「え」

「アジヤマタダヒト様」

するりと立ち止まり、こちらを見上げる浴衣の美少女と目が合う。ぞくりと背筋を伝う寒気。

「こちらが月の間です。鮫島の旦那様はすでに中でお待ちでございますので、どうかごゆるりと」

浴衣の美少女が、深く頭を下げ、ふすまを開ける。

「ああ、それと最後に旦那様がたー。あくまで当店はお酒を嗜《たしな》み、遊戯にふける場所ですー。女性に指名されたからと言って、どうかお触りの程は厳禁でございますのでー」

浴衣の美少女が乏しい表情から一転、にまりと笑って、その眼《め》が味山たちを舐《な》める。

すっかり緊張して大人しくなっていたグレンは、コクコクと素直にうなずき、味山は別の意味で固まったまま。

「では、わたしはここで失礼いたしますー。――あの子のことをお願いしますね」

そう言って浴衣の美少女はすっと、味山だけに視線を向けたあと、その場を離れる。

「タダ、タダ、なに固まってんすか。ここまで来たんすよ。もう、進むしかねえだろ」

やけに精悍《せいかん》な顔をしたグレンが力強く肩をつかんできた。どうやら味山が緊張のあまり固まったと思っているらしい。

「あ。ああそうだな」

気のせいだ。きっと。あの子の足音がしなかったのも気のせいで、自分の名前を知っていたのも端末の情報の共有がものすごい早かっただけ。そういうことにしよう。

気を取り直して、味山が敷居を跨《また》ぐ。

部屋は広く、どこか懐かしい畳の匂いがする高級旅館の内装。

「よう、来たかぁ。まあ、入れよ」

「あら、鮫島さん。こちらの方々がお友達の方？」

どかりと座布団にあぐらをかき、背の低い長机の上に置いてあるお猪口《ちょこ》を摘《つま》んだ鮫島と、その鮫島にしなだれかかっているエライ和服美人がそこにいた。

その白魚のような手が、鮫島の首に這《は》っている。

鮫島はそんなこと当たり前だと言わんばかりに、お猪口をぐっと、傾けた。

味山とグレンが顔を見合わせる。

「あー……お触りは厳禁じゃなかった？」

「あら……ふふ、いやだ。恥ずかしい……つい。男の方から、女性へのお触りは厳禁ですけど、その逆は特に禁止されてないんです。ふふ、誰彼触るわけではないですけど、花も魅力のある男性には、その、魅了されてしまうのはだめでしょうか」

アンニュイな和服美人が色っぽい声で答える。羞恥からだろうか。少しその白魚のような肌が桜色に染まる。

「「…………」」

グレンが無言で手のひらを広げて、掲げる。

なにも言わず、味山がその手のひらにハイタッチをかました。

歓喜の声を微塵《みじん》もあげずに、味山とグレンは見つめ合う。

探索者になって、良かった。この店に来られてよかった。この思いだけは嘘《うそ》ではない。

もうこの時点で、味山の脳内から先ほど感じた不穏なことは本当に一切残らず消え去っていた。

こんこん。

無言で、見つめ合う2人。その背後、木のふすまから小気味よいノックの音が響く。

「おお、入ってくれえ。つーか、味山《あじやま》、グレン、てめえらがそこにいたら邪魔だろうがぁ、早く適当に座りやがれえ」

「あ、はい。鮫島さん」

「わかったっす、鮫島さん」

「お、おお……なんだ、お前らそんなに素直な奴《やつ》らだったか？　気持ち悪いんだけどよお」

クリクリしたつぶらな目で味山とグレンは、ちょこんと長机を挟み、鮫島の対面に座る。

とんでもなく良い匂いがする部屋。甘いくだもののような香りが味山の鼻をくすぐる。

味山は、端的に言えば緊張していた。

ぶっちゃけ、あまり遊び慣れていないのだ、味山もグレンも。

こんこん、またふすまを叩《たた》く音が。

「お、悪い、入ってくれえ」

ノックの音に鮫島が声をかける。その様子は落ち着き払っており、借りてきた猫のように大人しくなっている味山たちと比べるべくもない。

鮫島が、かっこよく見える。シスコンで姪《めい》コンをこじらせているどうしようもないやつなのに。

味山が複雑な面持ちで、目の前で和服美人をあしらいながら酒を飲む友人を見つめた。

「あ？　味山ぁ、なんかお前失礼な事考えてたか？」

「いえ、滅相もないです、鮫島さん」

ならいいけどよお、と鮫島が流す。

そして、

「失礼いたします」

「失礼しまーす!!」

ふすまが開かれる。

「うお」

「わあ」

味山と、グレンが声をあげた。

可憐《かれん》。綺麗。顔小さい。細。

和服を着たどえらい美人が2人、正座した状態でふすまを開けた。

「こんばんは、本日はご来店誠にありがとうございます。はじめまして、〝雨霧《あめきり》〟と申します」

「こんばんは!!　えっと、ご来店マジ……じゃないや。まことにありがとうございまーす！　〝朝日《あさひ》〟っていいます！　よろしくお願いします！」

味山とグレンはポカンと口を開いて固まっていた。

アレタやソフィといった美人と普段チームを組んでいるために、2人ともそれなりに美人耐性はあったはずだが、それでも2人とも、ダメだった。

「ああ？　おい、朝霧さんや。雨霧に朝日って言えばよお、この店のナンバー1とナンバー3じゃねえか。いいのか、こんな連中にそんな良い女の子つけてよお」

「ふふ、私のお気に入りの鮫島《さめじま》さんのお友達が来るって聞いたからね。まあ、でも雨ちゃんと朝ちゃん2人共と仲が良いんだ、私」

「おお、マジかぁ、そりゃ、こいつらには勿体《もったい》ねーような気がするなあ……」

「ふふ、鮫島さんも2人の方が良かった？」

「けっ、意地悪いなあ……俺ぁ、アンタが好きだぜぇ、朝霧さん」

「鮫島さん……」

味山とグレンをほったらかしにして、鮫島が和服のアンニュイな美人といちゃつく。

「ふっ」

「「っ！！！」」

2人、あめりや初心者の味山とグレンに衝撃走る。2人は見逃さなかった、鮫島竜樹《たつき》が今その悪人ヅラを歪《ゆが》め、勝ち誇った顔をしたことを。

「タダ、今……」

「ああ、グレン、理解したぞ。あのエセエリート銀行マン崩れが今回俺らにこの店をようやく紹介した理由がよ」

「あ、鮫島さん、はい、お猪口空いてるわ……」

「おお、どうもぉ、ああ、うまいよ」

この男、肴《さかな》にしてる。

自分のモテっぷりを見せつけて。いや、それだけじゃない。味山只人《ただひと》の脳みそが稼働する。

この店の仕組み、〝逆指名〟システム。それはつまり、そもそもこの店の主導権は女性側にあるということだ。接客業なら考えられないシステムだが、そのすべてをこの女性たちのレベルの高さがねじ伏せている。

鮫島竜樹はすでに、この店の攻略を終えている。楽しむつもりだ、この男。味山とグレン、初心者があたふたしながら、あめりやに翻弄される姿を。

「鮫島、てめえ」

「タツキ、あんたってやつは……」

「おいおい、どうしたぁ、味山くんにグレンくんよお、俺は楽しみにしてたんだぜえ、お前らと久しぶりに飲めるのをよお」

アンニュイ美人を侍《はべ》らせたエセエリート銀行マン崩れがにやりと笑う。

「座れよぉ。すでに座敷遊びの時間料金は、カウントされてるんだぜ」

「……上等だ」

味山は覚悟を決める。速攻だ。速攻で女の子と仲良くなり、この陰険鮫《さめ》ヅラシスコン姪コンにほえ面をかかせてやる、と。

味山が闘志を燃やし、座布団に座った。

ふわり、良い匂いが。

「お隣、失礼してもよろしいでしょうか？　味山様」

「じゃあ、朝日は灰色の髪のグレンさんの隣っ！　いーい？」

いつのまにか、音もなく味山、グレンのそれぞれの隣に女性が侍る。

グレンについた女性は、幼い顔立ちに金色のツインテールの活発そうな子、しかし顔立ちに似合わず、豊満な胸が着物の胸元を押し上げていた。

その美少女の着物はヒヨコの刺繍《ししゅう》があしらわれたシンプルなピンクの着物、よく似合っていた。

「ももも、もちろんっす！　グレン・ウォーカーっす！　よろしくお願いしゃす！」

「あはは─、知ってる─、店長……いや、月川から聞いてるよ─、あたし、朝日！　よろしくね─！」

グレンに侍る活発な美人、いや美少女の距離はやけに近い。

味山は横目で、どんどんグレンの顔がにやけてとろけていくのに気づいた。ついさっき鮫島に燃やしていた闘志あふれる顔が一瞬でおしゃぶりを与えられた赤ちゃんのように綻んでいる。

あいつ、巨乳に弱いからなあ。

味山が友人の情けない姿にため息をついた。自分は強い意志と怒りを持って、紳士的に女の子を口説こうとして。

「もし、もし……」

か細い声。味山は横に顔を向けて。

「お……」

息を、呑《の》んだ。

小さな顔に張り付いたパーツは、どう見ても神様が贔屓《ひいき》して作ったとしか思えないほど整っている。

溢《こぼ》れそうな瞳、右目の下についた泣《な》き黒子《ぼくろ》がやけに色っぽい。

鴉羽《からすば》の濡《ぬ》れた長い髪はポニーテールに縛られて彼女の小さな顔が映える。

そんな美人の目が潤んでいた。

「もし、もし。味山様、やはりわたくしのような暗い女よりも、朝日のように明るい子がお好みでしたでしょうか？　よろしければ、他の明るく可愛《かわい》らしい子と代わり――」

味山は反射的に、黒髪の美人の手を握ろうとし、そしてぴたりと動きを止めた。

やべ、お触り禁止だった。

味山が固まる。

ひたり、固まった味山の手にひんやりした感触が。

鴉羽色の髪の美女が味山の手をそっと包み込むように握った。

「……あ。申し訳ございません……その、お嫌でしたか？」

「いいえ！！！　お嫌なわけがごっざいません!!　あなたがようございます！」

手を握られたまま、味山が頭を下げる。社会人時代から頭を下げる事だけは得意だった。

そして、すでにもう、鮫島のことなんてどうでもよくなっている。

「まあ……ふふ、ありがとうございます。改めまして、わたくし、雨霧と申します」

「あ、雨霧さんですね、お……いや、僕は味山と申しますです、はい」

「ええ、存じておりますとも。味山様……お噂《うわさ》はかねがね……」

濡れた瞳、しかしその中に光が宿る。味山は一瞬違和感を覚えたが、きゅっと握られた柔らかな手のひらの感触に、全てを忘れた。

「……まあ、わたくしったらはしたない。失礼いたしました」

「あら、雨ちゃんが男の人に触るの初めて見たかもねえ」

「あ、ほんとだ！　雨っち、普段そんなにひっつかないのに！」

「あ、う。失礼いたしました……」

まわりの女の子が雨霧の様子を見て驚いたり、はしゃいだり。

おずおずと味山のゴツゴツした手を握っていた小さな手が離れる。薄い色素の肌にわずかな朱が差して。

「名前を知ってくださってるとは光栄です、雨霧さん」

味山はもう、有頂天だ。儚《はかな》げで大人しそうな佳人に味山は弱い。

「とんでもございません。あめりやの主人、月川より伝えられております……ただ、その味山様のことは前より存じ上げておりました……」

「え？　前から？」

「はい……わたくし、探索者様に憧れて、〝お星様〟……アレタ・アシュフィールド様のファンでございますので……かの星が補佐を選んだとの報を聞いてより……存じ上げております」

頬を染めてにこりと笑う雨霧。可愛すぎて味山は早くも舌先を噛《か》み締めて耐える。

「んふふ、雨っちは探索者さん好きだよねー、朝日も好きだけどさー。わ、グレンさん、すごい筋肉！」

「えっ?!　そうすか？　わかるっす？」

「ふふ、鮫島さん、約束守ってまた来てくれたのね」

「おお、美人との約束は守るって決めてんだよ、俺ぁ。いや、違うな、朝霧さんとの約束は守るさ」

味山《あじやま》の隣ではグレンが、正面では鮫島が。それぞれの美女と仲睦《むつ》まじく、酒を舐《な》めながら、交流している。もうお互い野郎同士のことはどうでもよかった。

味山も目の前の美人との会話に意識を傾ける。

「意外ですね、雨霧さんのような上品な方からは探索者っていうのは嫌われているかと」

「いいえ、とんでもない。まるでお伽話《とぎばなし》の中の存在のように、地下に広がる異なる世界で、恐ろしい怪物相手に大立ち回りをなさる……わたくしのような弱い者からすれば、あなたがたはまるで、お伽話に出てくる勇者たちと同じです」

「褒めすぎですよ、でも雨霧さんにそう言われると、嬉《うれ》しいです、まあ俺は残念ながらそんな眩《まぶ》しい存在でもないんだけど」

「まあ……なにをおっしゃいますか。あなた様はあのアレタ・アシュフィールド様が嵐を堕《お》とした時からずっと空席だった席を勝ち取った方でございます。そんな謙遜などしないでくださいまし」

潤んだ瞳が味山を見つめる。雨霧の艶やかな黒髪は、黒い生地に金の刺繍模様の着物によく似合う。

わずかに、はだけた首元から覗《のぞ》く白い肌が眩しい。味山はそこに目線が集中しないように、なるべくポーカーフェイスを保ちつつ、雨霧《あめきり》の顔を見続けた。

「あ、う。味山様、そうまで無言で見つめられると、恥ずかしゅうございます……」

「あ！　す、すみません!!　失礼しました!!」

「い、いえ、嫌でございませんので……どうぞ、まずはご一献……」

雨霧が脇に用意していたお猪口《ちょこ》と、徳利《とっくり》を差し出した。辺りを見れば、グレンも鮫島も飲みながら談笑している。

「あ、どうも」

お猪口を受け取り、差し出す。

手慣れた手つきで雨霧が白い徳利を傾けた。

澄んだ水のような酒が音もなく、お猪口を満たす。

「いただきます」

「ふふ、召し上がれ」

とくり。

口内を満たす酒の味。

飲みやすい、癖がまったくない。なんの抵抗もなく喉を通り、胃に落ちていく。

「美味《おい》しい。あまり酒は飲まないんですけど、これは、うまい」

「ふふ、わたくしもです。このお店のお酒はとても飲みやすく……あまり他では売っていないお酒らしいですよ」

味山は2口でお猪口を飲み干す。舌で転がすと優しいお米の甘味がどこかほっと心をほぐす。

その様子を雨霧が穏やかに見つめていた。

「味山ぁ、グレン、そろそろ慣れてきたかぁ?」

不意に鮫島《さめじま》から声がかかった。

見れば何かメニュー表のようなものを覗き込みながら鮫島がこちらを見ている。

「あ、ああ。よくしてもらってるけど」

「あめりや最高っす!!」

「はっ、そりゃ良かったぜえ……なあ、ここいらでよお、1つ余興で遊ばねえか? あめりやの名物なんだよ」

「あ? 余興?」

「いいっすよ! もう楽しければなんでも!」

味山が首を傾《かし》げ、グレンは満面の笑みで首肯する。

「あらぁ、鮫島さんたち、アレをやってくれるの? なににしようかなあ」

「えー! 本当に? あたしもグレンさんに何してもらおうかな?!」

「まあ、味山様、よろしいのですか?」

三者三様。

よろしいのですかとはどういう意味だろうか。まあもう今のテンション的には味山はすべてよろしいのであった。

「で、タツキ、何するんすか!?　まさか、王様ゲーム的な！」

「バカ、違えよ。こういう店でそんな遊び方はなしだ。いいか、グレン、味山。ここでは俺らは確かに客だが、選ぶ側の存在じゃねえんだぞ」

鮫島がお猪口を飲み干し言葉を続ける。

「お前ら、今楽しいだろお？　そりゃそうだ、何の幸運かお前らと今一緒にいるのはこの店の1位、2位、3位と最上級の女性ばかりなんだからよお」

「えへへー！　ありがとー、鮫島さん！　ちなみに朝日《あさひ》が3番目ね！」

朝日が明るい声で応える。

「おお、どういたしまして。それでなあ、味山、グレン。お前らは今、品定めされてんだ。この男はこれからも指名していいのか？　この男は自分に見合った存在なのか、とかなあ」

「やだわ、鮫島さん。そんな偉そうなことは考えていないのに、私たち」

「朝霧さんはこう言ってるが、まあ、察しろ。郷に入ってはなんとやら。俺たちはなんとか彼女たちにアピールしなきゃなんねえんだよ。他の男とは違う！　てなあ。それが出来なきゃあめりやで遊ぶことは出来ねえ」

鮫島が確かな口調で呟《つぶや》く。

酔い始めているのか、三白眼が赤くなってより凶暴に見える。

「なるほど。つまり踊りでメスを呼び寄せる鳥！　巣をこしらえ、メスを呼ぶ魚のように俺らも何か甲斐性《かいしょう》を見せろってことっすね！」

「おお、珍しくグレンが正しい事を言ったなあ、その通りだ。俺らはこれからの余興をクリアしなけりゃならねえ。なあ、朝霧さん」

「あは、鮫島さんの素敵な所はぁ、そういう所よねえ。きちんとうちのお店を遊んでくれるのはぁ、ふふ、うれしいな」

朝霧がうっとりした顔で鮫島を見つめる。

「一理ある、確かにこんな美人に金を払っただけでお酌してもらえるというのはムシが良すぎる」

味山がつぶやく。たいがい、こいつも酔い始めていた。

「それで、俺らは何するんすか？　朝日ちゃんに逆指名されるためなら俺、ちょっと本気出すっすよ！」

味山とグレンが身を乗り出して鮫島に詰め寄る。その様子を女性たちはニコニコと見守っていた。

「ああ、これより、逆指名を取るためのあめりや名物、その名も〝かぐや姫ゲーム〟の開始だぁ」

「「うおおお!!」」

味山とグレンが叫ぶ。周りの迷惑にならない程度に。

かぐや姫ゲームって、なんだ？

味山の脳裏に小さな疑問、しかしそれを口に出すことはなかった。

◇◇◇◇

数十分後。

「わー!!　すごい！　グレンさん!!　じゃあこれ！　500円玉！　これは無理でしょう！」

「ふふふ、朝日ちゃんのお願いならば、俺はやるっす！　むぐおおおお」

グレンが500円玉を人差し指と親指で挟む。探索中でも見たことないほど、必死な形相でそれを押しつぶそうとしていた。

「あはは!!　がんばれ、がんばれっ。500円玉を人差し指と親指だけで握り潰せたら、膝枕してあげるよっ！」

朝日が自分の膝をぽふぽふと叩《たた》く。柔らかそうだ。可愛《かわい》らしい顔してなかなか、グレンへの要求はえげつないのだが。

「朝日ちゃんのひ、ざまくらぁああ!! うおおお、世界に1058人しかいない上級探索者を舐めんなよ！！！ ふんぬうううううう」

「結構いるね！」

かぐや姫ゲームが続く。

それは言うなれば、やれ子安貝やら火鼠《ひねずみ》の皮衣やらを要求した最古のお姫様の逸話をもじった無理ゲー大会だ。

男たちはあめりやの美女からの関心を引くために彼女たちの出すお題をクリアするべく必死になる。それほどの魅力があめりやの女たちにはある。

「ふふ、味山様のご友人、グレン・ウォーカー様も愉快な方ですね、朝日があんなに楽しそうにしているのは久しぶりです」

「え、あれ楽しそうにしてんの？ 見た目の割にSくない？」

味山がつい普段の口調で言葉を漏らす。

「ふふ……味山様。普段はそのような話し方なのですね」

「あ、いや、すみません。なんか酔っ払っちゃって失礼しました」

「いいえ、なんでしょう、味山様のその話し方、わたくしは聞いていてとても安心いたしますよ。……かのアレタ・アシュフィールド様ともそのように話すのですか？」

ぎぎぎぎいいい!!　５００円玉を潰そうと力を込めるグレンの唸《うな》り声《ごえ》をＢＧＭに味山《あじやま》と雨霧が言葉を交わす。

「あー……そう、ですね。なるべくアイツと話す時は自然体を心がけてます。……必要以上に畏《かしこ》まると、へそ曲げるんで」

「あら、ふふ。国家間の戦争を止め、人類を新たな段階に引き上げ、歴史にその名を刻み、この現代ダンジョンの時代を牽引《けんいん》する英雄が、そのような――」

「アシュフィールドは人間ですからね」

雨霧の言葉を、味山は穏やかに、しかしそれ以上を遮るかのごとく言葉を上から塗りつぶした。

そのやりとりは、味山と雨霧しか認知していない。

雨霧がわずかに、その涙袋の膨らんだ瞳を見開き、それからゆっくり、つぼみが開くかのように、柔らかく微笑《ほほえ》む。

「さようで、ございますか」

「ええ、そうです」

今だけ、ここが夜遊びの場であることを味山は完全に忘れていた。

アレタ・アシュフィールドに関する話で、そこだけは、彼女が人間であるという部分だけは茶化すことができない。

　雨霧が味山の答えを聞き、微笑む。何故《なぜ》だろう、その笑いが、どこか安心しているような微笑みに見えた。

「ぐっはー、ダメだあああ、ここで、ここでやんなきゃダメなのに……俺は、俺は、弱い……」

「あっははー、ぶっぷー、じっかんぎれー!! グレンさん、朝日の膝枕はお預けでーす」

「ああああああああああ、俺に、俺にもっと力があればあああああ、せめてパワーグローブがあればああああああ」

「グレン、お前、マジ泣きを……」

　味山が勇敢に戦った友人の姿に、鼻をつんとさせて。

「かっかっかっ、グレエン、残念だったなあ。あー、居心地いいわぁ、朝霧さんの膝」

「もう、あんまりそういうこと言わないの、鮫島さん」

　そんなグレンを尻目に、早々に朝霧の膝枕を勝ち取り、ゴロンとその柔らかそうな膝に身体《からだ》を預けた鮫島が笑う。

「う、うるせえええ!! タツキ、なんでお前のかぐや姫ゲームのお題はあんなに簡単だったんすか?! 朝霧さんの好きな所5個言うって! 簡単すぎでしょ?!」

「ああ? 負け犬の遠吠《とおぼ》えは気持ちーなー、おい。グレン、これはかぐや姫ゲームなんだぜえ。女の子側からのお題の難易度はよお、そのまま男への好感度に決まってるだろうがよお」

「ふふ、なあに、鮫島さん。その言い方じゃあ私があなたのこと、かなり好きってことじゃないの？」

「違うのか？」

「ううん、正解」

膝枕された状態で仰向《あおむ》けになり、朝霧と鮫島がいちゃついている。

グレンがその褐色の端整な顔を歪《ゆが》ませ、今にも血の涙を流しそうな形相で鮫島を睨《にら》んでいた。

「もー、グレンさん。音もなく泣かないの！　５００円玉は無理だったけど。１００円玉は握り潰せたんだから！　はい、あーんしたげる！」

「え！　まじ?!　やったあああ！」

朝日が桃に爪楊枝《つまようじ》を刺してグレンに差し出す。引き寄せられたグレンの顔はほっこりと。

「美味しい？」

「美味しいっす！」

朝日のような幼い顔立ちの女性に、美丈夫の男が甘えている所を見ると、犯罪の匂いがしてくる。

「良かったねえ、グレンさん。それじゃあ最後は――」

「味山ぁ、お前の番だぜえ」

朝霧と鮫島《さめじま》が、味山を指名した。

味山は鮫島の態度にいらつきながら、雨霧《あめきり》の方を見つめる。

鮫島が言ったようにかぐや姫ゲームの難易度は女の子からの好感度に依《よ》るものならば……。

「あ、味山様……そんなに熱い瞳で見つめられると、わたくし……」

いける、いけそうだ。いけてくれ、いけるか？

「雨霧さん、かぐや姫ゲームのお題をお願いします」

手心を加えてなどとは言わない。ただ、味山は雨霧を見つめるだけ。頰をりんごのように赤く染める雨霧がおずおずと顔を上げた。

「わたくしは……」

潤んだ瞳、果物、それも仙人が食べるような甘い桃に似た匂いがする。

いける!!

味山は心の中でガッツポをかまして。

「わたくし……探索者の方に憧れておりますの。恐ろしき怪物に立ち向かうその雄々しき方たちに」

おずおずと雨霧が俯《うつむ》きながら、話す。

勝った。この好感度の高さならそんな無茶なお題は来ない。

味山が自らの勝利を確信して、笑っ――。

「ですので、味山様にはこの水の入った桶《おけ》に顔を差し入れて、20分ほど息止めをして頂きたいのです」

「ゑ」

「えっ」

「えっ」

味山、グレン、鮫島。

男3人が思わず息を揃《そろ》えて呟いた。

どういう理屈でそうなる？　なんで桶？　どこから出した？　なに？　息止め？　息しちゃだめなの？

そんな味山の疑問は誰も答えてくれない。

満面の笑みで、どこからともなく雨霧がワジマ塗りの桶を取り出し、長机の上に置いた。

味山が目を白黒させながら、桶を眺めていると。

「あー……雨っち、今回は味山さんの事気に入ってそうだから、それはしないと思ったのになー」

「そうねえ、雨霧が男の人に触れることなんてないから、大丈夫と思ったけどねえ」

他の美人が、またかと言わんばかりにため息をつく。

「朝日《あさひ》、朝霧、わたくしは男の方の好悪によってお題を左右したりはしておりません。味山様は、素晴らしい男性です」

ぴしゃりと雨霧が、友人たちのぼやきに反論した。

「先程も、味山様は一瞬、わたくしに触れそうになった瞬間にも自制を働かせてくださいました。そのような男性はなかなかおりません」

褒められたので味山がぺこりと頭を下げる。だが、やはり何がなんだかわからない。

「あはー、まあ確かにー。雨っちを触ろうとして出禁になった人多いもんねー。もう二度と来られなくなった人多いし」

朝日がけらけらと笑う。

「ああ、そういうことです。味山様のような素晴らしい方ならば、あのお星様に選ばれたお方ならば、きっとわたくしのお題など簡単に成し遂げて頂けるはずです」

ホワホワした雨霧の雰囲気が、一瞬変わる。

その眼《め》、味山を見つめるその眼の中に、ある種の光が灯《とも》る。

「さあ、味山様。わたくしは信じております。あなたこそ、真の探索者。わたくしのちっぽけなお題など簡単に切り抜ける、本物である、と」

雨霧が立ち上がり、深く頭を下げた。美しい黒と金の刺繍《ししゅう》、着物がなびき、その長い濡《ぬ》れた髪がひらめいた。

「どうぞ、そのお力を、味山様のお力をこの浅ましい手弱女《たおやめ》にお見せくださいまし」

その眼。その眼を味山は知っている。

「タ、タダ？　これはさすがに……20分って。確か潜水の世界記録とか、そこらじゃなかったっすか？」

「なるほどなあ、これが噂《うわさ》の〝雨霧姫の無理難題〟かあ。そりゃ逆指名される客はいねぇわな」

友人たちのなだめる声も、味山の耳にはあまり入ってこない。

視界に入るのはその女の美しき、濡れた瞳。その奥にある見慣れた光。

僅かな期待、失望、諦め、嘲り、そして一抹の寂しさが渾然一体《こんぜんいったい》となったまなざし。

その目を凡人《味山只人》は知っている。

嫌いな瞳だ。

「嫌な目ぇしてんな、あんた」

「ふふ、はじめて言われました」

味山が普段の口調を、アレタ・アシュフィールドへ向けるのと同じ口調を、雨霧へと向けた。

その目、雨霧の目は、よく似ていた。あの星もたまに同じ目をするから。

「雨霧さん、アンタに1つ聞いておきたいことがある」

「どうぞ、なんでも」

「探索者に力を見せろと言うんだ。報酬が欲しい。探索には報酬が必要だ」

「ふふ、もちろんにございます。わたくしのお題、こちらを完遂された暁には、なんでもでございます」

「なんでも?」

「はい、わたくしの出来ることであればなんでもさせて頂きます。もちろん、それがわたくしの肉体に関わることでも」

雨霧が和服の上からでもわかるその扇情的な身体を強調するように、自分の手を這《は》わせる。グレンと鮫島がそれをガン見して、それぞれの侍《はべ》る女の子に叩《たた》かれていた。

「OK。吐いた唾は飲ませねーぞ」

「ふふ、雄々しい目。ああ、楽しみです。味山様」

それだけ言うと雨霧は口を噤《つぐ》む。これ以上の会話は不要とばかりに、ただ、水桶《みずおけ》を見つめた。

「グレン、時間頼む。20分超えたら頭叩いて教えてくれ」

「マ、マジでやるんすか? 20分っすよ」

「こんなもん、大鷲《おおわし》に摑《つか》まれて巣の中に放り込まれたり、水晶グンタイ蟻《あり》の巣に殺虫剤置きに行かされたりした時と比べれば余裕だろ」

「……い、言われてみれば。アレ、俺らもしかしてかなり雑に扱われてるっすか？」

「お前ら、苦労してんなあ」

鮫島のつぶやき。

「じゃあ、始めるわ」

味山が桶に顔を近づける。ふわふわと揺れる水が灯《あか》りを反射した。

「見てろよ、雨霧さん。その退屈そうな眼をしっかり開いてろ」

「はて……なんのことやら」

雨霧が笑う。濡れた目が妖しく歪んだのが、味山だけには見えた。

「タダ、マジで無理すんなよ？　酒も入ってるんすからね。別にほら、場の空気がしらけるとか気にしないでいいんすよ？　勝ち目がないと思ったら――」

グレンのマジ声が響く。確かに、正直言って正気の沙汰ではない。いいとこ1分か2分が限度だろう。

だがそれでも、味山は気分が悪かった。自分を試そうとしてくるあの目、期待と失望が混じった傲慢な超越者特有の目つきが大嫌いだ。

スイッチが入ったのだ。

ＴＩＰＳ€　お前は〝西国大将・九千坊〟を食らった。彼はお前に力を貸すだろう

ヒントが響く。味山《あじやま》がにやりと笑って。

「安心しろ、グレン。勝ち目はある。河童カレーの力を信じろ」

「は？」

あのヒントが告げた力、神秘の残り滓《かす》、河童《かっぱ》のミイラ。

なんの偶然か、これではまるでチュートリアルだ。雨霧が、その河童の、味山が見出《みいだ》した神秘の残り滓のことを知っているかのような。

「……」

雨霧は何も言わない。

味山は冷たい水に顔をつけた。どのみちこれで、あのヒントが、神秘の残り滓とやらが本物かどうかも、わかる――。

ＴＩＰＳ€　〝西国大将・九千坊〟をその身に宿すお前は経験点を消費することにより〝九千坊の大海渡り〟を再現することが出来る。使用するか？

勝ち目は、ある。酔いでイかれた味山の脳みそはその無理難題を飲み込む。

「びべすば《YESだ》」

凡人は、水の中で誰にもわからないように笑った。

ＴＩＰＳ€　「キュ！　キュキュキュキュキュキュ！」　九千坊が頑張れと言っているぞ

水は冷たく、心地よい。

息苦しさを微塵《みじん》も感じない。ゆっくりと目を開くと眼球を、水が撫《な》でた。

息の苦しさはない。水の冷たさが苦しみを止めているような。

味山はあの目が気に入らなかった。星がするその目も嫌いだ。自分はどうせひとりぼっちだと主張しているあの目が嫌いだ。

「ぼべぼ、ばべんばぼ《俺を嘗めんなよ》」

ぶくぶくと口の中から泡が。喉から出した音は声にならない。

味山は雨霧を通じて、ある女のことを考えていた。星と呼ばれる1人の人間を。

お前たちのその目が嫌いだ。

他人の可能性を諦めたようなその落胆の色が。

お前たちのその目が嫌いだ。

どうせみんな退屈だというその諦めが。

誰も自分の期待に応えることはないと言わんばかりのその目が嫌いだ。

勝手に期待して、勝手に落胆しやがって。

味山の思考がばらつく。

水の冷たさでも冷えぬ熱が、頭を熱くする。

そして。

ぱちぱちと首の後ろが叩かれた。

「タダ！　タダ！　もういいっす！　22分!!　22分経《た》ったっす！　ウッソだろ！　お前、ほんとにやりやがった！　すまん、つい2分遅れた！」

「ま、まじかぁ、こいつ、バケモンかよ」

「けほっ、うるせー。河童カレー舐《な》めんなよ」

ばしゃり。味山が桶から顔を上げた。短い黒い髪から冷たい水が滴り落ちていた。

「あ、あらら。ほ、ほんとに雨っちのでたらめお題クリアする人が出ちゃった」

「すごいわねえ、インチキなしだもの。さすがは鮫島《さめじま》さんのお友達だわあ」

朝日と朝霧の2人は目をまんまるに開いて、座敷に立つ味山を見上げていた。

そして、己の出した難題を突破された雨霧《あめきり》は――。

「ああ、雨霧さん。あんたのその顔が見たかった」

「あ……ああ……」

眼を大きく見開いた、美そのもの。

雨霧は声を漏らし、ぺたりと力なく膝を崩し、その場に座り込む。

味山が机に置かれていた手ぬぐいで髪を拭きながら嗤《わら》った。

「簡単だ、かぐや姫ゲーム」

自己最高のどや顔で、雨霧を指さす。

「ど、どうやって……」

「企業秘密」

味山が雨霧を見下ろす。

「あの目で俺を見ないでくれよ」

「……あなたにはわたくしの目がどのように見えていたんですか？」

「どうせお前もできねーんだろ、あーあ、退屈って感じの目だった。その目をしてる奴《やつ》が近くにいるからな。すぐ気づいたよ」

「なんでそんなことを、そんな理由で？」

「下らねー理由で命をかけるのがあんたの憧れる探索者だ。安心しろよ、雨霧さん。こんな凡人ですらあんたのような人間の退屈を紛らわせてやることができる。安心しろ、世界はそんなつまんねーもんじゃねー」

「……それでも世界は退屈にございます。怪物が現れ、探索者が生まれたにも拘《かか》わらず、わたくしの世界は変わらない。同じことを繰り返す、何かが変わるかと期待しても、望んでも、結局のところ、すべて退屈」

雨霧の声音が低くなる。それはこの座敷に到着してからはじめて聞くこの女の本音なのではないかと味山は感じた。

「安心しろ」

だが、そんな本音など知ったことではない。

「雨霧さん、あんた俺が面白かったか？　言われた通りに水桶に頭突っ込む姿は面白かったか？」

「……はい」

「じゃあ大丈夫だ。あんたが世界を退屈だというならまた今日みたいに面白いもんを見せてやる、俺があんたの退屈を殺してやる」

雨霧がまるで大きな音に耳を打たれたかのごとく顔を上げた。その目は大きく見開かれている。

「味山様が？　わたくしのために？」

「俺が、あんたのために」

「わたくしが無理難題をまた申しあげても？」

「またほえ面かかせてやる」

「わたくしが意地悪なことをお願いしても？」

「性格悪いって嗤う」

「わたくしが法に反するような面白きことを願っても？」

雨霧がすがるように、そして試すように味山に問う。

そのまなざしは男であれば、どんな願いも聞いてしまいそうな、魔があった。

「いや、それはダメでしょ。そこまでいったらもう知らん」

切り捨てる。味山はまったく取り合わない。眉尻を下げて首を振った。

一時のテンションで悪いことなんて絶対したらダメなやつだ。

得体のしれない河童のミイラをカレーで食べたり、化け物に挑んだりすることはできても、それは出来ない。

味山は歪《いびつ》だ。まともなまま、小物のままに探索者となってしまった、なれてしまった。

本人はまるで気づいていない、探索者生活という異常な状況の中を、まともなままでいられてしまう狂気に気づいていない。

「ぷっ……ふふ、ふふふ、そこはうなずくところなのでは？」

「いやそういう逮捕とか前科つくのはできないかな？　よっぽどノリノリだったらわかんねーけど」

あくまで普通に味山が答える。それが異常なことだとは気づかないままに。

「……真優趣。ああ、面白い……そうですか……味山様、あなた様は面白きお方ですね、あのお方が気にかけるのもわかる気がします」

言葉の最後は小さく、か細い。

味山の耳はその声を拾わなかった。

「あ？　悪い、最後のほうが聞き取れなかった。なんて？」

雨霧は首を振る。二度言うつもりはないらしい。

「まあどっちみち、俺の勝ちだな」

味山が告げる。ピースサインを雨霧へと向けた。

ほう。

女の熱い吐息がもれた。

雨霧が体勢を整える。正座をくみ、三つ指をつき味山を見上げる。

「……探索者様。いいえ、味山様。あなた様を試したこと、お詫《わ》び申し上げます。常人ではなしえないその業、まことお見事にございました。まさにあなた様こそ、わたくしが憧れた本物の探索者様そのものかと存じます。わたくしは、雨霧は味山様のことがもっと知りとうございます。お約束通り、わたくしにできることならば、なんでもお申し付けくださいませ」

深く、畳に首を垂れる。

しなやかな髪が、細い陶磁器のようななうなじがあらわになる。

寄せ付ける、男の支配欲をくすぐるその姿に、味山は――。

「いや、いいや。別にあんたのものは何もいらねー」

「「「は？」」」

「え」

座敷にいるすべての人間が同時に呟《つぶや》いた。

味山はそんな反応を無視し、膝をついて雨霧と目線を合わせた。

「ぎゃははは」

汚い笑いが漏れた。味山がにやり。

「ほら、面白いこともあるだろ？　自分の女としての価値をよー、無視されたことなんてねえよな？……なんでもくれるんだっけ？　ああ、ならもう大丈夫だ、もうもらった」

「な、にを」

「さっき言った」

星が下手くそだと評した笑顔で嗤う。

「あんたのその顔が見たかった」

しん、と空気がとまり。

「…………」

かあああああ。羞恥やおそらくほかのいろいろが混ざった感情で、雨霧の顔が今度こそ真っ赤に。耳まるでリンゴのごとく。袖にされ、からかわれた。

「最低……」

「最低ねえ」

朝日《あさひ》と、朝霧のあきれた呟き。

同時に。

パン！

「べぶっ！」

「あっ、殴られた」

きれいなフォームで雨霧のびんたが、味山《あじやま》の顔を吹き飛ばした。

「……またのお越しをお待ちしております。味山様。ああ、これから先、〝あめりや〟においては味山様はすべてわたくしがおもてなしさせていただきますので。よろしいですね」

びんたのフォロースルーを崩さず、味山の胸ぐらをつかみ、雨霧が笑った。

有無を言わさぬ口調、何人たりとも文句は言えなかった。

「は、はい。よろしくお願いします……」

頬を押さえながら味山がどこまでも情けなく、何度かうなずき、がくりとうなだれた。

◇◇◇◇

「あー……あめりや、高いな」

ずいぶん軽くなった財布をながめ、帰路、味山がぼやく。

「まさか、昨日の探索の報酬の半分が消し飛ぶとは……ダンジョンバブルやべえよ。また稼がねえと」

あめりやを堪能したのち、男連中と別れた味山が夜道を帰る。

歓楽街のメイン通りを外れ少し落ち着いた屋台通り。水路を流れる水の音と、時折聞こえる控えめな屋台からの笑い声が妙に心地いい。

「きれーな人だったなあ、雨霧さん」

最後のあたり、少しノリノリになって探索の時と同じくらいにどや顔かましたりびんたされたりしたが、考えてみればご褒美だ。お詫びに膝枕もしてもらえた。

「いや。膝枕、めちゃくちゃ柔らかかったから、プラスか」

薄い着物越しに感じた雨霧の太ももの柔らかさを思い出し、元気になった瞬間のことだった。

「ふふ、なにがプラスだったのでしょうか、味山様」

背後から、声。

月が静かにささやいたような透明で控えめ、でもどこか楽しげな響きのその声は。

「は？　あ」

「しーっです。ごめんなさい、この街ではわたくしたちは少し顔がばれていますのでどうか、お静かに」

背後を振り向き、味山が驚愕《きょうがく》の声をあげようとした瞬間、柔らかく、冷たいものが味山の乾燥気味の唇にそっと触れた。指だ。口を噤《つぐ》ませるように白魚のような指がそっと。

「あ、あめきり、さん？」

「はい、雨霧です。わたくしの逆指名客の味山様」

にこりと微笑《ほほえ》む美、そのものがそこにいた。

容姿や雰囲気も極めればそれはいずれ魔性となるのだろう。薄手の茶色のサマーセーターにハイウエストのデニムに丸い眼鏡。ラフな格好にも見えるが、恐ろしいまでの素材の良さがむしろ逆に魅力の暴力となって襲い掛かる。

「な、うわ、わあ。し、私服姿めちゃくちゃ綺麗《きれい》っすね……」

テンパった味山が心のままに言葉を漏らす。雨霧が一瞬、きょとんと表情を固めて。

「え、あ、ああ。ふふ、申し訳ありません、その、今日はもう帰りでしたのでこのような、簡素な姿で。……でも、ありがとうございます」

味山の唇からそっと指を離した雨霧《あめきり》がすっと、味山から離れて視線を下に移す。

「うわ、やべえな。ビジュアルが良すぎる……え？　雨霧さん？　なんで？」

もう語彙と思考力が幼児レベルにまで落ち込んでしまった味山が疑問を口にする。

「ごめんなさい、帰路の途中、ちょうど、味山様をお見掛けいたしまして。つい、声をかけてしまいました……ご迷惑でしたでしょうか？」

ほんの少し、眼《め》を潤ませて首を傾《かし》げる雨霧に味山がうめく。

「ぐう、全然、ごめいわきゅじゃないです……悔しい、こんなことしか言えない……」

「まあ、よかった。ふふ。その、少し、緊張しています。お店にお越しいただいたお客様に外でお声をかけるのは、はじめてでして……」

「ぐうう、絶対そういう営業の気がするのに、逆らえない……強すぎる、顔面が」

雨霧の一挙一動に負ける味山、しかし鉄の意志ではしゃぎだすのを我慢して口を開く。

「で、あの、雨霧さん、なにか御用ですか？」

「ええ、その、ほっぺた、大丈夫でしょうか？　その、あの時はわたくし、気が動転しておりまして……ついそのあとも味山様に生意気なことを申し上げたりして……本当に申し訳ございませんでした」

すっと、音もなく雨霧が頭を下げる。黒い髪が流水のように垂れる姿すら美しい。

「い、いやいや、ご、ごめんだなんて、こちらこそ、すんません。史上最高レベルのどや顔を披露した俺が悪いんです！　だから、雨霧さんが気に病むことはありませんって！」

味山が焦りながら、わたわたと手を振る。

「ふ、ふふ。味山様、あなた様はとても、不思議なお方ですね」

「へ」

雨霧の肩が小さく震える。クスクスと喉を鳴らす、笑い声だ。それすら、もう綺麗で。

そうあれかしと作られたばかりの小さな顔に、柔らかな笑みを浮かべ、雨霧が味山を見る。

「さきほどの、お店でのあなた様のお顔と今のあなた様のお顔、ふふ、ぜんぜん違うのですね」

「え？　顔？　あ、ああ、なんかその、不細工ですみません」

「まあ、そんなことは決してありませんよ？　むしろ、なんと申しましょうか。気になるお顔ですね。いろいろな表情が見たくなってくるというのでしょうか？　ふふ、もし、味山様」

「あ、はい」

「その、ふ、普段ならこのようなことは決してしないのですが、その、もし今からお時間あれば、わたくしの行きつけのお店で少しお話しできませんか？　その、ほっぺたを叩《たた》いてしまった、お詫びということで」

雨霧が濡《ぬ》れた鴉羽《からすば》のような髪の毛を小さな耳に何度も何度もひっかけながら、少し恥ずかしそうに微笑んだ。

「え、まじすか」

とんでもない美人からの、店外デートの誘い。営業、マルチ、美人局《つつもたせ》、その他の何か。

生まれてこの方、モテた例《ため》しがないため本当にどうしたらいいのかわからない。

「はい、まじ、にございます」

ニコリと笑う美。見ているだけで老人にも初恋を無理やりにも思い出させそうな顔だ。

いや、ない、ないないない。ここまで好感度が高い理由が見つからない。完全に痛客だ。

「雨霧さん、申し訳ないんですが、ちょっと――」

「あ……やはり、ご迷惑でしたか」

「お店どこにしますゥ⁉」

ダメだった。しゅんとした雨霧を見た瞬間、味山はもう脳内で自分が知る限りのおしゃれな店を探していた。

「まあ、よろしいのですか？　ふふ、ありがとうございます、味山様。その、お店でしたら近くにわたくしのおすすめのおでん屋さんがございまして」

「あー、おでん、いいっすね。少し肌寒くなってきましたし」

もう、余計なことを考えるのはやめた。これがもし、何かの罠《わな》ならばその時はその時、全部ぶちのめして逃げよう。そして、もしかしたらこれは、彼女いない歴＝年齢の呪いを終わらせる出来事になるかもしれない。

味山は都合よく物事を考えることにした。

「ふふ、そこの大将が仕込んだ大根、とても美味《おい》しゅうございます、味山様にもぜひ、ご賞味を」

「えー大根、僕、大根好きなんですよー。雨霧さんも？」

「ええ、ほくほくして、どこか安心するので大好きです、わたくしたち、もしかしたら、好みが似てるのかもしれませんね」

モテ期なのかもしれない。味山がほくほくの顔でにっこり頷《うなず》こうとして——。

TIPS€　警告だ。星が——いや、もう、間に合わないか。終わったわ

「は？」

突如、〝耳〟に響いたのは、ヒントだ。それはダンジョンのヒントを聞かせてくれるもののはず。今、なんて——。

「これは、私見で、あくまであたし個人の偏見なのだけれど」

よく通る声。暗闇の中でも見上げればきっとそこにある、いちばん星のような声だった。

「食べ物の話で、相手に合わせてくる女って、そうね、とても可愛《かわい》いと思うわ。――男はみんな、食べ物の話が合うかわいい子が好きだものね」

ぎぎぎぎ。油のきれた機械のような緩慢さで、味山が後ろを振り向く。

星がいた。キャップ帽に、フチなしの丸めがね。癖のついたふわふわの金髪ウルフカットの襟足が帽子から覗《のぞ》いた。

「アシュ、フィールド……?」

「ええ、あなたの指定探索者。アレタ・アシュフィールドよ。良い夜ね、タダヒト」

帽子を取って、コートを羽織ったこれまたどえらい美人が無表情のまま答える。急に風が強くなってきたのは気のせいだろうか。

「ど、うして」

「どうして? それはどういう意味かしら、タダヒト。どうしてお前がここに?ってこと? それとも、男友達と遊ぶって言ってたのに、そんなかわいい子と、こんな遅い時間に2人っきりになろうとしたところにどうして邪魔をするのかってこと? あなたが知りたいのなら答えるけども」

「アッ」

怖い。味山は下半身がひゅんってなった。

「別に怒ってるわけじゃあないの。だってあなたはあたしの補佐探索者であって、あたしの……び、と——とかではないし。あなたがどこで誰と2人っきりで、こんな時間に遊ぼうとしてるとか。プライベートに干渉する必要はないもの」

「え、あ、だったら、その」

「でもね」

「はい」

「あなたは、あたしの、いい？　アジヤマタダヒトはアレタ・アシュフィールドの補佐探索者なの。タダヒト、あなた明日、ソロ探索なのよね？　あなたの指定探索者としては、そろそろ帰宅して身体《からだ》を休めるべきだと思うけど、違うかしら」

ぶち切れやんけ。

味山《あじやま》は細められた蒼《あお》い目に本気でビビる。

ピリピリしているアレタ、これはまずい、探索者の自分ですら気を抜けば膝が笑いだす威圧感、一般人の雨霧に意識が向かうまえに——。

「ふふふ、うふふふふふ」

傍《そば》にいた雨霧だ。笑っている。それはアレタの注意を引くに十分な声量で。

「……黒髪の美人さん、ああ、〝あめりや〟のナンバー1の人だったっけ？　なにか面白いことでも？」

起伏の一切ないアレタの声にも、雨霧は笑いを止めない。

「ふふふふ、ああ、申し訳ございません。その、お話でお伺いしていた52番目の星とは随分とご様子が違ったもので」

「あ、雨霧さん……？」

まさかの好戦的な態度に味山が声を詰まらせる。そんな味山に、静かにぱちりと目配せ、ウインクで返す雨霧。顔が良すぎた。

「……へえ、あたしのこと知ってるんだ。それに、ずいぶんあたしの補佐探索者と仲良くなってるものね。さすが、と言うべきなのかしら。あなたの興味を引くために一晩で数千万使う人もいるって聞いたけど、あながち嘘《うそ》でもなさそうね」

「え、数千万？」

なんの金額の話だろうか？　老後に必要な生涯資金？　一晩で消費する金額とは思えないが。

「あら、ふふ、光栄です。52番目の星。あなたのようなお星様にわたくしのような卑しい女のことを知っていてもらえるなんて。あなた様のような特別な方と比べ、男性の寵愛《ちょうあい》を受けることでしか糧を得られないわたくしのなんとあさましいことでしょうか」

穏やかな口調のまま、雨霧が自嘲するように笑う。だが、その目つきに卑屈さなど微塵《みじん》もない。

「そんなことはないわ。職業による人の貴賤《きせん》なんて存在しない。もしあなたの職業であなたの貴賤を定めるような輩《やから》がいたなら、それはそいつの品性が下劣なだけよ」

雨霧の言葉にぴしゃりと返すアレタ。聞くものに絶対的な安心感を与える、そんな声だ。

「まあ、ふふ。なんと美しいお言葉でしょう。ああ。あなた様はやはり尊いお方ですね」

「当たり前のことでしょ？　あたしも、あなたもそれぞれの価値や貴賤を決めるのはその行動によってのみ。ええ、行動。あなたがあなたの職業のためにタダヒトを誘うのはいいけど、彼きっとあまりいいお客さんにはなれないわ。お金ないもの」

「おっと、胸が痛いぞ、病気かな？」

「まあ、大丈夫ですか、味山様、いけません、どこか静かなところへ」

「待ちなさい、大丈夫よ、ミス雨霧。彼はあたしがおうちまで運ぶから。お仕事に熱心なのは感心するけど、今日は定時で上がりなさい」

心無いアレタの言葉に流れ弾を食らう味山、その味山を見てそっと肩に触れる雨霧、さらにそれを見て声を低くするアレタ。

「ふふふ、もしも、ええ、アレタ・アシュフィールド様？　もしも、わたくしがここにいるのは、味山様をお誘いするのがお仕事ではないといえば、どう、なるのでしょうか？」

火に、油。

「――へえ、あなた、あまりジョークの才能と男を見る才能はなさそうね。……まあ、人のことは言えないのだけれど」

空気は最悪だ。開けた場所なのに、澱《よど》んでいる。味山は必死に考える。なんでだ、どうして、どこで間違えた？　どうしてこうなった？

「ふふ」

「あは」

顔だけは本当に良い2人が薄く笑って見つめ合う。太陽と月が向かい合っているような風情すら感じる絵。味山はもう、あ、今日は月がまんまるだあ、とか考えることしかできない。

沈黙が積もり切った、そんな時だった。

「――ふふ、ええ、わかりました。では、今宵《こよい》は味山様をお送りするのはあなた様にお任せしますね」

「あら、ごめんなさい、気を遣ってくれたのかしら」

そっと、雨霧《あめきり》がアレタに向けて頭を下げる。味山にはいったい、今、2人の間でどんなコミュニケーションが行われて、なぜそうなったのかまるで理解できない。バベル島の超常の1つ、共通語現象《バベル語》により言語の自動翻訳が行われていてもなお、女同士のやりとりの結果が理解できなかった。

「ふふ、いいえ、あなたに。ではありませんよ。52番目の星。また、いずれ。ああ、味山様？」

「あ、はい。——え？」

反応、出来ない。意識と意識の隙間を縫うように、雨霧が味山に息の吹きかかるような位置まで接近、そっと、耳に唇を近づけて。

「楽しい夜をありがとうございました。きっと、またお座敷にお越しください。精一杯おもてなしさせていただきますので。……来てくれなかったら、わたくしからあなたを捜してしまうかもしれませんからね」

「ひゃい」

凡人とはいえ、味山は探索者だ。命のやりとりを仕事としている人種が、一般人であるはずの雨霧にまるで気づかなかった。ただ、桃の甘い香りと、しっとりとした声に固まるだけ。

「では、アルファチームのお2人。良い夜を。今日は月が明るうございますが、どうか帰り道にお気をつけくださいませ」

雨霧がそう言って去っていく。去り際まで美しい、月夜が照らす道、彼女の鴉羽の髪が月の光をたたえたように——。

「……え、まて、俺、まさか、このままこのアシュフィールドと2人きり？」

「ええ、このままこのあたしと2人きりよ」

不機嫌そうな声。味山は気づく。普通に隣に彼女がいることを。

「……こんばんは、アシュフィールド、良い夜だな」

「あら、ようやくあいさつしてくれたのね。ええ、こんばんは、アジヤマサマ」

「ひえ」

いったいどこから聞かれていたのだろうか。

味山はもうすべてを諦めた。こんな時、どうすればいいのかわからない――。

「笑えばいいと思うよ」

「タダヒト、それ、多分だけど自分に言い聞かせる言葉じゃないわ」

月の明かりを薄い雲が遮っていた。

◇◇◇◇

歩く2人、静かな夜、わずかな人の笑い声、水路を流れる水の音。隣を歩くアレタはさっきから何も話さない。

「あの、アシュフィールド？　もしかして、怒ってる？」

怒っている女の子に怒っているか、なんて一番聞いたらダメなことだが、モテたことのない味山には残念ながらその辺の機微は全くわからない。

この男の異性への理解はおそらく小5くらいの認識で止まっている。

「……ううん、怒ってない」

味山より2歩ほど先を歩くアレタが振り返らずに答える。家まで送る、雨霧が去ったのちそうつぶやいて歩き出したアレタについていって数分が経《た》った。

彼女の口数は少ない。気まずかった。結果的にはアレタの誘いを断って夜遊びをしていたことがばれているからだ。

「タダヒト」

「はい」

声をかけられた瞬間、味山が背筋を伸ばす。もう謝るしかない、味山が息を呑《の》んで。

「ごめんなさい」

「すいませんでしたあああ！！……え？」

アレタと味山が同時に、頭を下げる。

「え、って、なんであなたが謝るの？」

「え、いや、だって、お前なんか怒って……つーか、俺がその、誘いをよー……」

味山の言葉を聴いたアレタがきょとんと眼《め》を開き、それから首を横に振った。

「ああ、そのこと。ううん、あなたは別に嘘は言ってないわ。グレンや、ほかの探索者のお友達もいたんでしょ？　男友達と遊びに行くって言ってたじゃない」

「お、おー……たしか、に？　でも、なんで、お前が謝んの？」

意外と許されそうな雰囲気に、味山は慎重に言葉を選ぶ。

「……彼女は一般人でしょ？　少し、頭に血が上ってあまりよくない態度を取っちゃった。あなたや彼女を怖がらせるような態度をとった。あたしが悪い」

そう言ってアレタが自分の腕を自分でつかんでうつむく。

「あたし……少し変よね。わざわざあなたを追いかけてこんなとこまできて。……迷惑、よね」

いつもと違う、か細い声。こちらの反応を、待つような態度。

「え、えええ……」

味山は眉をひそめて呻《うめ》くだけ。

「タダヒト？」

アレタが首を傾《かし》げて。

「急に、そんなしおらしくなられると、困る……」

味山が情けない言葉を漏らす。

「こま、る？　あは、あははは、なにその顔、変なの」

アレタがきょとんとした後、味山の顔を見て笑う。

「へ、変とか言うなよ。アシュフィールド、そのマジで怒ってないのか？」

「しつこーい。怒ってない。けど、少しムカついた。タダヒトってああいう女の子が好きなの？　キレイな子ね、ミス雨霧。ピーチの良い香りがして、髪の毛もさらさらで、おしとやかで。でも芯の強そうな子。あは、あたしとまっぎゃくー」

歩き出したアレタがくるっと振り返る。金色のふわふわの猫っ毛を指で玩《もてあそ》んで、涙袋を歪《ゆが》ませて笑う。丸い月を背景に歩く彼女に味山《あじやま》が息を呑む。味山はその姿だけで酒が飲めそうな気がした。

「妖精かな？」

「え？」

気色悪い感想が声に出た。わずかな逡巡《しゅんじゅん》のあと、味山が開き直って口を開く。

「アシュフィールド、月、めちゃくちゃ似合うな」

「え」

味山の言葉に固まるアレタ。まずい、お気に召さなかったのかもしれない。焦った味山がまた口を開く。

「いやマジで。月の光で髪の毛がきらきら輝いて、綺麗《きれい》だ」

味山の言葉を聴いたアレタが、ゆっくりゆっくり表情を固める。眼を開いて、またゆっくりゆっくり閉じて。

「ちょ、とまてね。た、だひと、あたし、少し、と、もだちに用事がある、の。そこで待っててね」

ぎくしゃくと固まったアレタが片言になりながら道の隅へよける。端末を取り出して――。

「――ルーン? あたし、今、そう、タダ――月が似合――うん、うん。え? 告――ニホン人の求――ばか! そんな――え? 月が綺麗――I LOVE YOU!? なんで!? どう訳せばそんな――あ、ちょ、まだ話は――」

電話の音声が、ちょびっとだけ聞こえてくる。いったい誰とどんな会話をしていたのだろうか。

「アシュフィールド?」

味山が端末を見つめて固まるアレタに呼びかけて。

「ね、え。タダヒト、今のってどういう、意味で言ったの?」

「意味? いや、だからアシュフィールドのよ、その金髪が月の光を受けて綺麗……え? これもしかしてセクハラになる?」

「……タダヒト、国語の成績って良いほうだった?」

「いや、高校の頃のマックス点数39点。作者の気持ちを読み取れとか無理だろ、みんな絶対、もう書けませんとかしか思ってねえよ」

「……タダヒトのばか」

はあ、とため息をつき、バカを見る目でアレタが味山を眺める。

ばかと言われる心当たりはない味山が首をひねる。国語39点は赤点ではないし、日本史は90点とか取ったことがあるのだ。

だが、なんとなくアレタの雰囲気が柔らかくなっていたのでヨシとした。

「……友達か？　なんの電話だったんだ？」

「秘密、ぜったいタダヒトには教えない。……そうよ、このバカがそんなつもりで言うはずがないわ」

「あ。またバカって言った」

気づけば2人は並んで歩く。歴史に残る英雄ときっと歴史になんて残らない凡人、でも今だけ2人は同じ時間を同じ歩幅で。

「タダヒトは明日、ほんとにソロ探索に行くの？」

機嫌が完全に戻ったらしいアレタが味山に問いかける。

「おお、行く予定だ。1週間くらいチームでの活動はオフになるんだろ？　習慣としてダンジョンには潜っておきたい、まあ、でも、安全マージンとって前線基地のパトロール区域から外に出る予定はねえよ。仕事内容も簡単な資源採取だけにする予定だ」

「むー、少し心配ね。タダヒト、あなたしぶといけど、やけにダンジョンでイレギュラーに出くわすじゃない。それこそ、ほら、8月の〝耳〟とか」

「うげ、いやな名前。まあ確かにあのクソ耳だけはよー」

「引きがすごいのよね、悪い意味で。まあ、生き残ってくれたけど」

「まあ、アレタ・アシュフィールドが助けに来てくれたからな。あん時、ほんとにありがとな」

ぼそりとつぶやいた味山に、アレタがにいっと笑う。

「どーいたしましてー。あは、でも、お互い様よきっと。……最近行われた〝耳の怪物討伐作戦〟は失敗したの、知ってる?」

「あー? なんか噂話《うわさばなし》であったような。失敗、したのか?」

「ええ、明日にはたぶん、一般の探索者向けにも広報されるはずよ。作戦を主導したUE圏は指定探索者2名と遺物2つを喪《うしな》ったわ。作戦に従事した上級探索者と探索者、組合直轄の多国籍軍を合わせると100名以上の人命が奪われた」

「100? まじかよ」

「まじ。その中には、〝魔弾〟っていう優秀な探索者もいたわ。昔、一緒に仕事したことがあるのだけれど、彼女が死んだなんて信じられない」

「アシュフィールドが一目置くってすげえな、どんな探索者だったんだ?」

「そうね、何があっても絶対に諦めない、彼女の周りにはいつも笑顔が絶えなくて、ええ、太陽みたいな人かな」

「絶賛だな。探索者には珍しい善玉の人間だ。でも、そんな奴《やつ》も死ぬ時は死ぬ、か」

「……」

「あ、悪い、昔一緒に仕事したことがあるんだっけか。無神経だった。ごめん」

「ううん、いいの。あなたの言う通りだもの。あたしたちは自分から死に近づいて、それに触れながら仕事をしている人種。きっと、彼女も覚悟はしていたはずだから」

「そう、か。まあ覚悟して行ってくる。アシュフィールドは、確か帰国するんだっけ」

少し、湿っぽくなった空気を換えるため、味山が話題を変える。

「……ええ、そう、ね。ほら、あたしの遺物、本体があっちにあってさ、たまにあたしが直接触りに行ったりしないと、動作っていうか接続っていうか。いろいろなものがずれていっちゃうのよね」

「ストーム・ルーラーか。すげえな」

「扱いがピーキーなだけよ、すぐにヘソを曲げるの。働かせすぎかしら」

「世界から、台風、いや、嵐を消し去る、ってやつか。確かに過重労働じゃね」

「あは、同感、でも、それがあたしの役割で、あたしにしかできないことなの。ならもうやるしかないでしょ」

アレタの顔を味山がじっと眺める。満足そうに、でも、どこか寂しそうなその顔と言葉。投げやりにも聞こえるその言葉。

「ふーん、そうか」

味山はその顔が嫌いだ。でも、何を言っていいのかわからない。

現代の英雄と評される彼女には、きっと彼女だけの誇りと彼女だけの地獄がある。自分に軽々と口を出す権利はない、そのはずだ。

「そうなの。だからきちんと調整しないとね。まあでも、この前メディカルチェックしたばかりだから、今回の検査は簡単な奴なのよ。あたしはむしろ、あなたがソロで探索に行くほうが心配かな。その、〝耳〟の件もあるけど、ほかにも今、ダンジョンが少し、きな臭いのよね」

「きな臭い？」

「ええ。9月に入ってから探索者の行方不明者数が一気に増加してるの、異常な数に」

「ん？　この仕事は死にやすい。正直、探索中に行方不明ってのはそんな珍しいことでもないだろ？」

「それを考慮しても凄《すご》い数なの。もう、今月だけで死体が発見されていない探索者が100名を超えてる。ちなみにその中にはさっき言った彼女、〝魔弾〟も含まれているわ」

「クソ耳案件か？」

「わからない。でも〝耳の怪物〟による被害だけじゃ説明できない。〝魔弾〟からの最後の報告は、UE本国と探索者組合に向けての〝遺物〟の全力使用の報告だった。その後、彼女の端末の反応が消えて、体内に仕込んである生体追跡チップからのバイタルの消失をもって死亡判定がなされたけど、それも遺体が確認されたわけじゃないわ」

「反応が消えた場所は？」

「第2階層の〝大草原地帯〟」

大草原地帯、そう聞いて味山はうへえ、と苦い顔をする。

先月にあった命がけの探索、ひょんなことから始まった〝耳の怪物〟との死闘の記憶がよみがえる。あまり、思い出したくはない記憶だ。

「その〝魔弾〟の最期も耳以外の何かが絡んでるわけか？」

「うーん、なんて説明すればいいんだろ。これ、ほんとに感覚的な話で全然論理的じゃない、いうなればあたしの勘、なのだけれど。……らしくないのよ」

「らしくない？」

「ええ、そう、らしくない。あたしの知ってるUE指定探索者、カタリナ・A・ハインライン、通称〝魔弾〟。あの人は、なんていうか、絶対に帰ってくる人。そう思ってたから」

「それは、死体になっても帰ってくるってやつか？」

「ええ、その通り。探索者にもいるでしょ？　死亡した時に遺体が見つかる人と見つからない人。破滅的な思いでダンジョンに向き合う人の遺体は帰ってこないことが多いけど、彼女は、どう見ても生きるためにダンジョンに向き合ってた人だから」

なんの根拠もない話だ。主観的な感情のみの推定、だがそれがアレタのものとなると意味が違う。

味山にはある種の確信があった。彼女の勘はきっと物事の本質に近い。この世界に主人公がいるとするのならそれはきっと――。

「ごめんなさい、なんの根拠もない話だわ。忘れてちょうだい。あたしもまだ、彼女ほどの指定探索者の終わりを認めたくないだけなのかも」

「いや、信じる」

「え？」

「信じるよ、アシュフィールド。今、ダンジョンはきな臭い。あんたが認める指定探索者ですら帰ってこない異常事態が発生しうる。そう認識した。そのうえで万全の準備と最高の安全マージンを取って探索に向かうさ」

「そ、そう。うん、まあ、あなたがそう言うならいいのだけれど。……ねえ、やっぱりソロで行くの？」

アレタがゆっくり、問いかける。

「おー、行く。ほら、俺の探索者保険、指定の探索回数満たさないと掛け金どんどん上がっていく奴なんだよ。その分きちんと探索回数を増やしていけば保険料下がるんだけどな」

割とアコギな形態の保険だが、マジメに探索に向かう限りは保険料に対しての保険金が破格の商品だ。

「ああ、あのタイプの保険ね……うーん、どうしよ。心配。本国での検査ずらそうかしら」

「やめてくれ、そんなことしたらまた俺がネットで叩《たた》かれる、〝アレタ・アシュフィールドの補佐探索者とかいう不要な存在wwwwwwwwww〟とかスレ立てされるわ」

「ああ、しばらくは大丈夫よ、ネットでのあなたへの愛のない誹謗《ひぼう》中傷についてはあたしのほうでもう開示請求が全員分終わってるから」

「え、なにそれ」

「あれ、いい加減目障りだったのよね。あなたのこと知りもしないのにぺらぺらと。SNSでの炎上もしばらくはしないいわ。主犯格もだいたい割り出せたし、あとはうちのチームの弁護士に任せてるから」

「マジ？　もう殺害予告とかされないわけか？」

「しない。ああでも、ほら、あのかわいげのある彼らは見逃すわ、礼儀と一線をわきまえた連中は良いガス抜きになるし」

「かわいげのある？」

「ええ、あの、ほら、アンチスレの彼ら。あれ、半分あなたのファンよね」

「ええ……俺、アンチスレあんの？」

知らなかったの？　くすくすとアレタが笑う。知りたくなかったと味山《あじやま》がため息をつく。

「ええ、でも注目されてる探索者にはつきものよ。最近でもほら、同じニホン人の探索者、えっと、トオヤマナルヒトだったかしら。その人の話題で色々火が上がってたしね」

「へえ、なんでまた」

「妬みね。その人、草原オオジグモの単独討伐を成功させた腕利きなんだけど、一部から遺物なしでは不可能だって声があがって。その人は少なくとも、公式には遺物所持者ではないから。組合へ登録申請していない未登録の遺物所持者じゃないかって疑われたりしたみたい。話が大きくなって、精神鑑定と査問行き。まあそれでもへこたれず上級探索者に昇格したあたり、良い探索者だと思うわ」

「はえー、苦労してる奴もいるんだなあ。どんなツラしてるか見てみたい気もするぜ」

「あは、まあ、向こうもきっと同じこと言うんじゃない？」

「なんだ、そりゃ」

味山がふとアレタへ視線を向ける。アレタも味山へ視線を。

しばらくの間、2人の目が合い続けた。

「な――んだ、アシュフィールド」

「そ――っちこそ、なによ、タダヒト」

いつのまにか、繁華街を出ている。探索者街に向かう道は、人通りも少ない。

月が出て、静かな夜だった。英雄と凡人、宿命も運命も本来ならば交わらないはずの2人がこんなに近く——「アイヤー、アジヤマさん、奇遇アルねー、こんな夜更けに美人と路チューかまそうとしてるなんざ、うらやましい立場で眩暈《めまい》するアルよー」

「はあ!?」

「あら、ユニークな人ね」

いつの間にか、そこにいた。ちっちゃいおっさん、インチキ商人、王《ワン》さんだ。

「わ、王さん!?」

「アイヤー、そう、王龍《ワンロン》の店主、王さんアルよー。こんなところで会うとはワタシとアナタには運命的な何かがある思うアルよ」

「嫌な運命だな」

「タダヒト、この方誰? 知り合い?」

「ああ、うん、まあ行きつけの店の店主さん」

「へえ、仲が良いのね。こんばんは、ミスター王、あたしは——」

「アレタ・アシュフィールド、ミス・アシュフィールド、現代の英雄、人類から核戦争を取り上げた現人神《あらひとがみ》、お会い出来て光栄です、あなたの功績とその大いなる使命に敬意を」

ひざまずき、アレタの手をそっと取る王、その眼《め》がすっと、一瞬開く。鷹《たか》のように鋭い目。

「……王さん、その辺でいいか？　女性の手を無断で触るのは、紳士的じゃあねえよな」

「おっとっと、アジヤマさん、怖いお顔してるアルね」

味山が、王の手をつかみアレタから引きはがす。意外と力が強かったが、すんなりと王は腕を離した。

「タ、タダヒト？　あまり、乱暴なことはダメよ？」

「……だな。悪かった、王さん」

衝動的に王の腕をつかんだことを味山が謝る。身体《からだ》が勝手に動いていた。

「いやいや、オヤジのスケベ心に気づかれただけアルよ、失礼をしたアル。お詫《わ》びといってはなんだけど、今日の露店の売れ残り、どうアル？」

「売れ残り？」

王がにやりと笑い、背負っていた背嚢《はいのう》からいろいろなものを取り出す。あの店に並べてあるガラクタの中でも、テック系のがらくただ。

「目白押しアルよー、今日の夕方から探索者街の出店市場に出していた代物アル。店舗だけじゃやっていけないアルからな。軍オークションの流れ物とかもあるアル」

「あー、王さん、悪いけどもう今日はこれで――」

味山が王に断りを入れようとして。

「あ、ねえ、ミスター、これ、なに？」

「アイヤー、ミス・アシュフィールド、お目が高いアル！　これは〝花束形麻酔注射器〟、2年前にUE加盟国のある企業が開発した探索者鎮静用のグッズアルよ！　この筒のボタンを押すと、造花の花束が飛び出し、さらにもう1回押すと、花束から麻酔針が発射されるという実用的な道具アル」

「実用性がかけらもねえんだけど。花束の形をとる必要あるか？」

言いつつ、味山は少しこの花束形が気になっていた。

「あるアルよ！　アジヤマさん、あなたもロマンを知らないアルね。酔いに呑《の》まれた探索者を鎮静するには奇をてらう必要があるアル、それにこの道具はいわくつきで、ある男女の探索者が実際に使用していたものアル。愛し合う2人の探索者、そのどちらかが酔いに呑まれても、この花束形を使って鎮静するという――」

「王さん、実際に使用していたものが、ここにあるってのは……」

「あいやー、人はいつか必ず死ぬものアルから」

王が笑顔のまま、たらーっと汗を流す。この道具の出どころなんてその反応だけでわかった。

「縁起わっる！　あんた、マジでどんな販路持ってんだ!?　パンクすぎだろ！」

味山が心底ドン引きしながら、言葉を散らす。ロスト《死亡》した探索者の遺品がたまにオークションで流れるのは知っていたが、実際に目の当たりにすると普通に引く。味山が顔をしかめていると。

「ねえ、ミスター、これ、造花はなんの花束なの？」

「んー、そうアルね。確か、〝黄色のガーベラ〟だとか。前の持ち主が好きな花だったらしいアルよ」

「へえ、黄色のガーベラ……うん、ミスター、これ1つ、いただけるかしら」

「アシュフィールド!?　マジ？」

「マジよ、おいくらかしら？」

アレタはその花束形が気に入ったらしい。王に値段まで聞いている。

「アイヤー、これは光栄アル。ミス・アシュフィールド、ここでお会いできたのも何かのご縁、これはお譲りするアルよ」

「嘘《うそ》だろ、あのクソがめついジジイが、タダ、で？」

「だめよ、ミスター。タダなんて。良くないわ、そういうの」

「いやいや、これは商売的な理由アルよ。52番目の星にぜひ当店をご贔屓《ひいき》にってアル」

王が、にひひと笑いながら答える。

「ああ。そういうこと。OK、ミスター王、覚えておくわ。今度、お店に遊びに行ってもいいかしら」

「ぜひ、お越しのほどを。さて、それじゃそろそろお暇《いとま》するアルよ。アジヤマさんもまたのお越しをアルー、あ、きちんとミス・アシュフィールドを送り届けるアルよ、紳士的にー」

「うっせ、気をつけてな、王さん」

荷物を片付け、背嚢を背負い去っていく小さな背中に味山が声をかける。振り返りもせずに、王が背中を向けたまま手を振って――。

「あなたも、気をつけるアルよー、……九千坊、なじんでいるようでなによりアル」

「……あ?」

小さな背中が離れて、夜に溶け込む間際、王がつぶやいたセリフに味山が固まる。

「タダヒト？　どうしたの？」

「あ、ああ、悪い、なんでもねえ。……すまん、時間取らせたな」

「いいえ、問題ないわ。面白い人ね、ミスター王」

「ポジティブな評価だけど、アレは面白いというよりは胡散臭《うさんくさ》いってほうが合ってそうだな」

「ふふ、それは言えてるかも。ああ、そうだ、はい、タダヒト、これプレゼント」

そう言って、アレタが味山に何かを差し出す。それは黒い懐中電灯のような筒。

「お前、これさっきの花束形……なんで？」

「あなた、正直これ、欲しかったでしょ？　ミスターは言わなかったけど、仕込み型の麻酔注射器は製造が難しいのと流通が少ないからかなり高価なものなのよ。あなたが持ってて。これは、指定探索者から補佐探索者への命令でもありますから」

おどけてアレタが笑う。味山がバツの悪そうに眼をそむけた。正直、こういうバカみたいな道具は嫌いではない。

「いいのか？」

「ええ、ほら、いつかあたしが〝酔い〟でおかしくなった時はそれでタダヒトに止めてもらおうと思って」

冗談か本気かわからないことをアレタが笑いながら呟《つぶや》く。アレタ・アシュフィールドが酔いに呑まれる。それはつまり、ストーム・ルーラーが敵に回るということだ。

「笑えねえ」

「あら、そう。やっぱり、あたしジョークが下手ね。ねえ、タダヒト、さっきさ、ミスターの、腕、あれ、さ」

花束形麻酔注射器を差し出すアレタが、言葉を濁す。月の光に照らされた彼女の耳、少し赤くなっていて。

「あ？」

「……ううん、やっぱりなんでもない。じゃ、それは渡したから。帰りましょ」

「おー、いいのか？　うん、ありがとう、アシュフィールド」

「どーいたしまして、タダヒト」

　２人がまた歩き出す、今度は２人、最初から並んでいて。アレタのやけにゆっくりな歩調に合わせて味山も歩く。

　明日はソロ探索だ。

◇◇◇◇

ちちちちち。

ざあああ。

木々の上で小鳥が鳴く、森の奥から姿の見えない鳥たちの歌が聞こえる。

流れる河、水が砕け、集まり、泡になり、そして流れ続ける。

渓流のほとり、味山は横たわっていた。

また、渓流の夢だ。

あの後、アレタに家に送られ、そのあとなんやかんやで家に入り込もうとする彼女をなだめ、そこからまた離れたアレタの家まで送り、気づけば時刻は23時を回っていた。もちろん家に帰り、シャワーを浴びてすぐに爆睡。そしてすぐにまた、この夢。

「いや、待てよ、俺、この夢のこと忘れてたな……今思い出した、なんで」

「キュ、キュ！」

「んが?!」

息が!!

寝転がって独り言を漏らす味山《あじやま》の顔面。何かが顔に張り付いて――。

「んが!? こん」

「キュー?」

跳ね上がり、顔に張り付いていたヤツを剝がす。

両手で挟み込むように持ち上げたそれは、

「キュ、キュッキュキュキュ」

「……か、っぱ?」

河童《かっぱ》だ。

アヒルみたいな黄色のクチバシ、水かきのついた手のひら。ツルツルの頭、皿。緑の身体に、背中には亀の甲羅みたいなものまでついていて。

「河童だ……」

「キュー」

味山が首を傾《かし》げる。くりくりのつぶらな瞳をした河童が同じく首を傾げた。

手足の短い、赤ん坊サイズの河童を味山は見つめていた。

「ああ、君。無事、彼を迎えることができたようだね。順調に準備を進めているわけだ」

男の声、たくさんの異なる声が重なったもの。

黒いもやが人の形をなしたモノ。この前も味山の夢に出てきた黒い人影。

「……出たな、ガス男」

「……待て、まさかそれは私の事を言っているのか？　ガス男？」

「黒いガスみたいな姿だろ。俺の夢なんだから、俺が名前つけてもいいだろうが」

味山があぐらをかいて手足の短い河童を抱えたままつぶやく。

「む、一理あるな。まあ好きに呼ぶといい。人間、元気そうでなによりだね」

ガス男が味山と同じくあぐらをかく。鏡合わせに2人は向かい合った。

「だが、まさかここまですんなりと彼を取り込むとは思わなかった、さすがは探索者だ、ここに彼がなじんでくれてなによりだ」

「ここ？」

「君の夢さ。君がその身体《からだ》に取り込んだ彼は、溶けて消えるのではなく君の夢の住人として形を残したようだね」

「キュッキュ？」

「おっと、暴れんなよ、取り込んだ？……もしかしておまえ、あの河童カレーの河童のミイラか?!」

「キュ！」

遊んでもらっているると思っているのだろうか？　抱えられた河童が愉快そうに鳴いた。

「はははは、カレーか！　いや、いやいや恐れ入る、しっかり探索者じゃないか。イかれていて躊躇《ためら》いがないようで素晴らしい、頂点捕食者に相応《ふさわ》しい能力だ」

「誉《ほ》めてるつもりか？　てか能力ってなんだよ」

能力。なんとも魅力的な言葉だ。味山は自分の夢の住人の言葉に食いついた。

「君たち人間《ホモ・サピエンス》の能力だよ。食べて吸収して、己の血肉に変える。人ほど他者から何かを奪って進化していくことが得意な生命はないからね」

ガス男が目も鼻も口もないのに、笑った、ような気がした。

「人間、拝領を続けるといい。それは君の力だ。人間だけがほかの生命から力を拝領することができる。それはすでに滅び、しかし想《おも》いを遺《のこ》して残り滓《かす》となった神秘も例外ではない」

「キュ！　キュ！」

いつのまにか、味山が抱えていた河童はガス男に抱きかかえられていた。

「キュウセンボウ、誇り高き水の眷属《けんぞく》を迎えることができるのは我々にとって誇りだ。今夜はさっそく彼に力を貸してくれたようだね、ありがとう」

「キュ！」

河童とガス男がじゃれあう。味山がガス男の言葉に目を見開く。

「今夜？　力を貸すって。……やっぱあん時の、〝あめりや〟であれは……」

「ああ、君の予想通りさ。キュウセンボウの力で君はあの雨霧《あめきり》という人物の関心を得たわけだ。言っただろう？　力を集めろ、探索を全うするために、と」

ガス男がキュウセンボウをあやしながら、淡々と言葉を紡ぐ。

「……ガス男、お前はなにを知っているんだ？」

「君の知らないことさ。その調子で集め続けろ、力を蓄えろ、〝耳糞《みみくそ》〟は大いなる力だがそれだけに頼るのは危険だ。力には力で対抗するしかない、〝神秘の残り滓〟は君の特別な力となるだろう」

「〝神秘の残り滓〟……それもまた自分で探せ、ってか」

「その通りだ、探索者。そろそろ目覚めの時だ。死ぬなよ、人間。使えるものはなんでも使って生き残れ」

「キュキュキュ！」

短い腕を振り回し河童が鳴いた。つぶらな瞳を見開き力強い視線を味山に向けた。

「ふふ、キュウセンボウも君に力を貸すとのことだ。彼は人間のことがもう好きみたいだな」

うつら。

味山の視界がかすむ。

ガス男の、河童の姿があいまいになっていく。河の流れる音だけが心地よい。

「ああ。それとさいごに。花束を忘れるなよ」

「あ？　なんだそりゃ」

「なに、ちょっとした助言さ。視野の狭くなった女性を正気に戻すコツの1つは、驚かして意識をそらすことさ。なに、君ならできる。彼女の地獄は彼女だけのものだが、……たまにはそれに付き合うのも悪くはないはずさ。今の彼女の地獄を壊すのも、地獄から引き戻すのも君にしか出来ないことだ」

「相変わらず、何言ってんのかわかんねえな。おい、この夢は、また忘れるのか？」

「大事なことは意外と忘れないものさ。思い出せないだけで。きっとしかるべき時に君は、正しい選択を選ぶことができるはずだ。人間性を捨て去ろうともね」

「人間性を捨て去る？　この俺が？　悪いが品行方正なタイプだからな。そんなことにはならねえよ」

ガス男の言葉に味山が平然と答える。河童を膝に抱えるその男は少し笑うようなしぐさを見せて。

「そうか。まあいい。良い探索を。凡人探索者」

「あ、てめえまでその不名誉な名前で呼ぶのかよ」

味山が自分に対しての蔑称に口を尖《とが》らせた。ガス男が何かを言った気がしたが、もう、なにも聞こえない。

ざあああ。

河の音がすべてを塗りつぶしていった。

タダヒトは熱いシャワーが好きらしい。あたしと同じだ。

あたしは、あたしの身体を流れて床の排水口に吸い込まれていく熱いお湯の行く末を見つめる。

しゃあああ。

バスルーム中に広がるのは真っ白な湯気。乾燥した肌を潤わせてくれる。

「……気持ちいい」

毛穴、肌の奥に熱い湯が沁《し》みていく。

今日のことを思い出す。我ながらなんて面倒くさい女なのだろう。わざわざ彼の優しい嘘《うそ》を暴いて、我が物顔で彼の所有権を主張して、マーキングのつもりかしら。

「恥ずかしい女ね、アレタ・アシュフィールド」

ざあああ。シャワーの音に包まれて、排水口に流れる水を見つめる。

自分が何をしたいのかわからない、彼に対して何をしたいのかわからない。彼にどうして欲しいのかもわからない。わからないことだらけだ。だから、自分でも想像もしなかったことをしてしまう。

「なにしてるの、アレタ・アシュフィールド」

あんな風にタダヒトに近づく女性に、責めるようなこと言ったり、嫌味を言ったり。

「いや、でも、リン・キサキにしろ、ミス雨霧にしろ、みんなかわいいんだもの。なによ、あなたたちなら他の男の人なんてよりどりみどりじゃない、なんでよりによって、タダヒトなの。タダヒトは――」

流れる水が、排水口に落ちていく。グルグル回りながら消えていくそれは、〝嵐〟に似ていた。

ぐるぐる、ぐるぐる。あたしはそれをじっと眺める。ああ、これ、ずっと見てられる、動いているものを見るのって楽しいのね。タダヒトを見てるのと同じ――。

「あの人は〝52番目の星〟の補佐探索者だものね」

「え?」

声がした、そんな気がした。

振り向いても、誰もいない。広いバスルームには湯気が満ちるだけ。

「早く寝よ……」

ダメだ、最近、何かがおかしい。ソフィやアリーシャ、あとルーン。友人たちによく言われる、少し変わったって。

それが怖い。昔のあたし、と言っても1か月前の自分だと感じなかったことや、気にしなかったことがすごく気になる。

「ばかね、アレタ。あなただけよ、きっと、こんなに悩んでるのは。あなたを悩ませてるあいつは、もうきっとグースカ寝てる頃だから」

そんな自分、変わっていく自分が怖い。あたしには役割がある。大いなる責務、あたしにしかできないこと、目印の役割、星の使命。

それはきっと弱かったり、不安定だったりする者には為《な》せない仕事だ。

だから、怖い。あたしを変えていく彼が少し怖い。

でも、離れたくない。凡庸で凡俗でどこにでもきっといる只《ただ》の人間、だからこそ特別な彼をずっと見ていたい。

「……ほんと、意味、わかんない」

ざあああああ。

シャワーの音が、流れるお湯があたしの身体に流れる。

「明日、彼はソロ探索か」

正直、ダンジョンがきな臭いとはいえ、あまり心配はしていない。

彼の実力は、あたしが一番よく知っている。彼は、きっとそのうちすごい探索者になる、少なくとも彼はきっと長く生き残る。探索の時の彼は、良い。容赦なく残酷で冷酷で。

「イかれてるもの」

ああ、ダメだ、身体が熱い。探索の時の彼を思いだすと、なぜか熱い。シャワーの温度をいつのまにか上げてしまったのかと考えるほどに。

「……メディカルチェック、考えたら、そんな急ぐことでもないのよね」

あたしは気づけば、浴室の通信システムを起動する、いつも無理に付き合わせてしまう古い友人に、いつものように無茶なお願いを。

「ハァイ、教官、アレタよ。こんばんは。今、少しいいかしら。ええ、明日からのメディカルチェックの件なのだけれど。あは、ありがとう、だからあなたのこと大好きよ、アリーシャ」

ごめんね、タダヒト。

あたし、ほんと、気持ち悪い女なのかも。

第6話■【セーフハウス・イン・ホラー】

「ハバネロボールに閃光手榴弾《せんこうしゅりゅうだん》、救難信号クラッカーに、イモータルの希釈注射、んで麻酔注射っと、ホルダーに入れるモンはこれくらいか？」

味山《あじやま》は腰のベルトに1つずつ道具をはめ込んでいく。

真っ赤なカラーボール、黄色いペイントの施されたパイナップル型照明閃光弾、破裂クラッカー、青白く光る液体の入った針のない注射器2本。

それぞれをホルスターとホルダー付きのベルトに備えた。

腰を悪くした時につけるハーネスのように幅広のベルトは道具を備えるのに丁度いい。

「よし、忘れモンはない」

うららかな日差しが2Kの部屋に差し込む。あくびを噛《か》み殺しながら味山は机の上に置いてある端末を手に取った。

「ああ、マジだ。アシュフィールドの言ってた通り、か」

自室に置いてあるキャンプ向けリクライニング椅子に腰掛け、スマホ型の探索者端末をぼーっと眺めて。

＊探索者組合本部が、ＵＥ圏主導で先日行われた接触禁止指定怪物種参號《さんごう》〝耳の怪物〟の討伐作戦の失敗を発表した。この作戦の犠牲者は数百名におよび、その中にはＵＥ指定探索者〝魔弾〟、〝開拓者〟の２名も含まれる。これにより、ＵＥ圏は遺物を２つ喪《うしな》った。近日、遺物の回収作戦が探索者組合本部主導で行われる。

＊接触禁止指定怪物種参號〝耳の怪物〟については現在、生息域不明のまま。ダンジョンの全域において目撃情報が寄せられている。〝指定探索者〟以外の探索者は耳の怪物と遭遇した場合は即時撤退を原則とする。

＊９月現在、探索者の探索中行方不明、ＳＩＡ判定者数が異常な数に上昇している。探索者組合本部はこれを前述の〝耳の怪物〟による犠牲と推測、アレタ・アシュフィールドとその補佐探索者が発見、および撃退したこの危険な怪物種について早期の討伐が必要との見解を発表。

＊ＳＩＡ《探索中行方不明》者の中には前述の〝魔弾〟や〝開拓者〟などの指定探索者も数名含まれる。指定探索者の喪失は遺物の喪失と同等であり、各国の軍事バランスへの影響が懸念される。

＊探索者各位については、探索中、不測の事態に陥った場合は即時に前線基地、もしくはサポート支部に連絡、生還を優先とした行動を取ること。

「へえ、ほんとにきな臭いな」

味山が予備の手斧《ておの》のメンテナンスをしながら呟《つぶや》く。

正直、チームとしての活動で行う探索より、単独で行うソロ探索はずっとリスクが高い。

「個人事業主の商売のコツは、人が働かない時に働くことなんだよな、これが」

だが、実入りもいい。おそらくしばらくの間、今回の組合の発表を受けて、安全マージンを取るタイプの探索者は仕事のペースを落とす。

そうするとどうなるか、シンプルだ。

ダンジョンはこの現代における需要の宝庫、あの場所から採取できるダンジョン素材は工業製品や建材から高級嗜好品《しこうひん》、宝飾品など用途は多岐にわたる。探索者によるそれらの供給が少なくなれば、それらの単価は上がっていく。

「金なんていくらあってもいいからなあ。新しいキャンプ用品に、ゲーム機、サウナ旅行の費用、老後の資金、稼がねえとな」

味山を動かすのはちっぽけな理由だけ。彼は偉大な人間でも、使命を持って生まれた人間でもない。

ただ、他人よりもほんの少しだけでいいから幸福に生きたい。

そんな凡庸で俗な願いだけしかない。そしてそれには金が必要なことを知っている。

「凡人は勤勉に、愚直に、こつこつやるしかない、か。リーマンの時と変わんねえな」

味山が自嘲気味に笑いながらつぶやく。この男は自分の器を知っている。自分と、アルファチームの人間が違う存在であると知っている。

自分は持っていない、あいつらは持っている。自分は決して何かに選ばれた特別な存在ではないということを知っている。

「だが、それでも、努力くらいはしないとな」

だが、それは言い訳にはならない。特別ではないからと言ってそれは自分を諦める理由にはならない。

「よし、行くか」

凡人は結局、動き続け、考え、悩み、それでも行動し続けるしかない。

挫折と失敗、諦念と絶望。それにまみれた味山の人生はしかし、味山の精神を、その自我を完成させていた。

椅子から立ち上がって、部屋の出口を目指す。そこでふと部屋の冷蔵庫の上に置いてあるそれに視線が動いた。

——花束を。

どこかで、誰かにそんなことを言われたような気がする。目線の先には、昨日なぜかあの英雄から渡されたアレ、黒い懐中電灯のような、花束形の麻酔注射器が。

「……一応持っていくか」

ベルトのホルスターにそれを差し込む、これでもう忘れ物はない。

味山は自室を飛び出す。もしかするともう二度と戻れないかもしれない部屋を後にした。

ドアを開く。澄んだ青い空はどこまでも続き、その青の向こうから涼やかな風が吹き渡る。

「もう、秋か」

一瞬、のどかな光景に足を止め、すぐに自分の置かれた状況を思い出す。

秋空の下、味山はアパートの階段を駆け下り組合への道を急いだ。

「よし、がんばろ」

味山が秋空の下、進んで——。

ピポン。

「あれ？」

端末が鳴る、チームからの着信を告げる音だ。今日はもう特にアルファチームからの連絡はないはずだが……味山が、端末を確認する。

「マジかよ」

それはアレタ・アシュフィールドからの連絡だった。

◇◇◇◇

「お、おい、あれ」「うそ、初めて見た」

「ほんものよ、本物のアレタ・アシュフィールド」

「顔、ちっさ！　脚なっが！　テレビで見るよりめちゃくちゃ美人だ」

現代ダンジョン、バベルの大穴第1階層、侵入フロア。バベルの大穴への入り口はここ、探索者組合本部地下の侵入フロアしか表向きには公表されていない。探索者はダンジョンに侵入する時はみなこの侵入フロアを利用することになる。

「意外と人が多いし、騒がしいわね。今日の組合の広報の影響は明日以降かしら」

「騒がしいのはたぶん、それ以外の理由だと思うぞ」

味山は隣の席に座るアレタにぼやく。そう、今回は結局、ソロ探索ではなくなった。

家を出た時のメッセージ、あれはまさかのアレタから、今日の探索への同行依頼のメッセージだった。

「それ以外？　ああ、なるほど」

ようやくアレタが自分に対する視線に気づいたらしい。円形の侵入フロア、空港のラウンジのようなその空間にいる人々に向けて外向きの笑顔を振りまく。

「うわあ！　こっち、こっち、こっち見てくれた！」

「綺麗《きれい》すぎない？」

「かっわ！」

「あれで指定探索者なんだよな。どんだけ持ってんだよ」

「てか、指定探索者って美男美女ばかりじゃね」

「ねえ、あの隣にいる人はなに？　微妙な人、荷物持ちかな」

「係員さんだろ、ほらＶＩＰだし」

わいわいがやがや、周りの探索者たちがアレタの愛想に一気に沸いていく。ざわめきの中に聞き捨てならない言葉が聞こえたが、あまり考えないようにした、悲しくなるから。

「お待たせいたしました、探索者の皆様。侵入フロアがこれより下降いたします、御席《おせき》に座り、第1階層への到着をお待ちください」

アナウンスが響く、これからダンジョンへの侵入が始まる。

バベルの大穴の入り口、侵入フロア。

フロアそのものがなんの支えもないのに、一定の時間でエレベーターのように上昇したり下降したりするのだ。

ごうん、ごうん。

やがて音が止《や》み、視界に光が広がる。

味山はこの光景が好きだった。

エレベーターのように下降するフロアからはバベルの大穴第1階層が、一望できる。

ゆっくりとフロアは下降していく。

それは側《はた》から見れば、太古の伝説、空を飛ぶ大地かのごとくの光景だろう。

「……綺麗だ」

浮島と化したフロアから眼下に広がるのは第1階層。

広がる大森林や、灰色の荒れ地、遠くに見える湖や、2日前に向かった尖塔《せんとう》の岩地など特徴的な地域が全て見下ろせる。

青々とした〝大森林〟、ある区画から灰色に染まる大地が始まる〝灰色の荒れ地〟、ぽっかりと空いた湖、〝大湖畔〟。

「いつ見ても、やっぱりこの景色はいいわね」

美しい世界がそこに広がる。地下に広がる新世界、現代ダンジョン。明らかに計測されている地下空間のスペースよりも広く、そこでは地上の物理法則が通用しない。

未《いま》だに原理や由来すらわからない現代最後にして、最大の神秘の地を眺める。探索者とはつまりこの光景を見て血沸き肉躍る人種のことを言うのだろう。

この地には美しさと恐ろしさが同時に存在する。生きて欲しいものを手に入れるか、死んですべてを奪われるか。そこには生きる自由とくたばる自由その両方だけがある。

「まあ、あれだな、もうこれを見たら、サラリーマンには戻れねえよ」

景色を眺めて歓声をあげる探索者たちの声に混じる味山《あじやま》のつぶやき、外の景色を見つめる味山と、そんな味山の顔を見つめるアレタ。

「……ええ、そうね」

侵入フロアはステーションドームと言われるダンジョン内に建てられた建造物へと下降していく。天井の開いたドームとフロアの大きさはぴったりと合うようにできている。

ずん。

身体《からだ》にわずかに感じる衝撃。静かにフロアが下降を完了する。

「大変長らくお待たせ致しました。侵入フロアが無事第1階層に下降完了致しました。次回の上昇は、4時間後になります。続きまして、各エリアへの乗り合いバスの案内を――」

「ついたか」

味山はベンチから立ち上がり、肩を鳴らした。

ステーションドームの天蓋を見上げる。ぽかりと空いた天井、あんな高いところからここまで降りてきたのか、慣れているはずなのに何度繰り返しても同じ感想を抱く。

「さて、始まりね。楽しいお仕事の時間だわ」

「だな。なあ、アシュフィールド。お前、ほんとに今日探索に来てよかったのか？　そのほら、遺物の検査とかよー」

「ああ、大丈夫よ。近頃は安定しているし、この前もメディカルチェックしたばかりだもの。それに、ほら、指定探索者は補佐探索者の監督義務もあることだしね」

ウインクされると、もう何も言えない。味山はへいへいとうなずく。

うん、今日の探索はきっとなんのトラブルもなく終わるだろう。味山はそう願いながら歩み始めた。

◇◇◇◇

「わ、わ、わ。タダヒト、それ、それ、それなに？」

「おー、これな、スモアっていうお菓子だ。こうして焼いたマシュマロをチョコビスケットに挟んでだな」

「へえ、初めて見た。美味《おい》しいものを思いつくのはニホン人の専売特許よね。マシュマロ、焼く以外にこんな食べ方もあるんだ」

足元に置いたコンパクトガスコンロで木の枝に刺したマシュマロを味山が炙《あぶ》る。

トロリと、溶けるマシュマロをささっとチョコビスケットで受け止めて、さらに上から覆いかぶせてサンドする。

のどかなひと時、だが、今2人がいるのは人間の常識が通じない世界、現代ダンジョンの自然の中。

ステーションドームから比較的に近い第1階層の地域、〝尖塔の岩地〟、先日アルファチームが異常発生した〝怪物種28号・大鷲《アルゲンタヴィス》〟の群れの駆除を行った地域だ。

「ん、アシュフィールド、食べる?」

「あら、ありがと、いただくわ。……んー！　美味しい！　あはは、不思議な食感ね」

にこにこ顔でアレタが、マシュマロをびよーんと引っ張りながらほおばる、顔が良いとその仕草だけでも絵になるからずるいなと味山は感じた。

「どういたしまして、ん、でもよー、確かスモアって合衆国のおやつじゃなかったっけ?　ほら、なんかあっちのほうはボーイスカウトとかガールスカウトとか、なんかそんなイベントがあるんだろ?」

「ああ、あたし、あまり、ああいうの興味なかったのよね。キャンプしたのも軍人になってからだったし」

「おっと、意外とインドアか?　アシュフィールドがねえ」

「あ、どういう意味ですかー?　休み時間にお外で遊ぶ子より、図書館で本を読む子は嫌い？」

「いや、個人の好きにすればいいと思うけど、俺も学生の頃の休憩時間はぜんぶ昼寝してたしな」

のどかなやりとり、お菓子をつまみつつ、子供時代の話をする。これだけなら行楽とほぼ変わらない、だが彼らのすぐそばに積み上げられた怪物の死骸が、これがレジャーではないことを表している。

発達した両腕、分厚い毛皮の針のような毛は今や力なく垂れ、怪物の死骸がすぐそこに3匹折り重なっている。

〝怪物種39号・一つ目草原オオザル〟。知能が高く、群れをなして狩りを行う厄介な怪物種。それが3匹、英雄と凡人の成果として積み上げられていた。

「にしても、怪物の死骸の横でおやつタイムできるようになるとは。人間いろいろ慣れるもんだな」

味山がベルトからお菓子を取り出す。お気に入りのエネルギーバー、〝ハチのように働け！〟がキャッチコピーでおなじみのハニーバーという商品だ。

がじりと、かじる。ねっとり甘い。

「つかー、あっま。いやー探索に疲れた身体に効くわ」

「糖尿病、気をつけてね。それ、お砂糖の含有量すごいのよ？　ラドンテックの商品だし。

まあ、探索者は怪物の血の匂いの中でご飯が食べられて一人前かあ」

「つくづく因果な商売だな。……にしても、アシュフィールド。珍しいこともあるもんだな、一つ目草原オオザル。こいつら、第2階層が生息域の怪物だよな？　ほら。例の〝大草原〟」

「そうね、確かに、階層をまたいでの生息範囲外での発見はあまり聞いたことがないかも。強大な個体の出現で、階層内で生態バランスが崩れることはあっても、このパターンは珍しい、もう少し調査を――」

ＰＩＰＩＰＩ、ＰＩＰＩＰＩ。

アレタの言葉の最中だった。端末が鳴り響く。

「ごめん、タダヒト、救援通信だわ。――アレタ・アシュフィールドよ。どんな状況？」

アレタの顔つきが一気に変わる。救援通信、それはアレタが探索中必ずオープンにしている回線だ。

52番目の星は、人を助ける。

それはもう、彼女の生き方とかそんな生易しいものじゃなく、欲求にも似た生理的なものに近い習性として。つまり――。

「……英雄病《メサイア・コンプレックス》め」

味山がアレタに聞こえないようにつぶやく。その顔になった彼女を止めることはできない。あの大鷲《おおわし》の時も同じだ。こんな風に救援を拾ってあの大鷲たちとの戦いが始まったのだ。

「ええ。了解、この通信が終わったあと、最後の救援通信の反応を端末にちょうだい。ええ、すぐに急行するから。ええ。ありがとう、あは、いいのよ、これはあたしの役割だもの」

　味山が残りのハニーバーを一気に口に放り込んでごくり、飲み込む。もう、どぎつい甘さも気にならない。

「ごめんなさい、タダヒト、救援が入った。あなたはもともとソロだったから今回はあたしだけで――」

「指定探索者。52番目の星・専属補佐探索者、味山只人《ただひと》、糖分摂取、準備は完了、命令は？　ボス」

　アレタの声を遮って、味山が腰かけた岩から立ち上がる。英雄病《メサイア・コンプレックス》だろうがなんだろうが、アレタを1人で行かせる理由もない。

　一瞬、きょとんと固まったアレタがすぐに、にいっと笑って、1回、うつむいて。

「――状況説明、傾聴！」

「イエス、ボス」

　アレタの声に、味山が背筋をすっと伸ばし、ベルトの手斧《ておの》に手を置いて直立する。

「よろしい。現在、バベルの大穴第2階層、〝大草原地帯〟において、先日SIA《探索中行方不明》判定が下された探索者の端末より発信された救難信号を第2階層前線基地がキャッチ。端末の反応はニホン人探索者、〝樹《き》原希《はらのぞみ》〟のものと一致、また同じ場所から指定探索者の生体追跡チップの反応も同時に確認、識別名、UE圏指定探索者、カタリナ・A・ハインライン、通称〝魔弾〟のものと一致。状況を確認する場所からあたしたちが一番近い、要救助者の存在が予測されるため、これより現場へ直行します、質問は」

「ありません、あんたについていくよ、ボス」

　味山がにやりと笑う、アレタもにやりと笑う。それだけでもう意思疎通は終わりだ。

「オーケー、では行動を開始、現在、尖塔の岩地の西に組合より要請を受けた自衛軍の機動車両が急行中、あたしたちはそれに合流後、同乗し、現場に向かう、オーケー？」

「了解。ア――」ＴＩＰＳ€　おい、奴《やつ》に見つかったぞ

　それは唐突に訪れた。

「は？」

　ど、ろ。り。

　地面が溶けて、そこから一気に伸びてきた、〝黒い管〟、それもたくさん。

ＴＩＰＳ€　〝部位保持者〟は箱庭の現象を支配することが出来る、奴はお前たちで〝肉

人形〟の実験を行うつもりだ

ヒントの声を聴く暇もない。味山は完全に溶けた地面に足を取られる、黒い管がぐねりと歪《ゆが》んで、味山に――。

「ぶ!?」

衝撃、浮遊。一気に足が地面から抜け出し、転がる、抜け出る、なぜか。

「あ――」

決まってる、誰かの危機に本能で反応して、自分を犠牲にしても助けてしまう英雄《バカ》が目の前にいるのだから。

「タダヒト」

アレタが、いる。味山がさっきまで足を取られていた溶けた地面に、味山を突き飛ばした勢いそのままに倒れこんで。

ぐねり、その腕、足、腰に黒い管が巻き付いていた。

「アシュフィールド!!」

「傾聴!! 補佐探索者、味山只人!」

駆け寄ろうとした味山をアレタが声で制す。

「っ!!」

味山が止まる、アレタが地面に沈んでいく。

「それでいい。大丈夫、切り抜ける。あなたは退避、出来れば自衛軍の車両と合流後、状況を組合に伝えて。合流が難しい場合は、即刻組合本部へ通信、それも難しければ。付近のセーフハウスにて組合との通信環境を構築、第2階層への救援は大戦力を以《もっ》て向かうこと、あたしの名前を使って。生き残ってよ、タ――」ぼちゅん。

アレタ・アシュフィールドが地面に沈んだ。溶けた地面とそこから生えてきた黒い管に巻き付かれて、ダンジョンに引きずりこまれた。

「マジかよ」

目の前でアレタが消えた。

どたり、味山《あじやま》がその場に座り込む。

焦り、驚愕《きょうがく》、恐れ。感情が波となる。脳が粟立《あわだ》ち、舌が乾き、恐怖が叫びとなっ――。

「う――」

「っ！！」

がっち。それよりも先に、味山が唇の裏側を噛《か》み潰した。

「バカか、俺は」

ぺっと、血の混じる唾を吐きだす。口の中、痛みと鉄さびの味が広がる。

「命令だ。命令を遂行しろ」

心臓が鳴る、鼓動するたびに身体《からだ》がバラバラになりそうだ。それでも、味山は立ちあがる。

「今、それを実行できるのは俺だけだ」

メンタルを一気に立て直す。ダンジョン酔いが恐怖やパニックを薄れさせていく。

「プロだろ、働け、仕事の時間だ」

味山が端末を開き、まずは組合への直通回線へ。

ザザザザザザザザ。

通じない。ダンジョン内の電波環境が不安定になることはよくあるのだが――。

「くそ、ひどすぎる、別の回線は」

今度は自衛軍のパトロール回線を呼び出す。

「もしもし、こちら味山只人、さきほどのアレタ・アシュフィールドへの救難報告について事態が急変した、至急報告をしたい」

電話口の向こうで息遣いが聞こえる、早く、早く――。

ザザッザザザザザザ。

砂嵐のような音、そのすぐ後だった。

《……コ、ちらじえい軍、第1階層第2パトロール小隊、どうゾ》

よかった、つながった、味山は息を整えつつ口を開く。

「こちらアルファチーム補佐探索者、味山只人。指定探索者、アレタ・アシュフィールドの代行で通信中、彼女が沈殿現象と思われるものに巻き込まれ、現在行方不明、連絡も途絶、状況をすぐに組合へ伝えたい。現在、こちらに向かっている車両とまずは合流したい、どうぞ」

ザザザザザザザザ。

やけに向こうの通信環境が悪い。また、あの砂嵐の音だ。

《こ血ラ、自衛軍、第1階層第2パトロール小隊、現在、怪物シュからの襲撃の対応中、すぐには向かえない。付近のセーフハウすの情報を端末に送る、そちらへ向かい、通信環境の構築をお願いしたい、どうゾ》

通信も悪く音声も聞き取りづらい、どうやらすぐには援軍との合流は出来ないらしい。

「っ、こちら、味山只人、状況了解、無事を祈る、どうぞ」

《――良い、探サクを》

通信が切れる。これでもう、方法は1つ。

ダンジョンの各地域に存在するセーフハウスで通信設備を起動するしかない。

「やるしかねえか」

危険だ。怪物ひしめくダンジョンの地を、生身で踏破し、セーフハウスを目指す必要がある、だがもう迷っている時間はない。

「待ってろよ、アシュフィールド」

味山は、端末でセーフハウスの場所を確認して歩き出す。

自覚はしている。とんでもなく、いやな予感がする。でも、それは止まる理由にはならなかった。

◇◇◇◇

「よ、よっしゃ、たどり着いた」

簡素な作りのベッドに味山は倒れこむ。

怪物をやりすごし、1時間近くダンジョンを走りまわってようやく、尖塔《せんとう》の岩地、第4セーフハウスに到着した。

「だめだっ、すぐに準備しないと」

味山は疲労した身体を跳ね起こす、真っ白で簡素な室内を土足で踏みしめて。

「あった、えーっとどうやって起動すんだこれ、クソ！　研修で聞いたぞ確か……」

部屋の中央に置いてある衛星電話設備。

地上で拾った衛星電波は中継地点を通じて、ダンジョンの一部地域に整備されている。

ここの設備でその電波を拾うことができれば……。

「落ち着け、落ち着け。なんかいろいろボタン押す奴だよな、説明書、説明書ないか？　戸棚、クローゼット、引き出し、あ！　あった」

　手当たり次第に部屋を漁《あさ》る。いくつかの言語で書かれた説明書を見つけた。

　良かった、ニホン語表記もある。

「よし！　よしよし！　なんとかなりそうだ」

　説明書の通りに起動準備を行い、ボタンを押す。すると、今時本気で珍しいアナログのディスプレイが起動する。

《セーフハウス通信が起動します、付近の電波を探しています、しばらくお待ちくださいませ》

　電子音が鳴って、無事に通信環境の設立が完了した。

「頼む、うまくいってくれよ」

　あとはしばらく待っていれば電波を拾ってくれるはずだ。パイプ椅子に座り込み身体を背もたれに預けて。

「ん？　なんだこれ」

　ふと背伸びした時、開けっぱなしにしていた机の引き出しに視線が向かう。説明書の他に何かが、ある。

　手帳だ、黒革の手帳、小さなノートくらいのサイズ。手帳にしては大きめのサイズだ。

「……前ここ使った奴の忘れ物か？」

味山が、それをなんともなしにページをめくると。

【探索記録　私たちは失敗した。〝耳の怪物〟は組合の予想を遥《はる》かに超える化け物だ。みんな、死んだ】

「……あ？」

味山が背もたれから背中を離し、手帳を机に置いてそれにかじりつく。その手帳の内容を目で追っていく。

【耳からみんなの悲鳴と叫び声が離れない。人間の身体がおもちゃのように取り外されてバラバラになっていく光景なんて見たくなかった。軍の戦車も、ヘリコプターも、全部あの化け物の前では棺桶《かんおけ》にしか過ぎなかった】

「……アシュフィールドの言ってたクソ耳退治に失敗した探索者か？　ここまで撤退したのか？　いやでも、待てよ、確か生存者、帰還した探索者はゼロ。全滅だって」

何かがおかしい。得体の知れない違和感が味山を包んでいく。通信設備の画面を確認する、まだ電波はつながっていない。手帳の続きを読む。

【指定探索者の1人、〝開拓者〟と呼ばれていたあの気のいいおじさんが真っ二つにされた瞬間、決着はついた。探索者も、軍人もみんな心を折られた。あんなにも強い人が、泣き喚《わめ》きながら、あの怪物に、胴体を――いやだ、あんな風になりたくない。私たちを逃がすために、あの綺麗《きれい》な人が1人で耳の怪物と戦っている、早く助けを呼ばないと、いやでももうだめだ、時間が経《た》ちすぎている、きっともう、〝魔弾〟も死んでいる、あの化け物に勝てる人間なんているわけがない。銃も爆弾も、〝遺物〟を食らっても、ずっと、ずっと、嗤《わら》っていたあの化け物】

「……クソ耳と戦って死んだ指定探索者だ。いや、いやいや、待てよ、なんかおかしいぞ、この手帳。アシュフィールドが受けた救難通信の内容となんかずれてねえ？」

嫌な鼓動が高まっていく。味山は手帳を見た。

【やった、やった！　組合と通信がつながった！　今救援のチームがここに向かっているらしい。それと、私たちと同じく〝魔弾〟が逃がしてくれた探索者もここに向かっているとのこと。一緒に逃げてきたチームメイトの堀井裕也が今、セーフハウスの近くでその人たちを迎えに行ってくれた。なんとかなるかもしれない。人数さえそろえば、帰れるかもしれない、私は、絶対に生き残る、私の命は私だけのものじゃない、兄さん、もしできるのなら天国から見守っていてください】

「……」

手帳のページをめくる。

【堀井が帰って来ない。通信も切れた、どうして】

【堀井が帰って来ない、あれから4時間は経ってる。セーフハウスの非常食はまだ、ある。怪物種の忌避剤も塗布が完了してる、だから大丈夫、迎えはきっと来る】

【6時間が経った。堀井は帰って来ない、いやだ、こんなところで死にたくない】

【通信も、もう届かない、私はここで死ぬのかもしれない、怖い、ダンジョンが怖い、あの耳の化け物が探索者の腕や足を引き抜いていく姿が目から離れない、いやだ、あんな風に死ぬのはいやだ。いやだ！　1人で死にたくない、お願いします、誰か助けてくださ

い】

字が乱れ始める。

【ごめんなさいごめんなさいごめんなさいごめんなさい、私が悪いんです、兄さんの命と引き換えに生きてたのに、探索者なんかになってごめんなさい、お父さん、お母さん、あの時いうことを聞かなくてごめんなさい、助けてください、助けてください、私のせいです、私が悪い、私が間違ってました】

【探索者になんか、ならなければよかった】

「……あー」

味山《あじやま》が小さく舌打ちする。自分の選んだ道に後悔するちっぽけな最期に同族嫌悪に似たものを抱いて。

「俺は、こんな風には――ん？」

手帳には続きがある。

【やった、良かった！　やった！　助けがこっちに向かっているって！　自衛軍の部隊と、それに堀井やほかの探索者も！　〝魔弾〟が逃がしてくれた探索者の生き残りがたくさん！　やった、やった、やった、生き残れた！　よかった、本当に。すぐにセーフハウスのロックを外さないと】

【あ、みんなが来た】

手帳のメッセージはここで終わっている。

「……こいつ、助かったのか？」

味山がつぶやく。ふと、手帳の表紙に目を向けて。

「きはら、のぞみ……」

手帳の裏面には名前が書いてある、〝樹原希《きはらのぞみ》〟。この手記の持ち主の名前だろうか。

「……どっかで聞いたことのある名前だな」

味山がその引っ掛かりを思い返そうとして。

ピ――――――――――。

《電波を受信しました。表層、および前線基地との通信が可能です》

「っし、来た！」

通信機器が起動する。衛星電話が中継地から電波を拾えたらしい。組合と連絡さえ取れれば――。

《前線基地からの通信を受信しました、相手から通話が求められています》

「マジか。よし、よしよしよし！　モシモシモシモシ!!　こちらアルファチーム補佐探索者の味山只人《ただひと》！　至急本部に伝えたいことがある！　どうぞ!!」

味山が受話器に向けて声を張り上げる。

《コちら探索者組合前線基地です。アじやま様、状況の報告をお願い死ます、なお、現在、電波環境不安定の夕め、少々音声にミダレがございます》

確かにノイズが多い。

「え、ええ。了解です、簡潔に報告します、現在、自由探索中、パトロールを経由しての救難通信を受信、その後、同行していた指定探索者アレタ・アシュフィールドが正体不明の、恐らくは怪物種の襲撃を受け、現在行方不明、至急付近のパトロール小隊と合流し、捜索に当たりたい、どうぞ！」

《了解しましタ、付近ノ救援チームを至急そちらのセーフハウスに向かわせマス。またあじやま様に1つ、お願いがございマス》

「お願い？」

前線基地からの連絡でこんなことを言われるのは初めてだ。

《現在、別の依頼において負傷した探索者数名がこのセーフハウスを目指しています。彼

らが到着次第、セーフハウスのロックを解除死、合流をお願いしまス。その後、救援チームの車両ニ同乗してくださイ》
「……ええ、わかりました。人数は？」
《6名です。全員負傷死ています。受け入れヲお願いします、ザザザ――》
「了解、ええと失礼ですがコレは前線基地からの正式な依頼っていうことでいいんですね？」
《ザっザザザ、ガガガ、ピー。ハい。その通りデす。コちらは探索者組合第1階層前線基地、タンサク者の手助けをする機関――》
「……失礼ですが所属とお名前を伺っても――」
《…………》
ツーツー。
通信が切れる。電波が途切れた。
味山は首をひねり、もう一度確認を取ろうと端末を起動して。
ピン、ポン。
「あ？」
インターホンが鳴った。味山は備え付けられている監視カメラのモニターを確認する。
しかし、画面が写らない。音声会話だけが起動して。

「……はい、こちら、セーフハウス」

《ごめんなさい！　急に！　私は探索者の〝堀井〟と言イます。組合の前線基地にこのセーフハウスへ避難しろって！》

「あ、ああ。ついさっき話は聞いています。人数は？」

《6人です！　パートナーが怪我《けが》をしていて‼　足を怪我しています。化け物からなんとか逃げてきたんです！》

6人、全員負傷。さきほどの話と齟齬《そご》はない。

しかし味山はなんとも言えない違和感を覚える。なにか、こう、タイミングが良すぎる。だがここには判断を仰ぐアレタも、観察するソフィも、実行するグレンもいない。

全ては自分で決めなければならない。

《お願い死ます！　入れてください！　彼女、血を流死て顔色もどんどん悪くなってるんです‼　あ、ああ、ダメだ！　諦めるな！》

「っ、すみません、今扉を開けます！」

ドアのインターホンから届く悲鳴に味山は反射的に玄関へ走る。ドアのロックを解除しようとして。

——きっと、あの英雄、アレタ・アシュフィールドも同じことを、人を助けることを優先するはず、それにサポートセンターからの事前通信もある。

何もおかしいことなんて、ない。

TIPS€　第3階層に潜む〝人知竜〟は探索者の死骸を100体以上、手に入れた。そのうち57人はすでに人知竜の魔術式により遠隔操作が可能な〝肉人形〟と化している

「あ……？」

ヒントが、聞こえた。

動きの止まった味山、玄関の向こう側、ドアインターホンから泣きそうな男の声が響く。

《どうしたンですか?!　早く入れテください!!　血の匂いに寄せられて化け物がまた来ちまう！　お願い、助けて……》

「1つ聞かせてくれ、あんたのパートナー、足を怪我してるんだよな」

味山が、ドア付近の応答マイクに声を向けて。

《そうです!!　怪物種に襲われて！　は、話は後で、今は安全な場所に入れてあげたいんだ》

「アンタたちどうやって化け物から逃げたんだ？　怪物種の種類は？　負傷した奴《やつ》を抱えてここまで逃げ切ることができたのか？　全員負傷してるのに？　あんた以外の人間、ほかの5人はどこにいる？　モニターカメラが映らない、確認させてくれないか？」

味山は願う、半ばすがるように声を振り絞った。納得させてほしかった、助けていいのだと、その扉を開いていいのだと、納得――。
《そうです!!　怪物種に襲われて!　は、話は後で、今は安全な場所に入れてあげたいんだ》
「……マジかよ」
質問の答えは帰って来ない、設定でもされているかのようにインターホンの向こう側の男は同じ言葉を繰り返す。
「……なあ、あんた、名前、なんて言ったたっけ」
《6人です!　パートナーが怪我をしていて!!　足を怪我しています。化け物からなんとか逃げてきたんです!》
「……〝堀井〟って言ったよな。なあ、なんで、あの手帳に書いてあった名前のあんたが今、ここにいる」
《6人です!　パートナーが怪我をしていて!!　足を怪我しています。化け物からなんとか逃げてきたんです!》
背筋に冷や汗が浮く。
泣きそうな叫び声は偽物には聞こえない。しかし、どれだけ味山が問いかけても、もうその声は同じ内容しか返してこない。

「……頼む、俺を信用させてくれ。その足を怪我したやつと話せないか？」
《そうです!! 怪物種に襲われて！ は、話は後で、今は安全な場所に入れてあげたいんだ》
返答は変わらない。
《そうです!! 怪物種に襲われて！ は、話は後で、今は安全な場所に入れてあげたいんだ》
「……あの手帳、樹原希はどうなった？」
《そうです!! 怪物種に襲われて！ は、話は後で、今は安全な場所に入れてあげたいんだ》
「……人助け、したいんだけどよー」
《そうです!! 怪物種に襲われて！ は、話は後で、今は安全な場所に入れてあげたいんだ》
「……肉人形ってなんだよ」
《そうです!! 怪物種に襲われて！ は、話は後で、今は安全な場所に入れてあげたいんだ》
「人知竜ってなんだよ、世界観はどうなってんだ」
《そうです!! 怪物種に襲われて！ は、話は後で、今は安全な場所に入れてあげたいん

だ》

《そうです!!　怪物種に襲われて！　は、話は後で、今は安全な場所に入れてあげたいんだ》

壊れた人形だ。

同じ台詞《せりふ》を繰り返し続ける。

コレはダメだ。もう、ダメだ。

味山《あじやま》は離れる。ゆっくりと後ずさり玄関から離れ、ベッドの上に腰かける。

「これ、やばいな」

インターホンからの声が止《や》んだ。

味山は出口から十分に距離を置き、耳を澄ましながら手斧《ておの》をベルトから引き抜く。

どきん、どきん。心臓が早鐘を鳴らす。

「囲まれてる?」

肉人形、言葉尻から捉えるにおそらく今セーフハウスの前にいる連中はまともな存在ではない。

しかしいつまでたっても、何も動きはない。てっきり扉を叩《たた》いたり、壊されたりするかと思いきや何も起こらない。

「いや、俺は騙《だま》されねえ。俺は詳しいんだ。こーゆーの、油断した所で一気に来る奴だろ？」

ちか、ちか。

セーフハウスの照明が点《つ》いたり、消えたりを繰り返す。

味山は瞬きせず、斧を持って固まる。心臓が痛い。

そのまま5分ほどの時間が過ぎた。照明の点滅はいつのまにか止まった。

「……クソ耳、何か聞こえるか？」

味山が自分の中に在る力へと語りかける。しかしささやきは何もない。

味山からの問いかけに耳は必ずしも反応するわけではないのだ。

「……おい！　まだいるのか！」

インターホンに向けて大声を出す。

それでも、反応はない。

扉の外から感じていた嫌な感覚も消えている。

プルルルル、プルルルル。

通信設備が着信を知らせる。アナログ画面には〝前線基地〟からの着信だというメッセージが。

味山が、受話器をにぎり、耳に当てて。

「もしもし――」

《どうして気がツいた》

がちゃん。

「は、は、はーっ。はーっ、はっ」

思い切り、味山が受話器を投げつける。もう、受話器からは何も聞こえない。

「ほんと、そーいうのは、やめろよ」

もう一度、監視カメラの画面を起動を試す、暗い画面に光が、今度は起動に成功——。

「「「「「——」」」」」

笑顔《スマイル》。

にっこりと吊《つ》り上げられた口角。血だらけの顔。傷だらけの男女の顔が6つ、びっしりとインターホンの画面一杯に。笑顔《スマイル》が。

「いっ」

味山が、尻餅をつく。

だんっ。だんだんだんだん、ごん。

ごん、ごん、ごん、ごん。

玄関、ドアになにかを叩きつけるかのような音。

だん、だん、ごん、ごん、ぎし。

ドアが軋《きし》んでいく。

《警告、セーフハウスのドアに異常な衝撃を感知。怪物種による攻撃の可能性があります。

セーフハウス内から避難してください》

「まて、うそ、もう、絶対ダメな奴じゃん」

ごん、ごん、ごん。

外から奴らがここへ入ろうとしている。あの笑《スマイル》みを浮かべて。

味山が、額に手を当てて、状況を——。

TIPS€　人知竜は人間の扱う電波へ干渉し、付近の通信をジャックしている

TIPS€　人知竜の肉人形はお前がセーフハウスの出入り口を開けるのを待っている

TIPS€　人知竜は肉人形をまだ増やすつもりだ

TIPS€　樹原希《きはらのぞみ》は肉人形に捕まり、首と胴体を分解された。その悲鳴は誰にも届かなかった

TIPS€　お前の周辺に人知竜の肉人形が6体存在している

TIPS€　人知竜は人を知るために人間の死骸を集めている。人知竜は永遠の探求を通し、死を集めている。人知竜はお前を自分の死骸のコレクションに加えようとしている

「あ……」

ヒントが連続で耳に届いた。

人知、竜。

聞いたことのない名前、しかしその内容はあまりにも具体的で。

だんだんだんだんだん。

肉人形たちがドアを叩く音の中。

味山只人《ただひと》は自分の状況を理解する。これは、まずい。すでに、化け物に完全に囲まれている、逃げ場はない、と。

「なんじゃ、こりゃ」

味山は指先が震え始めていることに気づく。

今こうしている間も、奴らがドアを突き破ろうとしている。

「ホラー映画……苦手なんだよなあ……」

ふらりと、味山が立ち上がる。

指先は震え、足元はおぼつかない。

だが、無意識に斧を握る。

「怖え、逃げてえ……死にたくねえ」

ホラー映画の導入だ。訳もわからず化け物に殺される哀れな一般人役を思い出す。

ピンポーンピンポンピンポンピンポンポンピンポン。

《そうです!!　怪物種に襲われて！　は、話は後で、今は安全な場所に入れてあげたいんだ》《そうです!!　怪物種に襲われて！　は、話は後で、今は安全な場所に入れてあげたいんだ》《そうです!!　怪物種に襲われて！　は、話は後で、今は安全な場所に入れてあげたいんだ》《そうです!!　怪物種に襲われて！　は、話は後で、今は安全な場所に入れてあげたいんだ》

どんどんどんどんどんどんどんどんどんどんどん。

響くインターホン、叩かれ続けるドア。

きっと、あの手帳の人物、樹原希もこんな風に死んだのだろう。恐怖と悲鳴の中終わったのだろう。

「くそ、くそ、くそ。なんで、こんな目に」

膝が笑って、うまく立てない。理解できない敵にいつのまにか囲まれている。自分の命を狙われる恐怖が味山を覆っていく。

「ちくしょう……」

味山にはまだやるべきことがある。自分を突き飛ばして、消えた英雄。彼女の去り際の顔が脳裏から離れない。

TIPS€　肉人形はお前を探している、本体による集音により、お前の居場所はばれているぞ

TIPS€　肉人形はお前の首をねじ切り、脳髄に端末を埋め込もうとしている。お前は死ぬ

「まて、まてまて」

味山がうつむき、恐怖のあまり目を瞑《つぶ》る。

笑顔《スマイル》、あの画面に広がる笑顔が、瞼《まぶた》の裏に。奴《やつ》らは今にも扉を壊そうとして――。

「……何わろてんねん」

ぷ、ちゅう。脳みその中で何か温かい液が満ちていく。

「なんだ、この状況」

その言葉は嘆きの言葉ではない。

ぷ、ちゅう。脳に温かな液が、また満ちていく。

ダンジョン酔い。バベルの大穴は人間の脳みそをゆっくり、ゆっくり侵していく。その人間の本性を、理性を剝いでむき出しの本性を露にしていく。

「イライラしてきたな」

それはあまりにも卑小で、あまりにも傲慢で、あまりにも浅い言葉。

怒りの言葉。ダンジョン酔いがストレスにより進行する。味山只人という人間のそのものをむき出しにしていく。

「むかつくなあ……その顔」

理由が生まれていく。

「役立たずの組合の連中も、わけわかんねークソ耳も、肉人形とかいう俺をビビらせる奴らもよー」

手帳の人物は恐怖と出会った時、謝った。ごめんなさい、自分が悪かった、と。それが彼女の本性だった。

では、この男は？

「なんだ、これ。アシュフィールドとはぐれて、死ぬ思いでセーフハウスまでたどり着いたと思いきや、B級ホラーみたいな目に遭わされてよぉ、なんだよ、これ」

怒りだ。味山《あじやま》は、決して謝らない。

「なんで俺がこんな怖い思いしなくちゃなんねー？　誰のせいだ？　誰が俺にこんな怖い思いをさせてんだ？」

怒りだ。味山は決して自分が悪いとは言わない。

「ああ、お前らのせいか」

怒りが、酔いの呼び水となる。小さな黒目の輪郭が歪《ゆが》み、目がぎらぎらと。

現代ダンジョン、バベルの大穴は人を酔わせる。

倫理を、常識を、人格を歪めていく。

TIPS€　肉人形はお前を――

「殺してやる」

手斧《ておの》を肩に担ぎ、ずかずかと味山が進む。

「お前らが怖い。だから、ここで殺す」

味山にダンジョン酔いが回り始める。探索者は、ダンジョンに酔うのだ。

「怖くて、ムカついた。だから、殺す」

この男の理由なんて、それだけでよかった。信念も誇りも夢も欲望も何もない男にはそれだけで十分だった。

ドンドンどんどんどんどんどんどんどんどんどんどんどんどんどんどんどんどんどんどんドン。

《そうです!!　怪物種に襲われて！　は、話は後で、今は安全な場所に入れてあげたいんだ》《そうです!!　怪物種に襲われて！　は、話は後で、今は安全な場所に入れてあげたいんだ》《そうです!!　怪物種に襲われて！　は、話は後で、今は安全な場所に入れてあげたいんだ》

「――ぶっ壊す」

TIPS€　〝耳《みみ》の大力《たいりき》〟を使用するか？

「うるせーんだよ」

味山が、叩《たた》かれるドアを眺めて。

「そうです!!　怪ぶちゅ――」バッギャ、イイイイィ。

ドアを蹴り抜ける。ばちゃ。紫の血煙と一緒に一瞬の悲鳴。声が止《や》んだ。

ドアが吹き飛ぶ、耳《みみ》の大力《たいりき》を宿した味山の一撃は、鋼鉄のドアを砲弾のように撃ちだした。

「あが」「ぎ、べ」「りべ」「ぼ」「びょろろ」

TIPS€　肉人形5体破壊、残り1体

「お、ラッキー」

ドアを突き破ろうとしていた奴ら、最前にいた奴の身体《からだ》がバラバラに、それ以外の奴もそのまま吹き飛んだドアに巻き込まれ、倒れ伏している。

「あーあー、あーあーあーあ、なるほど、そのパターンの見た目ね」

そいつらの全身の姿を確認。

ゾンビ。傷ましい傷だらけの姿、腕や足がねじ曲がってくっついたその姿。服装はしかも、探索者の基本装備そのまま。

肉人形、ヒントの言う通り、これの正体は——。

「がべ、や、だ、2回も、シに夕く、ないよお」

足元にいた肉人形の1体が、味山の足をつかもうと、その鋭い爪が生えた腕を伸ばして。

「死にたくねえんなら、殺そうとしてくんなや」

「ぎゃべ」

その頭蓋に、手斧を振り下ろす。身の詰まった果物を砕いたような感覚に、味山が少し背筋を震わせた。

「あー、うん。探索者、たのしいなあ、おい」

この男はそう言った。それだけだ、ムカつく奴をぶちのめすのは楽しい。そんな目の前の感情だけでこの男は十分だった。

「クソ耳、聞かせろ、こいつらは人間？　それとも、怪物種？」

紫色の返り血を拭い、味山が問いかける。

TIPS€　肉人形は探索者の死骸を元に作られた人知竜の創造物だ。それは息をしない、それは何も感じない、それはもうすでに死んでいて、でも、動く。死体にして、様々な怪物種の素材をつなぎ合わされた魔術的創造品だ、――血も赤くはないだろう？

「ならよし。殺人、じゃあなさそうだ」

答えを聞く前に肉人形を殺した男が、にいっと笑う。それは言い訳のような確認だったが、味山にとって重要なことだ。

「よし、決めた、お前ら全部、怪物種として駆除する。その後、アシュフィールドを捜す、もう他の奴には頼らねえ」

味山が、倒れ伏した肉人形たちを、眺め、そして、6体目、ドアの一撃を免れたらしい最後の肉人形をにらみつけ。

「……」

「あとはてめえ1体だけ、だな」

物言わず、動かぬ骸《むくろ》の山の中、動くのは2人だけ。

「……」

無言の肉人形。首の後ろから生えた地面と繋《つな》がっている管、こいつだけそれがやけに太い。

「お前ボス、だな」

味山が手斧を構えて、ゆっくり半円を描くように移動する。こちらの様子をうかがうようにじっと、首だけを動かすその肉人形。

オレンジのシャギーカット、傷や血にまみれてなお整った目鼻立ち。容姿の整った女性。だが白目を剝《む》いているので台無しだ。よく見ると首元には縫い目のような傷が。

TIPS€　肉人形種別〝エース型〟試作体。特記戦力との個別戦闘向けに作製された強化個体。生前から能力の高い素体が材料となっているぞ

「……なんだよマジで」

目の前の不気味な肉人形を注意深く観察して。

ＴＩＰＳ€　警告だ。敵はお前よりも強い。無傷で勝つのは非常に難しいだろう
「……君」

肉人形が言葉を。

「………あア？」

白目がぐるりと、回転。瞳に光が戻って。

「いや、だ、ボクはお前の、思い通りになんて、ああああああ」

ＴＩＰＳ€――

ヒントと、それが始まるのは同時。

「遺物、装塡」

TIPS€　警告　遺物の使用を確認。対抗技能、無し。お前にこの遺物を避ける方法はない

ずろろ。肉人形の右目からそれが生える、黒光りした筒、いや銃身が。

「は？」

「——ああ、だめだ！　君、ボクの遺物が君を狙っている！　避けてくれ！」

百面相。目の前の肉人形、指揮型と判明したそれの表情が、人間のそれに戻る。味山に警告を発して。

「遺物……!?」

TIPS€　警告。敵エース型肉人形の素体判明、胴体部、探索者・樹《き》原《はら》希《のぞみ》。頭部より上は——

「ざ、みえる・バレット」

肉人形の目から生えた黒光りした銃身、それから光の弾が発射され。

「うおおお!?」

ばちゅん！

味山が即座に、足元にあった肉人形の死骸を持ち上げて盾に。それが光の銃弾とかち合う。

「うわっぱ!!」

死体が弾《はじ》ける、勢いを押し殺せずに、味山が後ろに大きく吹き飛んだ。

「がっぺ。な、なんじゃそりゃ」

「ああ、クソ。やられたね、これは。ハハ、ボク、まだ、生きてるのか、ああ、良かった、躱《かわ》してくれたんだね」

「は、はあ？　お前、まさか、意識が？」

またた。目から生えた銃身をだらりとぶら下げた肉人形の表情がまた、まともなものに戻る。

「あ、う、最悪、最悪の気分だとも、ああ！　このボクがまさか死してあの醜悪な悪魔の尖兵《せんぺい》と成り果てようとは！　なん、て、劇的な宿命なんだ……！」

「あれ、なんか余裕ありそうだな」

端整な顔の肉人形が、自分の額に手を当てて、演劇でもしているかのようにくるくると回り出した。

「余裕なものかよ、これが！　見ておくれ！　ボクのヴィーナスすら嫉妬する美顔も、アフロディーテを超えた肉体も……ああ、肉体、首から下はこれ、他人のものだね。まあ、ボクの美顔がめちゃくちゃだ。目が裂けているのに！　痛みすらない！」

普通に喋《しゃべ》っている。なんだ、あれは。

「首から下が、他人……？」

ＴＩＰＳ€　敵指揮型肉人形の解析完了。前方、エース型試作肉人形の首から上に〝遺物〟の残留を確認、頭部は〝指定探索者〟だ

「そうとも！　ボクの名前は〝カタリナ・Ａ・ハインライン〟栄えあるＵＥ指定探索者、〝魔弾〟さ！　ああ、なんという悲劇的な運命！　耳との死闘に敗れたこのボクに！　神よ！　あなたはまだ悲劇をお与えになるのか！　ああ、でも、可哀想《かわいそう》なボクも美しい！」

ポーズをとりながら、肉人形が流暢《りゅうちょう》な言葉で喋る。明るい表情、しかしそれを一気に暗くさせて。

「……いや、美しくなんかないか。死に際を、命の使いどころを完全に間違えちゃったな」

ぼそりとつぶやくその顔に表情はない。

「カタリナ？……アシュフィールドが言ってた指定探索者！　待て、じゃあ、あの救援通信は……」

「救援？　ああ、まずいね、それは。恐らく〝本体〟の罠《わな》だ。そうか、アレタ・アシュフィールドを今度は狙っているのかな」

〝魔弾〟、カタリナ・A・ハインライン。行方不明の指定探索者、それを名乗る化け物が聞き捨てならないことを呟《つぶや》く。

「おい、罠ってなんだ、なにを知ってる？」

「ハハハハ！　大ピンチという奴《やつ》さ、君、彼女の仲間なら早く助けに向かった方がいいと思うよ」

「そうかよ、……あんたの言う通り、やばそうだ、そこ、通してくれないか」

味山《あじやま》が、ジリジリと移動する。攻撃手段はあの目から生える銃。遺物、らしい。あれは躱せない。せめて発射のタイミングだけは把握できるように視線は切らない。

「すまない！　それは無理そうだ！　意識を緩めると今にも眠ってしまいそうでね！　多分これ、ボクが眠ればまた身体の主導権が本体に取られるだろう！　だから、その前に、お願いだ！」

その女、オレンジ色のシャギーカットに赤い宝石のピアスの似合うボーイッシュ美女が太陽のごとくにっかりと微笑《ほほえ》んで。

「ボクを殺してくれ！　探索者クン！　カタリナ・A・ハインラインに誇りある死を！　キミが！　ボクはボクとして、死にたいんだ！」

「…………きついな」

「ああ、素早い判断。いい目だ。良かった、キミのような探索者に最期に出会えて」

迷う時間も、言葉もいらない。

「お前、かなり平気そうだ。なんとか、ならないのか？　こう、気合で」

「精神論は好きだが無理だね！　そもそもボク、これ首から下は他人のものなんだ！　色々改造されて、もうボクという人間は死んでいるのさ！　だからあれだ、殺人ではないから安心してほしいな！　ああ、カタリナの最期の幕が開く！　アンコールはもう終わり、喜劇は喝采のもとフィナーレへと向かうんだ！………だから、頼むよ。探索者クン、怪物を殺しておくれ」

にこり、微笑む唇が震えている。

味山は息を吐く。ここで時間をかけるわけにはいかない。

「悪いな。後悔は後でやるよ」

天秤《てんびん》にかける、自分は特別ではない。自分は凡人である。その凡庸な身でやるべきことを成すために、今、自分はなにを捨てられる？

決まっている。

「…………前方、目標。不明怪物種。呼称、肉人形。味山只人《ただひと》、これより駆除に移る」

優しさ、躊躇《ためら》い、可能性。

人間性。

目の前の人間としての意思がある彼女を救えるかもしれない、そんな可能性を捨てる。

英雄であれば決して捨てられないだろうそれを、捨てる。

斧《おの》と銃。

勝負はきっと一瞬で、決まる。

「ああ、君、ほんとに良い目をするね、探索者クン。どこかで聞いたことのある名前だ。ボクは幸運、だ。あ、だめだ、そろそろ意識が消える。済まない！　ボクの遺物は銃撃だ！　心苦しいが防ぐ方法はただ1つ！……化け物の死骸を盾に——ああ、なるほど」

〝魔弾〟が己の攻略法を、己の殺し方を己で伝える。その要求の残酷さに顔をゆがめて。

だが、すぐに彼女はほっとした顔に変わった。

「なんか言ったか？」

味山只人が、すでに近くの死骸を2体抱えて盾のように構えていた。

逡巡《しゅんじゅん》も、迷いも躊躇いも、凡人にはない。そんな余裕はない。罪悪感もあとでいい。

「——ハハハハ、やっぱりイカれてた。いいね、キミ、補佐に欲しいくらいだよ」

「悪いな、既にお買い上げ済みだ」

そりゃ残念、すくっと魔弾が首をすくめて。

「苦労かけるね、す、まない」

ぐぼり、右目から生えた銃口が味山に向けられて。

ＴＩＰＳ€　警告、遺物の発動を確認〝ザミエル・バレット〟残弾数４発

「恨みっこ、なしだぜ」

パァン!!

目から伸びた銃口が火を噴く。それは遺物の弾丸、狙ったものに必ず当たるお伽話《とぎばなし》の具現。本来なら、味山に対抗など出来るはずもない国家戦力の１つ、だが――。

ＴＩＰＳ€　肉人形化の影響により遺物の弱体化を確認、命中精度、威力ともに生前の１割以下だ

「オラァ!!」

ドぷちゃ!!　味山が盾にした死骸が弾ける。胴体に大きく空いた穴、だがまだ貫通はしていない。

「ハハ、ハハハハハハ！　その、調子だ、いいぞ！　君！　とても良い！」

ＴＩＰＳ€　指定探索者〝魔弾〟が己の意志で人知竜の操作の邪魔をしている

「そりゃいい」

顔色を変えず、味山は更に走る、前へ。人の形をした死骸をそのまま盾に。

2発、3発、銃口が閃《ひらめ》き、盾にしていた死骸の胴体が弾ける。

ＴＩＰＳ€　残弾数残り1発——警告　肉人形化進行、人知竜の支配が強化。遺物の威力が生前の2割にまで上昇

「あああ、す、まない、これは、まずいね」

がちゃ、ぎいいいい。悲鳴のような金属音を立てて魔弾の右目から生えた銃がその姿を変えていく。血管や筋肉のようなものがまとわりつき、より巨大な銃口へ。それが味山只人を狙って。

ＴＩＰＳ€　警告、死骸を盾にしてもお前の胴体は真っ二つになるぞ、どうする？

「力貸せ、クソ耳」

避けない、どうせ避けられない。死骸を盾にしても意味はない。なら、方法は1つだ。

TIPS€　耳《みみ》の大力《たいりき》クールタイム終了

TIPS€　〝耳《みみ》の大力《たいりき》〟発動

呼び起こすは、探索の報酬。

数多《あまた》の強者《つわもの》を殺戮《さつりく》し尽くした最悪の化け物、耳の怪物から味山只人だけが勝ち取った恐るべき力。

その効果はシンプル、一瞬だけ肉体に〝耳の怪物〟の力が宿る。力だけでなく、その肉体の強度までもが味山のものに。

つまり、一瞬だけ。この瞬間だけは――。

「オオラアアアア!!」

味山只人は、耳の怪物と同等の存在に。

めきり。地面が割れる。味山が大力を以《もっ》て地を踏みしめたから。

「な、速――!?　え、耳――」

その行動もシンプル。

耳《みみ》の大力《たいりき》を用いての突撃。

銃撃よりも先に、懐へ。

耳の怪物の膂力《りょりょく》により地面を蹴った味山が大砲のような速度で、カタリナに迫り。

「あああ、があああ!!」

「ぐぶえ!!」

衝突。ダブルノックアウト。

大力の勢いによりバランスを崩した味山の頭突きが、カタリナのみぞおちに直撃。

かたや耳《みみ》の大力《たいりき》により強化された器、かたや人知竜の改造により強化された肉体。

2人が地面に転がり、もんどり打つ。

「ぐべえええ、おうぇええ、は、ははは、な、なんて速度、や、るじゃないか」

カタリナが紫の血反吐《ちへど》をごぼりと漏らし、ふらつきながら立ち上がる。

「あったま、いてえええ、舌噛《か》んだあああ、くそがあああ、ああ、でも、よお、来たぜ」

味山が口から血反吐をぺっと吐き出し、ふらつきながら立ち上がる。

至近距離、味山が手斧を振りかぶる。届く。なんの躊躇いもなくカタリナの脳天めがけ

て手斧を振り下ろし。

カタリナがそれを受け入れるように見上げて。

「今だ、探索者、ボクにとどめを、ああ、クソ、また身体《からだ》が――!?」

ガキン!!　受け止められた。目から生えた銃身だ、手斧がそれにぶつかった。火花が散って、手斧が弾《はじ》かれる。

完璧なタイミングでのパリィ。

「く、そ!?　クソ耳、もう一度!!　耳《みみ》の大力《たいりき》を――」

TIPS€　使用間隔が短すぎる。〝耳《みみ》の大力《たいりき》〟の連続使用は出来ない

「あ、やべ」

耳《みみ》の大力《たいりき》の効果はもう切れている。体勢を崩した味山、ひんやりして、それから、どくどくと脈打つもの。

銃口ががちゃり、味山の額に当てられて――やばい。負け――。

「――いいや、ボクたちの勝ちだ」

ずりん。

銃口が味山の額を滑る。そして明後日《あさって》の方向に向けられる銃口。

「魔弾の行方を決めるのは悪魔ではない、この、ボクさ」

ぱ、ン。

肉人形が放った魔弾は、空に放たれ、主の下へ帰ってくる。

紫色の血が舞う。花弁が散るかのように血しぶきが。

その射手自身の心臓を撃ち抜いた。

「――ハ、ハハハハ、やっ、たぞ。緩んだな、化け物め。お前の操作が、緩んだ。それがわかった。ああ、よほどあの突撃に驚いたと見える」

ぐったりと膝をついたまま、つぶやく肉人形、味山《あじやま》は彼女を見下ろす。

「……アンタ、今、自分の意思で撃ったのか」

「ハハ、なに、気にするなよ。出来ると思ったから、やった。それだけさ。ボクは、ボクの思うかっこよくて美しい生き方を選んできた、……それなのに、最期の後始末を誰かに丸投げするなんて。それはカッコよくも美しくも、ないだろ」

「……すごいな」

「なに、キミのおかげ、さ。あの突進、まるであの化け物と同じくらい恐ろしかった。あれが効いたよ、あれで隙が出来た……良い探索者、だ、キミ、もう一度、名前を教えてもらえるかい？」

空気の抜けるような音が言葉の中に混じる。死、二度目のそれが彼女の下へ訪れつつある。

「味山只人《ただひと》」

「――あじ、やま。はハハ、ああ、なるほど。君が、あの星の、選んだ探索者か。はハハ、なるほど、アレタ・アシュフィールドめ、いいセンスをしているじゃないか。……最期の敵が、君で良かった」

「……もう行くよ」

　決着はついた。砕けた心臓からは絶えず紫色の血が溢《あふ》れ続けている。トドメを刺す時間も惜しい。味山は小さく告げて、先を行く。

「……ハハハ、ああ、いいね。イかれてて残酷で、……優しい探索者か。うん、すごく、いいな」

　味山が見下ろす、カタリナが見上げる。

「ああ、羨ましいよ、アレタ・アシュフィールド。キミはボクと同じ、ひとりぼっちの奴《やつ》だと、思ってたけど、違うね。……キミには、迎えに来てくれる人が、いるんだね」

　ばたり、一度死んだ身体に二度目の死が訪れる。一度目は恐怖と嘆きの中で終わった生命はしかし、今どこか、奇妙な満足感に満ちている。

「……あ、じやま、ただひと。ああ、ああ、〝耳〟も、たしかそんなことを、あはは。ほんと、ハハ、キミのようなやつ、がいるんん、だ」

ぐだり。肉人形の身体が止まる。

カタリナ・A・ハインラインが死んだ。一度目とは違い、二度目の死は最期まで見届ける者がいた。

「……昼寝してるみたいだな」

傷ましい傷はそのままに、それでも、その死に顔は穏やかで。

「急ごう、アシュフィールド、あいつ、今。どこに」

TIPS€　アレタ・アシュフィールドは第2階層にいる。人知竜と戦闘中だ。ああ、ストーム・ルーラーが暴走したぞ

「……なんて？」

TIPS€　箱庭はお前たち《部位保持者》の願いを受け入れる

TIPS€　アレタ・アシュフィールの下へ向かいたいか？

「あ？　なんだ、そ——」

ず、ずずずずず。地面が沈んでいく。

沈殿現象、なんの予兆もなく、地面が溶けてその地域が消失するダンジョンの異常現象。

それが突如味山の足元で発生した。

「うそおおおおお!? なんで、こんなピンポイントで!? クソ! あ。わ」

流砂、渦巻きのように一気に地面が沈む。肉人形たちも同じく地面に沈んでいく、まともな抵抗をする暇もなく、味山もまた、とろけるダンジョンの地面に沈んだ。

「うえ、おえ！　なんじゃあ、こりゃあ！」

ドロドロになった地面から這《は》い出る人影、味山只人が息も絶え絶えに蕩《とろ》けた地面から現れる。

「し、ぬ、うええ、うげええ」

沈殿現象。ダンジョンにおける異常現象の1つ。

地面が蕩けて、沈み、それに巻き込まれれば最後、流砂に飲まれるのと同じく二度と生きては帰れない——だが。

「うえええ、生き、てる、マジかよ」

味山が四《よ》つん這《ば》いで地面を這い、口の中に混じった土を吐き出す。

沈殿現象に巻き込まれるのは先月に続いて、2回目だ。身体にまとわりついたドロドロの土をはたき落とし、立ち上がる。

目の前に広がるのは、〝大草原〟。

青々とした草木が広がり、低木や茂みがポツポツと残る平原の景色。

「……第2階層だ」

大草原地帯。バベルの大穴第2階層の西に広がる地帯。どうやら沈殿現象でここまで流れ着いてしまったらしい。

味山が、これからの動きに考えを巡らせて。

TIPS€　アレタ・アシュフィールドと〝人知竜〟の戦闘は終了した。人知竜は端末を喪《うしな》い逃走した。だが、状況はお前にとって最悪の形だ

「あ？」

ゴオオオオオオオオオオオオオオオオオオオオ!!

「うお!?」

風、大風が大草原を叩《たた》きのめすような勢いで吹き荒れる。

雨、大雨が大草原を殴り潰すような勢いで降り荒れる。

「台風？」

嵐が、ダンジョンに現れる。上を見上げれば存在しないはずの雲がダンジョンの天井部分を覆い、ぐるぐると唸《うな》る。

ガキの頃にコロッケを用意してテレビゲームで遊び呆《ほう》けた台風の日の空と同じ。

TIPS€　アレタ・アシュフィールドは〝人知竜〟との戦闘で號級遺物〝ストーム・ルーラー〟を使用した。彼女は今、遺物の影響と酔いにより暴走している

「あのバカ……ちょっと目を離した瞬間に」

アレタ・アシュフィールドがどこにいるかなんて簡単にわかる。空を眺める。雲が蠢《うごめ》き、雨風が収束している箇所がある。

空に広がる雲の海、そこから竜巻のように雲がねじ曲がり地面に降りている箇所がある。

「うわ、雨すげえな」

雨が横殴りに降っている。風もめちゃくちゃ、天候の全てがその雲が降りている箇所に吸い寄せられているようで。

TIPS€　アレタ・アシュフィールドは嵐の中心にいる

「そりゃどうも。わかりやすくて助かるよ」

味山が軽口を叩きながら、走り出す。大草原地帯は見通しがよく、ここを生息域にしている怪物種も多い。だが、今は。

ＴＩＰＳ€　付近の怪物種は全て〝嵐〟を恐れてこの地を去った。ダンジョンの生態系は崩れ始めている

「……まんま天災みたいな奴だな」

呆《あき》れ声《ごえ》を漏らしつつ、味山は走る、走る。嵐の中をただ１人。この自然を跪《ひざまず》かせる大いなる力、それを操る人間の下へ。

ＴＩＰＳ€　アレタ・アシュフィールドは英雄だ。その役割を課せられた存在だ。今の彼女は人間ではない

「……嫌な予感がする」

凡人が、英雄のもたらした嵐を１人進む。

そして、すぐに、あっけないほど簡単にたどり着いた。

そいつは、１人だった。

雨の降りしきる中、呆然《ぼうぜん》と下を見つめている。嵐の中、そいつがゆっくりと手を振り上げる。

「大いなる役割がある」

はっきりとその呟《つぶや》きが届いた。嵐、風と雨の音に混じりながらも、英雄の呟きは凡人の下に届く。

ああ、その呟きは良くないものだ。

味山《あじやま》は、嫌な予感を溢れさせながら、ゆっくり歩く。

「あたしは52番目の星、それでいい。人を救うシステムでいい」

物騒な言葉が聞こえる。英雄が嵐を従え、どんどん、どんどん、辺りに集う嵐そのものが、英雄の直上に集う。

色々なことを思いつくよりも先に、味山只人の足は進む。そして、英雄に声が届く位置まで――。

「よお、何してんだ、アシュフィールド」

声は勝手に。嵐の中で、いつものように気軽に、声は出てくれた。

「酔いすぎだ、帰ろうぜ」

「…………だれ？」

「ＯＨ……」

英雄の言葉に、味山は思わず額を押さえる。色々なパターンは予想していたが、これは――。

TIPS€　ストーム・ルーラーが暴走している。アレタ・アシュフィールドは人知竜の魔術式により短期的に記憶を失った

「嘘《うそ》だろ」

最悪の状況すぎる。

「なんでお前目を離した隙に、英雄病《メサイア・コンプレックス》&記憶喪失とかいう面白いことになってるんだ。少し目を離したわんぱく5歳児か？」

味山は真顔になる。

「……ごめんなさい、今、ここは危険なの。あなた、探索者よね？　指定探索者として、命令するわ、退避してちょうだい」

「お前、マジで忘れてんのか、面白すぎるだろ、アシュフィールド」

「……ずいぶん、馴《な》れ馴《な》れしいわね。……いや、まって、あなた、どこかで、会ったことが？」

「そうだね、だいたい数時間前まで一緒にいたね」

「……そう、あたし、今やっぱり、おかしいのね」

アレタ・アシュフィールドが、嵐の中で微笑《ほほえ》む。

美しい表情、緩んだ頬に、ハイライトのぼやけた蒼《あお》い瞳。嵐吹き荒れる中の笑顔は、背筋が震えるほどの不思議な魅力を宿す。普通の人間ならば、人間離れした英雄の力と美しさに見惚《みと》れてしまう、そんな顔は、しかし――。

「うわ、完全にスイッチ入ってやがる、やめようぜ、そういうの」

〝52番目の星〟のことを恐らく世界で唯一、めんどくさいバカだと理解している味山にとっては嫌な予感でしかなくて。

「でも関係ない。あたしは、救うって決めたから。ごめんなさい、あなたのことは思い出せなくても、あたしのやるべきことだけは、わかるから」

「ほーらやっぱり。また始まったよ、いつもの奴《やつ》が」

英雄の微笑みは、諦観と開き直りのものだった。凡人が心底、嫌そうに顔をこわばらせる。

「だから、早くここから」

「うっせえ、やかましい、バーカバーカ」

「は？」

味山の言葉に、英雄が目を見開く。

「連れて帰るって言ってんだ。未知の怪物種による探索者を狙っての攻撃。被害は指定探索者にまで及んでいる。この情報を持ち帰ることが優先だ、お前の命令はまだ生きてる」

「あなたは、なんの話をしてるの？」

「仕事の話をしてんだよ」

怖気《おじけ》で震えそうな足を殴りつけ、端的に英雄の言葉に答える。

こて、こて。英雄が何度か首を傾《かし》げる。

「それは、あなたの仕事の話よね」

「俺たちの仕事の話だ、馬鹿」

話は平行線、決して交わることはない。アレタ・アシュフィールドという個人としての記憶を無くした52番目の英雄に今、残っている行動原理は1つだけ。

「あなたは、あたしの邪魔をするって、こと？」

メサイア・コンプレックス。傲慢で歪《いびつ》な英雄というシステムとしての在り方のみ。

「そうだと言ったら？」

「残念ね。不思議とあなたのこと、嫌いになれそうにないのだけれど」

風が逆巻く。雲がねじれて悲鳴をあげる。雨が揺れて、破裂する。

嵐が、味山只人《ただひと》を睨《にら》んでいた。

「あたしは、人間じゃなくていい」

世界を変えた力そのもの、神の領域に触れた有史以来最強の力が、味山只人の前に聳《そび》える。

「あたしは、嵐。あたしは雨、あたしは風。あたしは、星」

嵐を従え、核兵器をねじ伏せ、戦争を止め、国を跪かせ、世界を変えた英雄の暴が、今目の前に。

「あたしは目印になるの。どんな絶望の中でも消えることのない目印に。下に、アイツがいるの。ああ、思い出した。そう、アイツ。キハラノゾミを玩《もてあそ》んだアイツ。追いかけないと、また多くの人が犠牲になる、だから、あたしは行く」

TIPS€ 警告。記憶をなくしてなお、アレタ・アシュフィールドは人知竜を追おうとしている。ストーム・ルーラーを解放し、ダンジョンに穴を開け、ダンジョンを進もうとしている
アレタ・アシュフィールドの歪《ゆが》みは長い年月を欠けて膿《う》んでいた。それが今、たまたま個人としての記憶を無くしたことで現れている。

「何も覚えていなくても、あたしは自分の役割を知っている」

TIPS€ 警告。遺物の侵食が進行中、アレタ・アシュフィールドの自我崩壊が進行している。このままでは彼女は人間ではなくなる、ダンジョンから帰ることはないだろう

蒼い目の色が変わっていく。明滅しながらゆっくりと。

金色。いつもの蒼色ではない、嵐の向こうで爛々《らんらん》と金色の瞳が輝く。

「あたしは人間じゃなくていい」

嵐が暴れ叫ぶ。

凡人が、嵐の中でもはっきりと聞こえたその英雄の言葉を聞いて――。

「味山只人の探索記録」

いつもの習慣。端末の録音機能を起動する。やることは決まっていた。

「……なに？」

「2028年9月、指定探索者、アレタ・アシュフィールドとの探索中、正体不明の怪物種の襲撃発生、これを受け、アレタ・アシュフィールドと分断、その後、合流を果たすも、不明怪物種のなんらかの攻撃によりアレタ・アシュフィールドの暴走を確認」

淡々と、風にまぶれ、雨に叩《たた》かれながら凡人が告げるのは、探索の記録。

「いや、あなた何を」

「探索者法2条〝探索者による探索者への武力行使について〟。特例により、現状況を探索者による酩酊《めいてい》した探索者への武力行使が許可されるに値する状況と判断」

嵐が、味山にこびりついた紫の血を、泥を洗い流していく。

「…………いや、ねえ、だから」

「対象、指定探索者、52番目の星の言動から、対象は既に正気ではない。観察出来るダンジョン酔いの症状として、聞くに耐えない妄言、自傷行為に近い遺物の限界を超えての使用、その他もう、色々話になんねえ」

味山は英雄の話を聞かないことに決めた。

「これより、指定探索者〝52番目の星〟及び、ストーム・ルーラーの無力化を開始する」

「……………へえ」

宣戦布告。嵐を従わせる英雄に、凡人が指を差し。

「前方目標、52番目の星、および號級《ごうきゅう》遺物〝ストーム・ルーラー〟」

嵐の中で、星を睨みつける。

「帰るぞ、アシュフィールド」

「そう、退《ひ》く気はないのね、なら、残念」

星が、英雄が、その凡人を見る。

「やるべきことを、やってしまわないと」

嵐が、雨を、風を運び、一気に凡人へと押し寄せる。白い雨と風の帳《とばり》が味山を包む。

それは嵐。人類最強の力であった〝核〟すらも、飲み込んだ神のごとき力――。

「安心して。傷つけるつもりはないから。少し寝て――え？」

英雄の呟き。

嵐の帳が過ぎ去った、風が。雨が、そのちっぽけな人間を攫《さら》い、意識を奪い、そのまま遠くへ運び、なにも残らない。

その、はずだった。

「げほ、マナー違反だろ、今のタイミングで攻撃するか？　普通」

いる。

そこに。凡人が。

嵐に飲まれ、雨にぶつかり、風に貫かれても、なお男はそこにいる。

何故《なぜ》か、その足元。凡人が踏みしめる地面は抉《えぐ》れて捲《めく》れ上がっていて――。

TIPS€　耳《みみ》の大力《たいりき》、発動

抉れた地面、嵐に吹き飛ばされないように味山が行ったのはシンプル。大力を以《もっ》て思い切り地面を踏み抜き、両足を地面に突き刺して、あとは気合いで耐えた、死ぬかと思った。

「…………は？　どうやって」

「聞け、英雄」

嵐の中で目を見開き、固まる英雄。それを見て凡人が、地面から足を引き抜きながら再び指を指す。

「連れて帰る、俺が決めた。嵐も星も英雄もそういうの、全部俺には関係ない。何1つ、お前が何を言ってんのかわからない」

パチャッ。

濡《ぬ》れた草地を一歩、雨が染み込み水が滲《にじ》む地面を踏みつける。

「B級ホラーの次はサイコホラー、人間が一番恐ろしいねってか？　やかましいわ、自己満足の英雄バカが」

「あなた、何……？　なんなの、あなたは、だれ？」

英雄の言葉、震える指先がおずおずとその男を指す。

「俺の名前は味山只人《あじやまただひと》」

あなたは、だれ。英雄からの問いに、凡人探索者が歯を噛《か》み鳴らす。

「俺は!!　お前に選ばれた！　お前が選んだ！　アルファチーム補佐探索者の味山只人だ!!」

「あ、じ……あ、その、め……」

うろたえ始める英雄を無視して、ずんずんと味山が前へ。

「味山只人の探索記録！　前方！　目標！　〝52番目の星〟!!　あじ――」

「やめ……て、こないで、あたしは、1人でいい。あたしは……」

嵐が吹き荒れる、またそれがやってくる。凡人を押し流そうと襲いかかって――。

「あたしは、あたしの役割を果たすの！」

オオオオオオオオオオオオオオオオオオオオオオオオオオオオオオオオオオオオオ。

嵐が、押し寄せる。風が、雨が。たった1人の人間、味山只人だけを吹き飛ばすための嵐が。

「それを、邪魔するのなら――名前も知らないあなたがあたしの前に立ち塞がるのなら！」

英雄の頭上に渦巻く雲と雨。嵐の一部がもぎ取られるように英雄の手元に集って。嵐の一部が、巨大な球体となって放たれる。

「容赦はしない！」

家ほどの大きさの嵐の球体。轟音《ごうおん》をがなり立て、たった1人の凡人を追い払うためだけに機能する。

「容赦はしない、じゃねえんだよ」

その男は諦めない。目の前に迫る英雄の暴力にも。

何にも与えられなかった己の非才にも、何も課せられなかった空虚にも。

全ての絶望に屈することなく、進み続ける。

ＴＩＰＳ€　お前は神秘の残り滓《かす》〝九千坊〟を摂取している

「ふぬ、ん、があああああああああああ!!」

ＴＩＰＳ€　神秘の残り滓〝九千坊〟＋腑《ふ》分《わ》けされた部位〝耳〟

ずるり、味山の手に変化が。耳の力ではない。

河童《かっぱ》の水かきが両手に生えて。


「――は？」

ぎゅる、ぎゅる……。

嵐の球が、止まった。家ほどの大きさの力の塊、嵐を閉じ込めた大球が止まった。

「は？」

英雄が、二度、本気で口を開く。

ぎゅるぎゅる、ぎゅる。

風の動きが、雨の動きが止まっている。放たれた嵐の球体が停滞した。

ＴＩＰＳ€　〝九千坊の大海渡り〟により嵐の概念への干渉成功。〝耳《みみ》の大力《たいりき》〟により、

〝ストーム・ルーラー〟の受け止めに成功

「――ギャハハハハハハハハ」

ぎゅる。大球が、ぐらりと傾く。凡人の姿は英雄の位置から見えない、だが確実にその嵐の球体の向こうから聞こえる。

「ギャハハハハハ、ギャハハハハハハハハハハハハハ!!」

汚い笑い声、嵐の球の向こう側から響く。

風も雨も吹き荒《すさ》ぶ全てはしかし、その男の笑い声を掻《か》き消すことは出来ない。

「ギャハハハハハハハ!!　重、てえええ！」

ぐぐぐぐぐ。

凡人が、嵐を受け止めていた。

「……なん、で」

「うぬ、んごおおお!!　あじやま、た、だひ、とォオオオオ!!」

ず、ず、ぎゅる。

持ち上がる、嵐の球が持ち上がる。河童の水かきがしっかりと雨と風を摑《つか》んでその本質を摑む。

顔を真っ赤にさせ、嵐を持ち上げる味山。一気に膝を沈ませ、そして。

「探索、開始イイイイイイイイ、オラアアアアアアア!!」

投げ捨てた。

オオオ……。

凡人に投げ飛ばされた嵐、悲鳴のような音を上げて明後日《あさって》の方向へ。

「よっしゃ！　出来た！　アシュフィールド、すぐ行く、待ってろ、動くなよ」

「なに、な、なに？　え？　嵐を、ストーム・ルーラーを投げ、て？　いみ、わ、かんない、いみわかんない、いみわかんない!!」

凡人が唇を吊《つ》り上げ、笑う。そして1歩前へ。

英雄が目を見開き、慄《おのの》き、そして1歩後ろへ。

勝負は既に決まっている。

「こ、ないで、あなた、あなた、ほんとに、なんなの」

TIPS€　警告。備えろ

響くヒントに言われずともわかる。進む味山を拒むように、嵐が泣き叫び。

「お願い、聞いて、このままじゃ、あたし――」

嵐の中で、英雄が瞳孔を震わせて、ああ、怯《おび》えるように。

「――あなたを殺してしまうかもしれない」

TIPS€　嵐が来るぞ

「やれるもんなら、やってみろ。英雄」

進め。

味山が嵐の中に突っ込む。足を取られそうになる、身体《からだ》が吹き飛びそうになる。

大自然そのものを前にして、人間の力のいかに卑小なものか。だが、それでも。

TIPS€　號級遺物〝ストーム・ルーラー〟戦力分析完了。現在の出力約1．2%、ストーム・ルーラーの内包する概念のうち、〝雨〟、〝風〟のみが稼働中。〝雷〟、〝神話〟、〝海〟などは停止中

「は!?　これで舐《な》めプしてんのか!?　1．2％って1割でもねえじゃん！　やべえな、お前やっぱりチートやんけ」

どこか、味山が嬉《うれ》しそうに雨と風の中を地面を蹴って、前へ進む。

そう、味山は知っている、この嵐の生温《なまぬる》さを。

「なんなの、いたい、あたまが、いたい。やだ、やだ、やだ。あたし、今、何をしてるの？　何とたたかってるの」

怯える英雄。彼女がもし本気であれば自分など既に死んでいることを、知っている。

「なああに、勝手に忘れてんだァ！　てめえはよォ!!　雨霧《あめきり》さんとのデート邪魔したりあんだけ傍若無人あたし様ムーブ決めといて、勝手にソロ探索についてきたと思ったらよお！　少し目を離した瞬間に、俺のこと忘れてどっか行こうとしやがって！　やり捨てみたいなもんだろうが！」

「やだ、こわい、いみが、わからない……なのに」

嵐が上から味山を狙う。

「っ!!　キュウセンボウ!!」

ずるり。右手のひらに水かきが一瞬生える。それを握りしめ、打ち上げるように殴る。

ぱしゃり、風が雨が、水となって飛び散る。

TIPS€ 「キュ！　キュキュキュキュ！」お前の中の九千坊がどこからでもかかってこいと言っているぞ

「かわいいな！　ありがとう！」

味山は今の嵐とのやりとりで確信を得た。

ぬるすぎる。アレタが本気でこちらを止めようとするのなら、この嵐による攻勢はぬるすぎる。

「いや、こないで……見ないで」

「やかましい！　そもそも、俺ぁ知ってんだ！　アシュフィールド！　お前、本気じゃねぇだろ！」

「え？」

「気づいてねえフリしてんなら言ってやる、アシュフィールド！　なんで、こんな嵐の中で、俺の声はお前には届く!?」

「――あ」

仮説が最初からあった。それは嵐に近づけば近づくほど、確信へと変わっていく。

「なんで、こんな大風と大雨の中、お前の声が俺に聞こえる!?　俺の声がお前に届く！！？　いいや、答えはもう決まってる！」

「いや、やめて、やめて、それ以上なにも」

「それをお前が望んでるからだろうが!!」

「あ。ああ」

「俺と話もしたくない、本当に俺が邪魔なんならよお、てめえ、全部使え！　あの爆発するバカ槍《やり》でも投げてこい、俺にはそれを避ける術《すべ》も、耐える力もねえ！　殺してみろよ！　俺を！」

「――あ」

アレタが目を大きく震わせて、ベルトから投げ槍を引き抜く、だが、それで終わり、投げるどころか、折り畳みを解放するスイッチすら押さずに、槍を落として。

アレタは、それを味山《あじやま》に投げることができない。

「それが答えだ！　アレタ・アシュフィールド！」

進む、前へ。嵐の中を。

「よお、待たせたな」

「あ」

眼前、目標。合衆国指定探索者〝52番目の星〟――。

また、星が1歩、後ろへ。

また、凡人が1歩、前へ。

「帰るぞ」

探索者ベルトから、味山が取り出したのは無針注射。補佐探索者に数本、所持を許された酔いに飲まれた探索者に対処するための基本装備。

「かえら、ない！」

嵐を纏《まと》った英雄が、その手を味山に向ける。

TIPS€　避ける必要は――

「避ける必要はない。撃てるもんなら、撃ってみろ」

「ッ、あああああ」

前へ。ぐっと、地面を踏み込み身体ごと突進する形で味山が英雄に肉薄する。

英雄は、嵐を放てない。この距離で当てれば味山が死ぬとわかっているから。

「この、な、めるな!!」

英雄が、せめてもの抵抗で、その進化した肉体を振るい凡人に拳を向ける。

嵐を、風をわずかに纏った拳。迷いを多く携え、鈍い。それでも人間にとっては怪物の一撃に等しいそれ。

TIPS€　避けろ。死にはしないが、気絶するぞ

「あい、よ!!」

「ッ!?」

びたり、すかり。急激に足を止めた味山、英雄の拳が空振る。

TIPS€　有効なアイテムがあるぞ。〝花束形〟、がらくたも、時には役に立つじゃないか

「アシュフィールド、これやるよ」

ベルトから取り出す、懐中電灯のような筒。荒ぶる英雄に差し出して。

ぽんっ。

花束が、筒から噴き出す。黄色の造花、〝ガーベラ〟の花束が。

「な、に」

昨日、あの夜、アシュフィールドとの帰り道、インチキ商人から英雄へ、そして味山に渡された宴会グッズ。

「きれいな花だな、たまには良い仕事するじゃねえか、王《ワン》さん」

ぱち。筒についてあるボタンを味山が押す。花束の中から何かが飛び出す宴会グッズもどき。

ぱしゅ!!

差し出した花束から、空気を裂いて発射されるのは仕込んでいた有針注射。鎮静用の麻酔の入ったそれが、黄色の花弁を散らしながら、無防備な英雄の顔めがけて。

「この、程度——」

がち。英雄が、歯を嚙《か》み鳴らす。高速で放たれた麻酔針を口で、歯で嚙み止め、ぺっと吐き出して。

「マジかよ——なんつって」

「え？」

味山は知っている、この程度の小手先、アレタ・アシュフィールドには通用しないことを。

欲しかったのは、一瞬の集中、一瞬の隙間。

TIPS€　攻略のヒントはいつもお前の日常《ライフ》の中にある

約束があった。

何気ない日常の中で交わした口約束があった。今度は、こっちから誘う、そんな約束。

それが、大事なことだった。

「アシュフィールド、明日、お前が言ってた店行こうぜ。クリームソーダ奢《おご》るからさ」

「――えっ」

それは味山只人《ただひと》のたのしい日常の中で交わした言葉。

なによりも、英雄の柔らかい場所を突き刺した牙――。

「あ」

ドッ。

今度こそ、英雄に肉薄した味山が、無防備に、本当に無防備に固まったアレタの首の付け根に無針注射を押し当てる。

嵐に舞う黄色のはなびら。風にくるり、くるり、花吹雪の舞う嵐の中、凡人が英雄にたどり着いた。

「スキあり。卑《ひ》怯《きょう》とか言うなよな」

無針注射が、薬液を彼女の身体《からだ》へと流し込む。薬液が回るまで数秒、その間、この注射器を刺し続けなければならない。

「あ、ああああ!!」

反射的に、英雄が、その人外の膂力《りょりょく》、ダンジョン酔いにより覚醒した膂力により、味山只人の腕を引き剝がそうと暴れる。

「うお!?　ぎゃ、はは、バカ力がよお、麻酔刺してんだぜ……!?」

今、ここで引きはがされれば全てが終わる。もうアレタを止める方法はなくなる。

正念場、勝負の時だ。

「クソ耳！　力を――」

TIPS€　使用間隔が短すぎる。〝耳《みみ》の大力《たいりき》〟の連続使用は出来ない
「知るか!!　肝心な時にふざけてんじゃ」

TIPS€　警告。部位保持者は〝部位〟の力を何度も使うたびに〝部位〟と同化していく。このまま過剰に力を使い続ければ、〝耳の部位保持者〟であるお前はいつか全てを喪《うしな》い耳の化身となり果てるだろう
TIPS€　それでも耳《みみ》の大力《たいりき》を発動するか？

それはわかりやすく提示されたリスク。味山のバッドエンドの1つ。一瞬、味山がぽかんと口を開いて。

「んだよ、出来るんじゃあねえか」

いつものように笑った。酔っ払いが警告など聞くはずもない。

「それでいい！　俺に従え！　俺が上で、てめえが下だ！」

TIPS€　耳《みみ》の大力《たいりき》、再発動

「力ァ貸せ！　クソ耳!!」

ずっ。味山の頬に、耳の形をした気色悪いアザが浮き出る。

そして、味山がその怪物と同じになる。どろり、身体の中でなにかが溶けて広がって混ざって――。

「問題ねえ！　力勝負だ！　アシュフィールド！」

「――っあ」

ずんっ。恐ろしい怪物の膂力と英雄の膂力がぶつかり合う。

「な、んで、はな、し、て、あたしは、あたしが、〝わたし〟がやらない、と」

離れない、引き剝がせない、振り払えない。英雄の膂力を持ってしても、怪物の大力は容易に引き剝がせるものではない。

プシュ。

無針注射が、更に薬液を彼女の身体へと流し込む。まだ、まだ英雄は眠らない。

「あたしが、行かなきゃ、やらなきゃ、いけな――」

じたばたと、金色の瞳に涙を浮かべて。

英雄、いや、ひとりぼっち、ずっと、ずうっと、誰にも届かない高い場所で、踊り続ける少女が、暴れて。

「アシュフィールド」

だが、その踊りは終わる。終わったのだ。もうその少女は1人ではない。

「お前は」

プシュッ。

薬液が、染み切った。

「…………あ、う、な、んで、わたしは、あたし、は」

目の色が、戻る。金色からいつもの蒼色《あおいろ》に、そしてそれからすっと閉じる。

「お前は只《ただ》の人だ」

英雄の身体から力が抜ける。膝が折れ、前のめりに倒れる身体を味山がしゃがんで抱き抱えて支える。

「た、だ……ひ、と」

「ああ、寝てろ、バカ」

TIPS€　お前は嵐を乗り越えた

「……難しすぎるな、指定探索者」

同時に、味山《あじやま》の体力にも限界が訪れる。酔いで誤魔化されていた疲労が一気に身体を襲う。

PIPIPIPI、PIPIPIPI。

アレタの端末が鳴る、味山が彼女のベルトからほうほうの体で端末を抜き取って。

「はい、こちら、あじや――」

「アレタ！　アレタアレタアレタ!?　どうぢてワタシの電話に出なかった!?　ストーム・ルーラーの起動をこちらで確認した！　何があったんだい!?　え!?　アジヤマ？　アレタは!?　アレタはどうしたんだい!?」

端末から響くらしくない、いや、ある意味らしすぎるその声、ソフィ・M・クラークの声が割れんばかりに響く。

その声に味山はたまらず。

「はは！　あははははは、安心するよ。クラークせんせー、助けに来てくれーい。アシュフィールドが拗《こじ》らせて英雄モードになったから眠らせた。もー無理、寝る、愛してるぜ、クラーク」

「質問に答えろおおおおお、このバカちんが！　こうしちゃいられない！　助手助手助手!!　今すぐバベルの大穴に侵入する！　異論は認めない！　アジヤマ！　アレタは無事なんだね！　いやいい、皆まで言うな！　君がいて、ア、ア、アレタが無事でないはずが、な、ない！

うおおおおおお、待ってろよアレタあああああああ」

ぶつ。端末が切れる。あまりに勢いがよすぎるそれに味山は少し笑う。

嵐が去った草原の中、涼しい風に運ばれる嵐の残り香と、すーすーと奏でる英雄の寝息を、味山只人が目を瞑《つぶ》って感じる。

「疲れた……帰って寝たい」

心地よい眠気。ガキの頃の夏休み、一日中遊びまわり、家に帰ってごはんをたらふく食べ、エアコンの効いた部屋でタオルにくるまった後に訪れる眠気とそっくり。

味山はそれに身を任せて。

「味山只人、探索完了」

◇◇◇◇

数時間後、アルファチームサブリーダー・合衆国指定探索者〝ソフィ・M・クラーク〟、その補佐、上級探索者〝グレン・ウォーカー〟の2名の強行軍により、第2階層で意識を失っていたアレタ・アシュフィールド、および、味山只人の回収に成功。ICUに搬送後、その日のうちに意識を取り戻したアレタ・アシュフィールド、および味山只人へ探索者組合は聞き取り調査を実施。アレタ・アシュフィールドについては記憶障害の症状を確認。9月某日、探索中の記憶の欠落を確認。合衆国はストーム・ルーラーの限定的な使用を正式に認める。このことによる気象操作に影響はないとのこと。

また味山只人の証言について。

1・正体不明の怪物種の存在、探索者の死骸を操作し、今回の通信障害もその怪物種が引き起こした事態であるとの証言。

2・アレタ・アシュフィールドの今回の記憶障害については正体不明の怪物種によるものという証言。

以下の証言については内容があまりにも突飛すぎるため、探索者組合は当該探索者のセラピーと精神鑑定を決定。彼の言う第1階層〝尖塔《せんとう》の岩地〟第4セーフハウス付近での探索者の死骸との戦闘についても一切の証拠、また戦闘の痕跡は発見できず。セーフハウスから発見された行方不明探索者の手記を読み、恐怖心が酔いにより肥大化した結果の妄想と判明、ただ、セーフハウスのドアの破損については現在調査中。内側から蹴破られた形跡から、味山只人の行動かとの予想もされたが、人間の膂力においては不可能な強度のため、別の視点から調査中。

またこの日以降、増加していた探索者のSIA《探索中行方不明》は激減。本件との関連性は不明。通信障害についても現在は復旧、組合は原因を調査中。

アレタ・アシュフィールド、味山只人の両名が受けた救援通信についても、その事実は確認できず、組合の調査は難航の色を見せている。

それから3日が過ぎた。

エピローグ■【凡人探索者のたのしい現代ダンジョンライフ】

「はー、空が高いな、おい」

味山只人《ただひと》がカフェテラスの椅子に大きく背中を預けて空を見上げる。透き通った空、高い場所にうっすらと雲がにじんだ秋空だ。

「すっかりもう秋空ね。だいぶ冷え込んできたし。そろそろ寝具の交換時かしら」

向かいに座るフチナシメガネをかけた美人が、アイス抹茶ラテの入った容器の水滴を細い指で掬《すく》い取る。

彼女の金色の癖っ毛が、暑さを感じない秋の日差しにわずかに照らされる。

「あー、たしかに。毛布どこ仕舞ったかなあ。去年の秋物の服も捜さねえと。毎回見つからねえんだよ。去年の秋物の服、今頃どうしてんのかな」

「多分だけど、押し入れの中を探検してるんじゃないの?」

金髪の美人、アレタ・アシュフィールドが机に頬杖《ほおづえ》をつき、身体を前に傾けてクスクスと笑う。

周囲から向けられる注目の視線など意に介していない。アレタが気になるのは、目の前の男の視線だけだ。

「整理整頓、昔から苦手なんだよな。ガキの頃から通信簿の整理整頓の部分、○がついたことがねえよ」

「あら、そうなの？　お部屋、片付けに行ってあげようか？」

「……いや、遠慮しとく」

アレタ・アシュフィールドに部屋の片づけをさせたなんてこと、誰かにばれたらまた炎上しそうだ。

「あは、そう、残念」

すっー、紙ストローをアレタが咥《くわ》えて、音もなくアイス抹茶ラテを口に含む。

「……なんか、のどかな日だな。３日前のクソ修羅場が夢みたいだ」

味山只人があの探索を終えて３日。この３日は味山にとってなかなかハードな時間だった。

「そうね。ほんと、今回は散々だったわ。記憶障害を患うわ、精神鑑定やら組合の聴取で拘束されるわ。明日からは本国でメディカルチェック。ほんと、たのしくて仕方ないわ」

「あー、たしかにきつかった。精神鑑定のお姉さんによ、〝あなたが言っていたことが本当だとするならば、あなたはストーム・ルーラーを真っ向からかいくぐり、アレタ・アシュフィールドを鎮静したことになります、もしかして全てあなたの妄想なのでは？〟ってのはきつかった」

　結局、味山の今回の探索で持ち帰った情報、〝人知竜〟、〝肉人形〟に類するそれらは探索者組合により〝酔い〟の影響による幻覚症状と判定された。少し食い下がると、精神鑑定に回され、精神異常による探索者資格はく奪の危機もあったため、味山はもう好きにしろとあきらめた。

　困るのは自分じゃない。

　味山は英雄ではないので、もう割と、どうでもよかった。

「あは、たしかに。真顔になるわね、ほんと。……ねえ、タダヒト」

「あ？」

「ありがとね」

　アレタがぽつりとつぶやく。

「あの時のこと、まだ全然思い出せないの。すごく悔しくて、すごく悲しくて、それで、すごく怒ってたのだけ覚えてる」

「おー……まあ、たしかにそんな感じだった」

　味山が手元のハチミツのかかったパンケーキを摘《つま》む。ふわふわの生地にハチミツの甘味がじゅくりと染み込んで最高だ。

「……ストーム・ルーラーをあなたに向けて使った、のよね。あたし」

「組合は信じちゃくれなかったけどな。まあ、確かにストーム・ルーラーと敵対して五体満足でひょっこり元気にしてるなんて話信じる方がおかしい」

あの時の事、英雄としてのアレタと相対したことは味山にとっても夢のようだ。ストーム・ルーラーを突っ切り、あのアレタ・アシュフィールドに麻酔をぶち込んだ、確かに精神鑑定されてもおかしくはない。

「あたしは信じてる」

「お？」

「あの時のこと、本当に覚えてないんだけど。でも、きっとあなたはあたしを、ストーム・ルーラーを打ち負かした。それはわかる」

「なんで？」

「だって、あなたはあたしの補佐探索者だもの。あたしが選んだ、ね」

「……お前、本当に覚えてねえのか？」

「ほんとよ、嘘《うそ》なんてつかないわ。さて、今日はこれからどうしようかしら。組合からのアルファチームへの依頼はソフィが断っちゃったし。やることなくなっちゃった」

「あー、大草原地帯でのあれか。確か、〝一つ目草原オオザル〟の個体数増加の調査。別のチームが受けてくれたんだっけ」

「ええ、上級探索者のチーム、確か名前は、そう、ファイアチーム。えーと、ニホン人の上級探索者で最近売り出し中の少し有名な人がいる所、ほら、この前話した、あのトオヤ、マ……なんだったかしら」

「なんか、前にも聞いたな、その名前。あのなんかすごそうな奴《やつ》」

「……ストーム・ルーラーを叩《たた》きのめしたあなたが言う？」

「あいにく、あの時お前は本気じゃなかったよ」

「あら、だとしても、あは。あなたはきちんと、あたしを連れて帰ってくれた。ねえ、タダヒト」

「あ？」

「もし、また、同じことがあったら。あたしが、また、同じことをしたら、あなたはどうする？」

アレタ・アシュフィールドは英雄だ。あの時、記憶をなくした彼女に残ったものは英雄としての有様だけ、それはつまり彼女の本質がアレだったことを意味する。

アレタはそういう生き物だ。

それを踏まえたうえで。

「あー、今度はもうボコボコにするわ。足でも腕でもべきべきにへし折ってやる」

真顔で味山《あじやま》が答える、ぽかんとしたアレタに向けて言葉を重ねる。

「そんで、お前をまた連れて帰るよ、英雄」

「あは」

英雄が目を細めて、笑う。

「あは、はははは！　そう、そうよね、あなたならそうするよね！　はー、面白い。やっぱり、タダヒトは面白いわね、ねえ、そうだ、タダヒト」

「そりゃどうも、なんだよ、アシュフィールド」

味山の言葉に、アレタが猫のように背筋を伸ばし、テーブルに上半身をだらーと垂らす。上目遣い、青い目を味山に向けて。

「あたし、そういえばあなたに何かに誘われて、ううん、誘われるはずよね。あれー、なんだっけかな。うーん、そういえば最近、あめりやにタダヒトが遊びに行った時、あたしもタダヒトをどこかに誘ってたようなー」

「待って、ねえ、アシュフィールド、お前、覚えてね？　え？　待って、どこから覚えてんの？　ねえ」

「あは、残念、あたしは本当に何も覚えていません。気づいたらＩＣＵの白い病室の中でした。……でもね」

風が吹く、涼しい風が、わずかに海の香りがする秋風。雲高く、抜けるような空の下、彼女が目を一瞬、閉じて。

「あなたの声で、目が覚めたんだよ。アジヤマタダヒトさん」

季節外れの向日葵《ひまわり》が、味山に向かって咲いた。

「…………顔が良いってのはずるいな」

「あは、嫌い？」

「いや、別に……あー、アシュフィールド」

「はい」

「……今日、この後、暇か？」

「あは！」

アレタが笑って。

ばじゃ!!　同時にテラスのすぐそばの植え込みが爆発、何かが飛び出てきた。

「アレタ!!　いかんいかんいかん！　よくない、よくないよ！　いくら同じチームだとは言え、必要以上に年頃の男女が意味もなく逢瀬《おうせ》を繰り返すのはだねえ！　あ、逢瀬……え？　ワタシの、アレタが……？　これＮＴＲ？」

「あ！　バカ！　センセ！　今、良いとこだったのに！　このアレコンバカは！　あ、どうぞ、お構いなく」

アルファチームの赤髪アルビノ義眼アレタガチ勢のソフィとその助手にして味山の悪友、

グレンが植え込みから飛び出てきた。

「あら、ソフィ」

「グレン……何してんだお前」

「いやー、家でダラダラしてたら、センセが急に頭を掻《か》きむしり出して、目を押さえて、ワタシのアレタがワタシ以外とイチャイチャしてる!! とか叫びだしてっすね。……まあ、つい、面白そうだったんで、デバガメっす」

「そこまで言い切られるともはや清々《すがすが》しいな……」

「アレタアレタアレタ! さ、最近さあ! アジヤマと距離感近くないかい!? だ、ダミだよおお、そんなのおおおお、距離感大事にしようよお」

「えー、適切な距離感のつもりだけど?」

「あああああああ!! アレタが悪い女の顔してるううう、処女感が少ない! でも、好き……あああああ」

髪の毛に枝やら葉っぱやらくっつけたソフィが割と本気で慟哭《どうこく》する。

「もう、ソフィ、冗談よ、泣かないで。わかった、わかったから。置いてけぼりにしてごめんなさい。ほら、じゃあこうしましょ、今からみんなで遊ばない? チーム全員で」

「アレタアアア、ホ、ホワアア!! こうしちゃいられない! 助手! ワタシのデートファッションを用意するんだ! アレタとのデートにこんな部屋着で行けるものかよ!」

しゅばっと、ソフィが地面を跳ねるように走り去る。

「家まで戻んないとないっすよ、センセ……って行動が早いな……なんなんだよ、用意しろって言いながらもう自分で着替えに帰っちゃったよ、あー、アレタさん、タダ、すまん、バカを迎えに行くっすわ、えーと、とりあえず、ワシントン噴水広場集合でいいっすか」

「ええ、大丈夫よ、グレン、ソフィをよろしく」

頭を下げて、えっほえっほとグレンがソフィを追いかける。笑顔でそれに手を振るアレタ。

味山がパンケーキを頬張りながらそれを眺め――。

TIPS€　箱庭は深く広く、敵は未《いま》だ多い。お前は何も成し得ていない

その通りだ。

何も解決はしていない。

姿を消した〝肉人形〟、〝人知竜〟、〝耳の怪物〟。

このダンジョンには今も、未知が無数にひしめき続けている。結局、今回の探索で新たに得た物もない。

「まあ、いいいか」

だが、味山には関係ない。

なぜならこの男は主人公ではない。

只《ただ》の凡人だから。目の前のこと以外関係ない。

だが、それらが目の前に立ちはだかった時――。

味山只人《ただひと》はきっと全てを壊すだろう。その感情のままに。

空は高く、風は涼しい。突き抜けるようなスカイブルーの絵の中で、アレタがクスクスと笑い、それから味山に向かって手を伸ばす。


「さ、行きましょ、タダヒト」

味山只人は、嵐の中から連れ帰った報酬を、その蒼《あお》い瞳をぼんやり眺めた。

「――了解、アシュフィールド」

◇◇◇◇

「あー、疲れたアルねー。品出し作業は老骨に応えるアル。さってとー、こんなもんでいいかなー。もう寝るアルか」

怪しい駄菓子屋のような店内、時刻は深夜、オレンジ色のぼんやりとした灯《あか》りのもと、腰の曲がった小さな好々爺《こうこうや》が呑気《のんき》にあくびをする。

「……雨桐《ユートン》か」

瞬間、ふっと老人の表情が切り替わる。細い糸のような目から鷹《たか》を思い起こす鋭い目へ。

「……申し訳ありません、王《ワン》大校。ご報告が」

王の背後から女の声が届いた。

黒い鴉羽《からすば》の髪、傾国すら為《な》しうる美しい顔、黒いボディスーツに包まれた女性として完成された肉体。

雨霧《あめきり》が、王の背後に音もなく現れる。

「ふむ、味山只人があめりやを訪れたか？」

王が、その声に向けて返事をする。

「……見ておいでてしたか」

「いいや。仙女の御二方から先に聞いていた。それにその日、あめりやの近くで偶然彼と会ってな。かの星と仲睦《むつ》まじく歩いていたが」

「――報告いたします、王大校。命令通り、あめりやに来店した味山只人に対し、九千坊の定着実験を行いました。彼には間違いなく――」

王の言葉にかぶせるように平坦《へいたん》な声で、雨霧、いや、雨桐が答える。

「あ、ああ、彼には〝神秘の残り滓《かす》〟の力が発現していただろう？」

星。その言葉の直後、王の背後の部下の気配が、わずかに剣呑《けんのん》な色を帯びたような。

「……ご存じでしたか。ですが、どうやって……我が国の研究機関は結局、〝神秘の残り滓〟の定着方法の解明には至らなかったというのに」

「ああ、彼はアレをカレーにして食べた。どうやらそれで九千坊を取り込んだらしいな」

「……は？　カレー？　ニホンの忍が守護していたあの貴重な品を、カレー？」

女の声が驚愕《きようがく》に染まる。

「そうだ。カレーだ。盗聴記録によると割と美味《うま》かったらしいぞ。あの神秘は」

王が笑いを噛《か》み殺しながら言葉を漏らす。

そして、それに釣られるように。

「ふ、ふふふっ。それは、なんとも、彼らしいですね」

「……どうした、雨桐」

「ふふふふ、あなたのおっしゃる通りでした。彼は面白い。ええ、わかりましたとも。あなたや、あの〝星〟が彼を気にかけるのもわかります」

「くく、どうした、惚《ほ》れでもしたか？」

「……今の発言は記録して、諜報部《ちょうほうぶ》のモラルセンターに問い合わせさせて頂いても？」

「よせ、俺が悪かった。くく、それにしても」

「はい？　なにか？」

「今度は機嫌がよさそうだな。まさか本気で、気に入りでもしたか？」

王の冗談まじりの問いに、透明な声はすぐに返事をしなかった。

秋の夜風が、扉を少し揺らす。

足元のストーブの燃焼がうまくいかずに、ぼぼぼと炎が揺らめく。

「はい」

王が目を見開く。

優秀な諜報員、刃《やいば》であり、国の道具として生まれ育てられたその娘にして、仙女に愛された人形。

凡《およ》そ今まで個人としての意思などなかったその娘の声が、華やいだように感じたから。

ふと、背後にあった気配が消える。とっ、とっ。薄い天井、屋根の上に一瞬で気配が移動して。

「なんでも、私を退屈させないでいてくれるようですので」

夜風がまた、扉を叩《たた》いた。

あとがき

ホラー映画に出る最初の犠牲者がいつも不憫《ふびん》で仕方なかったんです。理不尽な目にあって呆気《あっけ》なく死んでしまう奴《やつ》とか。

そういう奴が死ぬときに何を思って死ぬんだろう。こいつは何のために生まれてきたんだろう。

主人公よりもそっちの方に感情移入して、勝手に辛くなったりしてました。

なので、そういう理不尽をぶちのめしてくれる奴をずっと待ってました。

人生の中でどうしようもない理不尽に出会った時に、仕方ない、で諦めるのではなくて、ふざけんな！　ムカつく！　とまず最初に理不尽に対して怒ってくれる。それが〝味山只人《あじやまただひと》〟というキャラクターです。

味山との探索が少しでもあなたの気休めになれたらこれほどうれしいことはありません。

一足先に刊行している『現代ダンジョンライフの続きは異世界オープンワールドで！』の遠山鳴人《トオヤマナルヒト》との違いや共通点を捜してみたりしてくれたら助かります。

じゃ、またね！

しば犬部隊

神も運命も蹂躙せよ
竜の寵愛を受けし
「最凶」強欲冒険者
現代ダンジョンライフの続きは
異世界オープンワールドで！
The Continuation of Modern Dungeon Life
Have Fun in an Another World, Like an Open World!
しば犬部隊
illust
ひろせ
大好評発売中!!

凡人探索者のたのしい
現代ダンジョンライフ 1

発　行　2023年3月25日　初版第一刷発行

著　者　しば犬部隊
発行者　永田勝治
発行所　株式会社オーバーラップ
〒141-0031　東京都品川区西五反田 8-1-5
校正・DTP　株式会社鷗来堂
印刷・製本　大日本印刷株式会社

Printed in Japan ISBN 978-4-8240-0437-6 C0193